# 8월은 악마의 달

**August Is a Wicked Month**

세계문학전집 451

# 8월은 악마의 달

## August Is a Wicked Month

**에드나 오브라이언**

임슬애 옮김

민음사

**일러두기**

1 이 책은 1965년에 출간된 Jonathan Cape의 초판을, 2016년 Faber & Faber에서 재
출간한 *August Is a Wicked Month*를 저본으로 삼아 우리말로 옮겼다.

2 본문의 각주는 모두 옮긴이 주이다.

3 인·지명은 대체로 외래어 표기법을 따랐으나 몇몇 예외를 두었다.

# 차례

스탠리 만을 위하여

겨울이 찾아와 그의 얼굴에는 파리한 빛,
거부한다면 필멸의 천성을 저버리는 짓.

― 존 키츠

# 1장

기상청에서는 날이 뜨거울 거라고 했다. 오보가 아니었다.
닷새 내내 천상에서는 태양이 지글거렸고 지상의 도시 런던도
부글부글 끓었다. 여름을 기다리던 사람들도 이제는 산들바
람이 불어 숨 돌릴 틈이 생기기를 바랐다. 엘런은 오로지 밤
에만 서늘한 공기를 느낄 수 있었다. 정원에 물을 주면서, 석
조 벽감에 앉은 채로. 미래를 내다보는 돌. 뜨거운 한낮에 빨
아들인 열기를 밤에 돌려주었고, 엘런은 그 열기에서 무언가
인간적인 것을, 이를테면 필요할 때를 대비해 모아 둔 어머니
의 애정 같은 것을 보았다. 그는 이따금 한 시간이나 정원에
앉아서 돌을 어루만지며 아이가 자고 가는 날에는 아이가 내
는 소리에 귀 기울였고 아이가 없더라도 귀 기울였다, 밤의 적
막에 잠긴 정원에 혼자 있는 사람이 으레 그러듯이. 따뜻하고

평온하고 조금은 슬픈 채로 정원에 앉아 있는 시간, 하루 중 가장 기꺼운 시간이었다. 하지만 내일이 오면 또 펄펄 끓어오르겠지. 아이 아빠는 시골에 다녀오겠다고 했다. 모닥불을 피운 채 야영하고, 낚시하고, 아들이 원하는 것은 무엇이든 할 거라고 했다. 하루 만에 온갖 필요한 것들을 갖춰 목요일에 떠날 준비를 끝냈다.

*

그들은 부엌의 그늘진 한쪽에 앉아 차를 마셨다. 엘런은 자신의 머그잔을, 그는 손님용 푸른색 도자기 컵을 사용했다. 말은 거의 하지 않았다. 두 사람은 부엌문의 유리창을 통해 정원에서 텐트를 설치하는 그들의 아이를 바라보았다. 선명한 파란색 텐트는 벌써 두 기둥에 고정되어 깃발처럼 앞뒤로 휘날렸다. 거기까지는 아빠가 해 놓은 것이고 이제 아이가 땅에 못을 박으며 조지에게 이것저것 지시하고 있었다.

"땅속 깊이 박아야 해, 조지." 아이가 말했다. 조지는 없는 사람이었다. 아이는 세 해 전, 다섯 살이었을 때 조지를 만들어 냈다. 무슨 일이 있었는가 하면, 조지라는 형이 집에 놀러 왔는데 다섯 살배기에게 금방 질려서 머리가 아프다고 핑계를 대고는 집으로 돌아갔다. 하지만 아이는 조지가 떠난 뒤에도 계속 그와 이야기를 이어 갔고, 내내 그를 떠나보내지 않았다.

"파란색이 예쁘네." 엘런이 말했다. 쨍한 햇살 사이로 아이가 밧줄을 끌어당기고 캔버스 천이 펼쳐지는 모습이 보였다.

"거스름돈을 너무 많이 받았어." 남편이 말했다. 테이블 위에 6펜스, 1실링, 2실링 동전을 각각 쌓아 놓고는 텐트와 부품, 에어 매트 두 개 값으로 얼마를 줬는지 계산하고 있었다. 그는 셈이 느려서 항상 집에 돌아온 후에야 정확히 얼마를 줬는지 이해하곤 했는데, 왜인지 모르겠지만 어김없이 거스름돈을 너무 많이 받았다. '업신여기는 듯한 얼굴 때문이겠지.' 엘런은 생각했다. '가게에서 일하는 여자아이들이 겁을 먹고 계산하다가 실수하는 거야. 한두 사람쯤은 그가 잘생겼다고 생각할 거고.'

"20페니를 더 받았는데." 남편이 말했다.

"내가 가서 돌려줄까?" 엘런이 물었다.

"에이, 무슨." 남편은 사소한 문제에서 정직성을 고집하는 엘런의 습벽을 경멸했으나, 이제 자신에게 엘런의 단점을 고쳐줄 의무는 없다고 생각했다.

"저것 봐 봐." 엘런이 손짓하며 말했다. 텐트가 부풀어 올랐고, 아이가 마지막 밧줄을 끌어당기자 선명한 파란색 텐트가 고깔처럼 솟아 해가 쨍쨍한 하늘을 찔렀다.

"힘이 좋네." 엘런이 말했다. "저런 것도 할 수 있고."

"저런 걸 가르쳐 주면 잘 써먹을 거야." 남편이 말했다. 그러고는 서로 다른 동전들을 뒤섞더니 의자 등받이에 널려 있던 재킷 주머니에 넣었다. 언젠가 그가 엘런의 집에 와서 벽의 옷걸이에 재킷을 걸어 두었는데 엘런은 다시 아내의 삶으로 복귀한 양 주머니를 뒤졌다. 남편은 분명 눈치챘으리라. 그 후로는 항상 재킷을 자기 주변에 두었고 작은 부엌을 지나 실외 화장실에 다녀올 때처럼 잠깐 자리를 비울 때도 챙겨 가고는 했다.

"더 필요한 것 없어?" 엘런이 죄책감을 느끼며 말했다. 아니, 필요한 것은 그가 전부 마련했다. 자동차 트렁크에는 통조림, 프리머스 스토브, 침낭, 씨 없는 오렌지, 엘라스토플라스트 붕대, 소독약을 비롯한 다양한 약품이 있었다. 저렴한 대용량 제품을 사다가 깔때기를 이용해 여행용 작은 용기에 소분한 것들이었다. 그는 앞날을 내다보는 사람이었다. 조심성 많고 필요한 것도 많은. 엘런은 쇼트브레드 쿠키를 한 통 싸 주는 것밖에 달리 할 일이 없었다.

"같이 가려면 가." 남편이 무심한 목소리로 말했다. 엘런이 쇼트브레드를 꺼내면서 집에서 만든 거라고 거짓말하던 참이었다. 아직도 눈치를 보는 거지. 엘런은 그의 초대에 고개를 저었다. 엘런이 그에게 돌아가려면 그보다는 덜 무미건조한 접근법이 필요했다. 두 사람은 두 해 전부터 별거했고 아이를 함께 키우면서 두 집을 오가고 있었다. 과연 아이가 조지를 상상해 낸 것은 필요하기 때문이었다. 최악의 시기는 지나갔다. 엘런이 떠나고 남편이 그의 흔적을 지우기 위해 부서진 빗과 반쯤 쓴 콤팩트와 오래된 파우더 퍼프를 우편으로 보내던 시절의 악의는 이제 사라진 것이다. 그런 시절은 다 지나갔고 이제는 뾰로통한 평화 같은 것에 안착했으나, 지금 이 모습은 과거의 엘런이 항상 두려워하던 미래였다. 그들은 한 번도 사랑한 적 없는 낯선 사람들의 얼굴로 대화하고 있었다.

"아이가 부르네." 엘런이 말했다. 거북한 상황에서 벗어날 수 있어 다행스러웠다. 아이가 외치고 있었다. "엄마, 아빠, 아빠, 엄마." 행복에 겨워 새된 소리를 내질렀다. 엘런은 밖으로 나가 텐트를 보고 감탄하며 장하다고 아이를 칭찬했다.

"자 이제 다시 걷어 내." 아이 아빠가 담담하게 말했다. 아이에게 연습 삼아 텐트를 세워 보라고 한 것이다.

"엄마가 도와줄게." 엘런이 말하며 무릎을 꿇었다. 딱히 도와주기 위해서가 아니라 아이에게 더 가까이 가려고, 말끔한 머리카락에 입을 맞추고 볼을 어루만지며 함께할 수 있는 마지막 몇 분을 오롯이 만끽하기 위해서. 엄마가 같이 간다고 하면 아이는 반길 것이다. 엄마를 껴안고 "우리 엄마 좋아."라고 하겠지만, 엘런은 그럴 수 없었다. 어쨌든 아이가 즐거우리라 생각하니 위로가 되었다. 따라갔다가는 우울해질 테고 밤에 남편과 어디서 잘지 자리를 정하는 건 상상만으로도 견딜 수 없었다. 둘이 에어 매트의 양쪽 끝에 자리 잡고, 아이는 그 사이에서 더워 뒤척이겠지. 결혼 생활의 마지막 일 년 동안 남편은 엘런과의 잠자리를 피했고 엘런은 그 시절을 다시 살고 싶지 않았다. 매일매일이 짜증스러울 것이다. 음악도 없고, 전화도 안 되고, 바닥 청소 같은 것도 못 하고, 두 사람이 서로에게 느끼는 배신감을 채울 그 무엇도 없을 것이다. 엘런은 갈 수 없었다.

"엄마한테 꼬불꼬불 글씨로 편지 써 줘." 엘런이 아들에게 말했다.

"꼬불꼬불하지 않아." 아들이 대답했다. 땅에 박아 넣었던 못을 뽑아내는 아이는 신체 활동과 자부심으로 얼굴이 발그레했다. 아직도 조지에게 이것저것 시키고 있었다.

그들은 정확히 3시가 되기 사 분 전에 출발했다. 엘런은 꼼꼼한 사람처럼 보이려고 손목시계를 내려다보았다. 태양이 구름 뒤에 숨은 탓에 햇볕은 은은하게 회색 자동차 위에서 반짝였고, 차는 뒷좌석에 한가득 쌓인 짐과 그 사이에 낀 아이를 싣고 사라졌다. 아이 아빠는 사고를 대비해 항상 아이를 뒷좌석에 앉혔다.

"안녕, 안녕." 창문 너머로 뽀뽀를 날리는 작은 손. 유리창을 도닥거리는 손가락. 차오르는 눈물과 부끄러움에 얼굴이 찌푸려졌다.

"안녕, 안녕." 엘런은 더 이상 떠나는 사람들을 바라볼 수 없었다.

집으로 들어와 아이가 벗어 놓은 상하의 속옷을 주웠고, 끌어안았고, 바라보았고, 냄새 맡았고, 결국에는 세탁해서 널어 놓았다. 그러고는 식탁에 앉아 팔에 얼굴을 기댔다. 식탁에는 아이가 버려둔 샌들이 있었다. 한 짝은 끈이 버클 밖으로 삐져나온 채로. 아빠가 가져가라고, 신을 일이 있을지도 모른다고 했던 샌들. 그럴 수도 있고 아닐 수도 있겠지. 엘런은 그자리에 앉아 습관처럼 끈이 빠진 샌들을 생각했고, 팔에 머리를 기댔다. 팔이 눈물로 촉촉해졌고, 다시 어둠이 밀려들었다. 장봐 온 식료품 봉투에 끼어든 좀벌레가 바닥을 빨빨 기어다니며 음식 부스러기나 흘린 설탕 조각을 찾고 있었다.

"안녕, 안녕." 이제 그들은 아주 먼 곳에 있겠지. 어쩌면 텐트를 치고 밤을 보낼 준비까지 마쳤을지도 모른다. 아이는 빨리 잠들고, 바깥에 앉아 만족감에 젖어 신선한 공기를 들이마시는 아이 아빠의 발밑에는 방수포가 깔려 있을 것이다. 풀이 이슬에 젖었을 테니. 그는 시골을 좋아하고 좀처럼 깊이 잠들지 못하는 남자였다.

# 2장

    일주일쯤 지나고 나니 끔찍이도 외로웠던 그 밤을 떠올리면 웃음이 나왔다. 정원 담벼락에 기대어 읊조린 것처럼, "파란 하늘에 날벼락 치듯 새로운 사건은 언제든 벌어질 수 있는 거니까." 한 남자가 묵묵히 엘런의 옆을 지키고 있었다. 담벼락 위쪽의 모래가 바스러지며 드러난 팔을 긁지만 않았다면 완벽했을 막간의 만남이었다. 두 사람이 나란히 앉은 지도 한 시간이 넘었기에 엘런은 바른 자세를 유지하기가 버거워서 벽에 몸을 기댔다. 남자는 재킷을 입어 팔꿈치가 드러나지 않으니 괜찮겠지. 일정한 시간 간격으로 둘 중 한 사람이 손을 올려 미끄러지는 담요를 끌어 올렸다. 남자가 이슬이 내린다고 해서 담요를 어깨 위에 숄처럼 덮고 있었다. 남자의 말처럼 그들 위로 부드럽게 내리는 투명한 이슬은 선심이자 자비였다.

웨일스에 있는 남편과 아들도 내리는 이슬을 맞고 있을까. 부자는 잘 도착했다. 엽서 한 장을 보내왔다. 아이가 인사말을 적고 아이 아빠가 주소를 적었다. 엽서에는 "젖소가 사는 들판에 왔어."라고 적혀 있었고, 마지막에 뽀뽀하고 싶다는 이야기를 잔뜩 쓰는 바람에 이름을 쓸 공간이 남지 않아서 세 글자만 적고 끝이었다. 엘런은 젖소 떼가 텐트 주변으로 몰려들어 두 사람을 바라보는 장면을 상상했다. 소들이 계속 풀을 뜯어 먹을 테니, 풀이 지나치게 자라는 일은 없을 것이다. 그리고 우유를 구하기도 쉽겠지. 어둠 속 나무 밑에 자리 잡은 소 떼가 캑캑대고 가랑거리면, 아이는 그 낯설지만 편안한 소리를 들으며 잠들 것이고 경계심 강한 아이 아빠는 줄곧 신경쓸 것이다. 이른 아침, 농부가 한 마리씩 차례대로 젖을 짜내기 전 식사에 곁들이려고 몰래 한 컵을 빼돌릴지도 모른다. 머그잔 속의 우유는 처음에는 따뜻하겠지만 주전자에 물을 끓여 차를 만들 때쯤이면 식을 것이다. 차를 좋아하는 아이는 꼭 설탕을 세 숟가락씩 넣어 마셨고 혼내는 사람이 없으면 빵 끄트머리를 담가 먹곤 했다.

절절한 그리움이 없는 저녁은 처음이었다. 그러나 이는 그저 누군가가 옆에 있기 때문이었다.

두 사람은 집 뒤편의 정원에 서서 템스강에 비친 불빛을 바라보았다. 정원 가장자리에 서면 강이 흐르는 광경이 보였다. 부러워할 만한 위치. 두 사람은 담요를 뒤집어쓰고 오밀조밀 붙은 채로 정확히 같은 방향을, 강물 위로 어른거리는 세 가지 빛을 바라보았다. 은색 빛기둥 여섯 개가 뒤쪽과 한쪽 옆으로 살포시 그림자를 드리웠으며, 가운데에는 교회의 대들보를 닮은 금색 빛기둥이, 맨 오른쪽에는 흑맥주 병처럼 짙은 초록색 빛기둥이 있었다. 그 밤 런던에는 볼 것이 많았다. 보브릴[1] 광고와 달, 크고 둥근 가스탱크의 윤곽 같은 것들. 그러나 두 사람은 강물의 굽이에 따라 좌우로 반원을 그리며 저 멀리 배터시를 향해 나아가는 빛기둥만을, 다른 미래의 연인들 앞에서는 다른 이미지를 선보일 빛기둥만을 바라보기로 했다.

"이 풍경이 그림이었다면 무슨 의미인지 해석하려 했겠어요." 남자가 말했다.

"우리는 뭐든 설명하려 들잖아요." 엘런이 말했다.

사실 이 남자는 엘런이 지금껏 만난 그 어떤 사람보다 말수가 적었다. 둘 다 너무 말이 없었으므로 주변에서 나는 소리를 전부 포착할 수 있을 정도였다. 오리가 날아오르기 전에 준비 운동 겸 날개를 퍼덕이는 소리까지 들렸다.

"오리가 괴롭힘을 당했나 봐." 엘런이 말했다. 그가 한숨을 쉬었다. 지루한 걸까?

"아니, 원래 호흡이 얕아서. 만날 한숨이 나오네요."

"주변 사람들이 참 좋아하겠네요." 엘런은 이렇게 답했다가 지나가는 기차 소리가 들리자 사과했다. 엘런은 이미 익숙했다. 그는 개의치 않았다.

---

1) 이스트나 소고기로 만든 농축액. 국물 요리에 첨가해 조미료처럼 쓰거나 빵에 발라 먹기도 한다.

"우리 개구리, 멀리 갔어요." 그가 말했다. 개구리는 정원 중앙에 있는 연못으로 가고 있었다. 한참 전에 마구 뒤엉킨 산울타리 밑에서 튀어나왔던 개구리는 난데없지만 감지하기 힘들 정도로 조금씩 움직였고, 개구리의 움직임과 그의 얕은 호흡과 흐르는 강물과 내리는 이슬이 — 이슬을 감지한 것은 그뿐이었지만 — 저녁의 흐름을 길게 늘여 그들은 순간순간이 연장된 듯 모든 것을 인식할 수 있었다. 그날은 처음부터 그렇게 느긋했고 그래서 완벽했다.

"곧 도착이에요." 그가 말했다. 뒤돌아 개구리가 어디까지 갔는지 지켜보다가 다시 몸을 돌려 강을 향한 채로 담요를 살짝 잡아당겨 단단히 여몄다. 엘런은 가까이 다가오는 그를 느꼈고 두 사람은 몸 옆면이 닿자 그대로 가만히 앉아서, 서로의 불안을 자극함 없이, 조금씩 가까워지며 강 너머와 저 멀리 빛기둥을 바라보았다. 때가 되자 팔짱을 꼈고, 매혹이 짙어지듯 어깨가 스쳤다. 그가 엘런의 허리에 손을 감자 담요가 미끄러지기 시작했다. 그들은 남은 손을 — 엘런의 두 손과 그의 한 손 — 사랑하는 데 사용했다. 상대의 얼굴을 더듬고, 어루만지고, 머무르고, 손길을 거두고, 입술의 도톰함을 가늠하며, 서로를 알아 갔다. 이제 엘런은 팔을 드러낸 것이 되레 기뻤다. 그의 손길이 한 번, 또 한 번 닿으며 두 팔에 생명을 일깨운 것이다.

"노래를 부르는 것 같아요." 엘런이 말했다. "내 팔이." 애정의 중단으로 녹슬었던 팔이 되살아나기 시작했다. 드러난 두 팔, 희고 녹슨 살결 위로 짜릿한 즐거움이 굽이굽이 흘러내렸다.

"그러니까, 직접 양초를 만들었다는 거죠." 엘런이 말했다. "크리스마스에." 아까 그는 크리스마스가 되면 다 같이 하얀 양초를 녹여 코치닐 색소를 넣고 구불구불한 줄무늬 양초를 만들었다고 말했다. 다 같이.

"왜 지금 그 생각을 한 거예요?" 그가 물었다.

"구불구불한 줄무늬라고 해서요. 지금 내 안의 짜릿함이 그런 느낌이거든요." 엘런은 남자에게 손이 1000개쯤 있어서 한꺼번에 자신의 온몸을 일깨워 주었으면 했다. 남자는 최선을 다하고 있었다. 엘런의 두 팔은 노래를 부르는 듯했고 작은 광기 같은 기쁨이 넘실넘실 허리까지 차올랐다. 한 해를 홀로 외로움 속에 갇혀 살았으니.

"나 서투를 텐데." 엘런이 말했다.

"엘런 같은 여자가 무슨." 남자는 믿지 않았다. 누가 믿겠는가? 엘런은 복숭아 같은 살결에 길고 늘씬한 다리, 풍성하고 숱 많은 가을 빛깔의 머리칼을 가진 스물여덟의 자유로운 여자인데.

"가끔은." 엘런이 말했다. "다른 사람의 손길이 그리웠어요. 하지만 나가서 아무한테나 부탁할 수는 없는 거잖아. 부탁은 자신에게만 할 수 있어요."

"자신?" 남자가 물었다.

"네." 엘런이 슬프게 답했다.

"안타까운걸." 남자가 말했다.

담요가 미끄러져 촉촉한 풀밭에 닿으려는데 남자가 양손을 뻗어 낚아채서는 등 뒤로, 어깨 너머로, 머리 위로 들어 올렸다.

"놀랐어요?" 엘런이 물었다. 남자는 용서의 미소를 지어 보이고는 담요를 앞으로 끌어당겨 엘런의 머리 위에 뒤집어씌웠다. 두 사람이 담요 안에 폭 안기자 남자는 손을 놓고 엘런을 끌어안아 입을 맞추더니 처음에는 입술 바깥쪽을 가늠하다가 내밀하고 부드러운 안쪽의 살결에 가져다 댔다. 혀가 둥그렇게, 둥그렇게, 완벽하고 어질어질한 리듬으로 얽혔고, 그는 엘런에게 입을 크게, 더 크게 벌리라고 말했다. 엘런은 곧바로 입을 한껏 벌리고 혀를 내밀어 그를 받아들였고 질식할까 걱정하면서도 전에는 몰랐던 황홀한 과일을 맛보는 기분이었다. 뼈 마디마디에서 노래가 흐르는 것 같았으며 입속에서 느껴지는 맛은 마법이었다. 숨이 달리자 남자는 담요를 젖히더니 베일처럼 얼굴에 둘렀고, 둘은 잠시 숨을 고르며 서로를 바라보았다. 남자는 얼굴이 좋아 보였다. 투명한 낯빛, 만족스럽게 소진한 표정. 평소에는 따분해 보이는 표정을 짓는 사람이었다. 얼굴형이 근사했고 항상 윗입술을 혀로 핥는 버릇이 있었다. 최소한의 움직임만으로 미소 지었다. 아주 부드럽고 아주 섬세한 미소. 노골적으로 입을 활짝 벌리며 웃는 일은 한 번도 없었다. 눈으로 웃는 사람이었고, 눈가에 주름이 많았다. 웃음이 많은 사람일지도 몰랐다.

"여기에는 왜 온 거예요?" 엘런이 물었다. 종일 미루어 둔 질문이었다. 그는 그날 아침 8시에 엘런을 찾아왔고, 엘런은 택배나 등기 우편을 배달하는 우체부라고 생각해서 밑단이 우글쭈글한 긴 소매 원피스 잠옷 차림 그대로 아래층에 내려갔다. 그런데 현관에는 짙은 색 정장과 티끌 하나 없이 새하얀 셔츠 차림에 선글라스를 낀 그가 있었다. 누구인지 알아보기까지는 시간이 걸렸다. 딱 한 번 만난 사이였다.

"너무 이른 시간인가요?" 그가 물었다.

"들어오세요." 엘런이 대답했다. 그가 잠옷을 관찰하기 전에 잽싸게 계단을 올라갔다. 거들과 옷을 차려입고 다시 내려와서 정식으로 악수하고 아침을 차려 주겠다고 했다. 그의 방문이 의아했고, 속옷도 제대로 챙겨 입지 않은 채 베이컨과 달걀을 구워 주려니 아무래도 부적절한 것 같은 생각이 들었다. 자기 허벅지의 서늘한 살갗이 느껴지자 자신의 차분한 마음과 그에게 느끼는 거리감이 달가워졌다. 그는 문제가 생겨서 찾아왔음이 분명했다. 그 시간에 선글라스를 끼고 세상을 대면할 이유는 골칫거리밖에 없었다. 그는 종일 엘런의 집에 머물렀다. 엘런이 침대에 있던 담요를 질질 끌어다 주었더니 정원에 깔고 잤다. 잔마다 얼음을 여섯 개씩 넣고 진토닉을 마셨는데, 얼음에 광적으로 집착하는 까닭에 모자람 없이 술을 마실 수 있도록 스테인리스 얼음틀 열두 칸에 물을 채워 냉동고에 넣고는 냉각 속도를 최대로 높였다.

"내가 왜 온 것 같아요?" 그가 물었다.

"무슨 문제 있어요?" 하지만 엘런은 달가웠다.

"미란다가," 그가 답했다. "집에 눌러앉았어요. 도통 갈 생각을 안 해요."

"손을 써야겠네요." 엘런은 대꾸하면서 열띤 사랑이 얼마나 빨리 사그라드는지 생각했다. 미란다는 그의 애인이었다. 엘런은 한 해 전에 두 사람을 만난 적이 있었다. 이름은 미란다에 성은 뭐였더라, 그리고 이 창백하고 낯선 남자는 잠깐 대화를 나누더니 직업이 뭐냐고 물었다. 엘런은 연극을 다루는 소규모 잡지사에서 일한다고, 한 번 결혼했으나 결혼 제도에 찬성하지 않는 입장이고 아들이 있다고 답했다. 두 사람의 대화 주제는 결혼으로 바뀌었다. 그도 결혼했다고 말했다. 아이가 잔뜩이고 기진맥진한 아내가 있다고 했다. 그런데 미란다가 그를 불렀다.

"알았어, 자기야."

"매시드포테이토 댄스[2]야." 미란다가 팔을 뻗어 그를 맞았다. 키가 크고 머리칼은 풍성했다. 새가 둥지를 틀 수도 있을 것 같았다. 숲을 연상시키는 다양한 초록빛과 잿빛으로 염색한 머리였고, 팔을 쭉 뻗어 그를 가까이 끌어당기는 모습이 몹시 여성스러웠다. 이름은 미란다, 성은 기억 안 남. 파티를 주최한 남자는 미란다가 지루한 여자라고, 자꾸만 나팔관 이야기를 한다고 했다. 엘런은 마음이 놓였다. 미란다의 내면이 근사한 얼굴과 숲을 닮은 사랑스러운 머리카락 같았다면 엘런에게는 딱히 가망이 없었을 것이기 때문이다. 그날 밤 엘런과 남자는 그 이상 대화를 나누지 않았고, 그가 떠나며 엘런에게 작별 인사를 한 것이 끝이었다. 그러고는 며칠 후 엘런이 일하는 잡지사로 전화해서 쥐덫에 돼지 껍데기 대신 고무줄을 넣

---

2) 1960년대 초반 세계적으로 선풍적인 인기를 끌었던 춤. 발뒤꿈치를 안팎으로 모았다 벌리기를 반복하는 단순한 동작이 특징이다.

은 여자에 관해 이야기하더니, 그나저나 잘 지내냐고 물었다. 엘런은 잘 지내고 있고 급하게 갈 곳이 있으며 — 사실이었다. — 남자가 오늘 어떻게 꾸몄냐고 묻기에 소매가 시폰으로 된 갈색 원피스와 호박 구슬 액세서리 차림에 머리는 아침에 감아 깨끗하다고 답했다. 사실이었다.

"그렇겠죠." 그가 짓궂은 목소리로 말했다. 곧 엘런과 만날 사람이 부럽다는 뜻이었고, 엘런은 그가 자신에게 관심이 있는 게 분명하다고 생각했다. 네 아이에 버림받은 아내, 애인까지 있는 남자에게 다른 여자를 궁금해할 여력이 있다면. 그것이 벌써 한 해 전이었다. 통화한 뒤로 며칠, 아니 몇 주 동안 엘런은 그를 생각하며 앓았으나 여느 거짓된 감정처럼 찰나의 앓이는 잦아들었고, 그가 선글라스를 끼고 문간에 나타났을 때 예전에 자신의 마음에 뜨겁게 불탄 자국을 남긴 사람이라는 사실을 깨닫고 충격받고 말았다.

"내가 와서 불편한가 봐요. 내가 좀 심심하죠." 그가 말했다.

"그렇지 않아요. 우리 맛있는 저녁도 먹었잖아요. 혼자 있었다면 귀찮아서 요리도 안 했을걸요." 엘런은 여름휴가를 낸 참이라 저녁이면 카페에 가서 가볍게 끼니를 때우곤 했다. 아들이 없을 때, 손님이 없을 때는 요리하는 것이 서글펐다. 혼자 있을 때는 혼자인 삶을 공식화하지 않으려고 서서 먹었다.

"그러면 이제 뭘 할까요?" 남자가 말했다. 다시 머리 위로 담요를 씌우고 키스를 이어 갔다.

"아까랑 똑같이." 남자가 말했다.

"이렇게 입을 크게 벌려 본 건 처음인데." 엘런이 말했다.

"그렇다면, 침대로 데려가서 내가 아는 사악한 짓을 모조리 전수해야겠다." 그가 했던 말 중에서 처음으로, 사실 유일하게 우스운 말이었다. 그들은 정원을 가로질러 테라스 계단을 올라가서 강이 내다보이는 방으로 갔다.

"이런 집을 빌리다니, 엘런은 운이 좋네." 어느 돈 많은 여자가 아프리카에 다녀온다며 엘런에게 일 년 동안 빌려준 집이었다.

"난 항상 운이 좋더라고요." 엘런이 침실로 안내하며 말했다. 그가 조명은 켤 필요 없다고 말하자, 엘런이 커튼을 쳐야 할지 되물었다.

"그대로 둬요." 그가 말했다. "아침에 해 뜨는 풍경을 감상하자고요."

"누가 그래요, 해가 뜬다고?" 안도. 엘런은 그가 아침까지 머물 작정임을 알았고, 그것은 두 사람이 몸을 섞으리라는 사실만큼 만족스러웠다. 엘런은 아직 욕망에 어쩔 줄 모르는 자신을 그대로 남겨 둔 채, 저 혼자 끝내 버리고 바로 일어나서 사라지는 남자를 떠올렸다.

침대에서 엘런은 넓게 벌렸다. 그리고 그에게 디기탈리스라는 이름을 붙여 주었다. 그것 역시 짙고 은밀한 숲속에서 자줏빛으로 자라났으니까. 그는 침대맡의 조명을 켜 두었다. 엘런은 그가 자기 안에서 꽃줄기처럼 굳고 길어지는 것을 느꼈다. 부드럽게 또 단단하게. 그는 그 어떤 남자도 해내지 못한 방식으로 엘런을 사랑해 주었다. 남편조차, 엘런을 갈기갈기 찢어 갈망과 사랑과 고통과 후회의 순환 속으로 몰아넣은 남편조차 해내지 못한 방식으로. 그런 종류의 사랑은 결국 허망

할 뿐이니까.

"당신의 사랑, 사랑스러워요." 남자의 등이 땀으로 흥건했다. 그는 엘런의 몫까지 힘을 다했고, 엘런의 마음에는 이루 말할 수 없는 고마움이 차올랐다.

"내가 식혀 줄게요." 엘런이 말했다. 물병에 손을 담근 뒤 그의 등에 뿌려 땀을 닦고 열기를 식혀 주었다. 그는 등을 대고 누워 잘 자라고 인사하는 듯하더니 곧장 잠들었다.

엘런은 그의 팔을 베고 누워 코 고는 소리를 들었다. 그 소리가 싫지 않았다. 너무 행복해서 잠이 오지 않았다. 그저 가만히 누워 자신이 행복하다는 사실 외에는 어떤 생각도 하지 않았다.

"후회한다고 말해 봐요." 아침이 되어 남자가 잠에서 깼을 때 엘런이 말했다. 그는 눈을 깜빡이며 낯선 방을 둘러보다가 옆자리의 베개 위로 늘어진 서먹한 붉은 머리를 바라보았다. 그의 말문을 막기 위한 농담.

"후회라니!" 그가 답했다. "왜요?"

"혹시나 후회할까 해서 물어본 거예요." 엘런이 말했다.

"엘런은 후회해요?"

"아뇨, 난 행복한데."

"대체 무슨 일이 일어난 걸까요." 그가 말했다. "딱 한 번 만난 사이인데."

"두 번." 엘런이 말했다. "어제까지 포함해서. 덕지덕지 화장하지 않은 얼굴은 처음이겠네."

그는 화장기 없는 엘런의 얼굴이 더 좋았다. 가면을 벗은 얼굴. 또 한 번 엘런을 사랑해 주었고 좋았다는 말 외에 별다른 말은 덧붙이지 않았다.

두 사람은 아침을 먹은 뒤, 엘런의 점심 약속 시간이 될 때까지 정원에 앉아 있었다. 이어지는 햇볕. 그는 졸다가 조금 이야기를 하더니 어떻게 해야 할지 고민했다.

"내가 집에서 나가야겠지." 그가 말했다. "정말 좆같이 불공평하다니까. 항상 남자가 떠나야 하잖아요."

"항상 그런 건 아니에요." 엘런이 대꾸했다. 살던 집에서 나와 홀로 생활을 꾸려야 했던 자신을 떠올렸다.

"아내한테 나가라고 할 수는 없겠죠." 남자가 말했다.

엘런은 하고 싶은 말도 묻고 싶은 것도 정말 많았으나 관계를 망칠까 두려워서 아무 말도 하지 않았다. 뾰족한 속내는 잘 감춰 두고 얼음으로 묽어진 술을 건넸다. 둘은 등을 맞대고 기댄 채 앉아 있었고, 둘 중 한 사람이 당시 선풍적인 인기를 끌던 노래 「마음이 다정한 사람이라면」을 흥얼거리기도 했는데, 그들의 감정 덕분에 노랫말이 특히 감미롭게 느껴졌다. 정오가 되자 남자는 차로 런던 시내까지 데려다주겠다고 나섰다.

"왜 웃어요?" 그가 물었다. 차가 멈추고 달리기를 반복했다. 토요일이라 정체가 심했다.

"왜냐고요?" 엘런의 목소리가 가뿐했다. 정말 많은 일이 있었다. 엘런은 다시 태어난 기분이었다. 꽉 막힌 도로를 앞에 두고도 부드럽고 너그러운 마음. 남자의 귓불을 보다가 간밤의 한 장면이 떠올랐고, 침대 위 그의 귓불에 맺혀 있던 땀 한

방울이 꼭 낙하를 앞둔 크리스털 같았다고 말했다. 엘런은 자리에서 이쪽저쪽으로 뒤척이며 기분 좋게 팔다리를 죽 뻗었다.

"힘이 넘치시네." 그가 말했다.

"내가 원래 가만히 있지를 못해요." 그는 엘런을 보며 미소 짓고는 자동차 룸 미러를 보며 혼자 빙그레 웃었다. 그도 행복한 것이다.

"선물을 주고받는 것이 매일 있는 일은 아니니까." 엘런이 말했다. 엘런은 남자를 위해 무언가 사랑스럽고 다정한 것을 베풀고 싶었다. 꽃이 활짝 핀 정원이라든가 — 그는 꽃을 좋아해서 창가에 화단을 두고 데이지를 길렀다. — 온갖 빛깔의 돌 같은 것, 절대 버리고 싶지 않을 선물을 주고 싶었다. 사실 그런 생각을 하기보다는 그에게 이야기를 하며 행복감에 젖은 스스로를 껴안을 때가 많았고, 두 차례 빨간불 앞에서 멈춰 섰을 때 그가 엘런에게 키스하기도 했다. 엘런은 두 사람이 다시 만나리라는 것을 알았기에 무리해서 언제 어디서 만날지 정할 필요를 느끼지 않았다.

"누구든 먼저 연락하면 되겠죠." 그가 말했다. 엘런은 차에서 내려 자동차 문을 붙잡은 채로 갓돌 위에 서 있었다.

"그러면 되겠어요." 엘런이 말했다. 자신을 은은하게 감싼 사랑의 광채 덕분에 현명해진 것. 엘런의 눈이 반짝였다. 그들은 곧 만날 것이고, 엘런은 또 활짝 열릴 것이다. 남자의 존재가 강물로서 엘런의 초원 같은 몸으로 흐를 터다. 엘런은 그런 생각을 품고 식당으로 들어섰다.

# 3장

　그래서 점심시간이 지겨웠다. 구두쇠 연극 제작자가 어떤 작품을 무대에 올리면 좋을지 물었다. 엘런에게. 일주일 전이었다면 우쭐했을 터였다. 상대는 유명 인사, 줄무늬 정장에 멕시코 은제 커프 링크스[3) 차림으로 특별 고객을 위한 창가 자리에 앉아 관심을 끌어 보려는 여자 배우의 시선을 받는 남자였다. 그는 엘런을 호텔 꼭대기의 정원으로 데려갔고, 두 사람은 런던의 끔찍한 면면을 바라보았다. 건물이 뒤죽박죽 엉켜 있었고, 위에서 보면 초록이라고는 하나도 없이, 모양새가 제각각인 주택과 좁은 골목의 미로 속 먼지 자욱한 공원 부지가 전부였다.

---

3) 셔츠 소매를 여미는 장신구.

"그래서, 완벽한 남자는 아직 못 찾은 거요?" 그가 물었다.

"네, 하지만 이제 겨우 딱 한 사람 겪어 본 거니까." 그는 찬 수프를 맛보았다. 충분히 식히지 않은 상태였다. 손을 흔들었다. 그들 쪽으로 다가온 웨이터는 영어를 못했지만, 걸쭉한 수프가 든 그릇을 밑에 깔린 얼음에서 들어 보이며 이미 충분히 식혔음을 알렸다. 엘런의 동행은 차갑지 않다고, 게다가 순수 착즙 오렌지주스를 주문했는데 깡통에 든 기제품이 나왔다고 항의했다. 모두가 그들을 바라보는 것 같았다. 따가운 시선은 웨이터의 복수였다. 엘런은 시간을 허비하고 있었다.

"뭘 하며 살 생각입니까?" 남자가 두 번째 수프가 도착하기를 기다리며 질문했다.

"그냥 살려고요." 엘런이 답했다. 드문 일이었다. 엘런은 항상 불안감에 시달리는 사람이라, 이제 무슨 일이 일어날지, 이번 만남은 영원할지, 자신이 아들을 지나치게 사랑하는 것은 아닌지, 두 사람이 탄 자동차 바퀴가 갑자기 튀어 나가는 바람에 반송장이 되어 길가에 널브러지지 않을지 걱정하곤 했으니까.

"현명해지는 거로군." 남자가 말했다.

"나이가 드는 거죠." 엘런은 전보다 행복했고, 만족스러웠고, 그러니 젊어진 셈이었다. 점심 식사는 비쌌고 남자는 뚱한 얼굴로 식당을 떠났다.

그날 저녁 엘런은 기다림 속에서 〈키츠를〉 몇 장 읽었고 여기저기 방황하다가 정원 끝에 서서 간밤의 빛기둥이 여전한지 확인했다. 전화가 울리는 소리를 놓칠까 봐 문 앞에 돌을 받처 두었다. 고요한 저녁이라 모든 소리가 온전히 전달되었기에 전화기가 울리자마자 곧장 달음질로 잔디밭을 가로질러 개구리 연못을 지나 계단을 뛰어올랐다. 부산한 이동과 무관한 모종의 이유로 목걸이가 끊어지는 바람에 엘런이 오르는 계단 위로 구슬이 와르르 쏟아졌지만 그런 일 따위 상관없었다.

"여보세요." 엘런이 전화기를 들고 말했다. 서두른 티를 내지 않으려 애썼다.

"나와서 한잔할래요?" 그 남자가 아니었다. 가끔 즉흥적으로 엘런에게 전화를 걸어 데이트를 신청하는 다른 남자였다.

"안 돼요." 엘런이 말했다. "올 사람이 있어요."

"바람피우나 보네." 남자가 말했다. 그는 엘런을 조금 좋아했다. 엘런은 자신이 좋아하는 사람과 연애할 수 없는 사람인 게 참 안타깝다고 그에게 종종 말하고는 했다. 두려움과 증오, 엘런의 열정을 부추기는 것은 그 두 가지였다.

"난쟁이 같은 놈이기를." 그가 말했다.

"그런 셈이에요." 엘런이 답했다. 술은 나중에 마시기로 약속하고 전화를 끊었다.

떨어진 구슬을 주우러 갔다. 찾기 쉬운 것도 있었으나 사위가 어두웠으므로 기다란 전등의 각도를 조절해 가며 이끼 낀 계단을 구석구석 비추고 손가락으로 더듬었다. 커다란 파란색 구슬과 중간 크기의 투명한 구슬과 그 사이에 있던 조그마한 진주를 모아 나갔다. 전부 되찾아야 했다. 목걸이를 고치는 것도 중요했지만 엘런에게는 이 사건이 징조처럼 느껴졌기 때문이다. 구슬을 소복이 쌓일 만큼 찾아낸 뒤에는 양 손바닥 사이에 꼭 쥐었다가 이 손 저 손으로 옮겨 보며 시간을 때웠다. 이따금 구석이나 풀숲 아래 어두운 자리에 손을 대 보면 또 구슬이 나왔다. 그런 식으로 끝도 없이 발견하니 우스웠다. 그렇게 시간이 흐르고 엘런은 집 안으로 들어와서 전화기 앞에 앉았고, 바라보았고, 울리기를 기다렸고, 바랐고, 애원했고, 가끔 들어 올려 고장 나지는 않았는지 확인한 뒤 정상적으로 뚜 하는 소리가 들리자 안도했고, 문득 지금 남자가 전화 중일지도 모른다는 생각에 내려놓았다. 전화기는 울리지 않았다.

다음 날 밤이 깊어지자 엘런은 직접 전화하기로 결심했다. 남자는 신문사에서 기사를 쓰느라 늦은 시간까지 일했다.

"왜 내가 전화를 했는지 모르겠네." 엘런의 목소리는 명랑했다. 남자는 잘 있었느냐고, 뭐 하고 있었느냐고 물었다. 엘런은 오랫동안 밖에 있었다고 거짓말하고는 목걸이가 끊어져 정원이 온통 구슬 천지라 하면서, 자기도 모르게 이런 말을 덧붙였다. 부끄러움을 모르는 부드러운 목소리, "같이 있어서 좋았어요."

남자는 자기도 그랬다며 그토록 행복한 시간은 정말 오랜만이었고 아무것도 후회하지 않는다고 했다.

"그리고?" 엘런이 말했다.

"정말 모르겠어." 그가 말했다. "난 미란다를 사랑해요. 떠날 때마다 그걸 깨닫고 다시 돌아가 버릇해. 어쩌면 난 다 갖고 싶은 건가 봐요. 내 안에 너무 많은……." 그는 죄책감, 책임감, 골칫거리 같은 것들이 있다고 말하고 싶은 듯했지만 그 모든 의미가 담긴 한 단어를 찾아내지는 못했다. 나중에 만나자고 덧붙였는데 실제로 두 사람이 만난다면 예의에서 비롯한 의무적인 만남이리라는 사실을 엘런은 알았다.

"엘런은 괜찮아요?" 그가 물었다. "걱정스럽지는 않고요?"

"딱히." 엘런이 답했다. 다시 체념하고 혼자인 삶을 받아들여야 할 것이다. 그가 위로를 구해 엘런을 찾아왔던 전날 아침에 그랬던 것처럼 혼자겠지. 다만 몇 달 동안 직업과 아이 양육과 정원 돌봄에 전념하며 연습과 단련과 자제를 통해 이뤄낸 광활한 평온은 사라지고 없었다.

"내가 지금껏 만난 사람 중에 엘런만큼 좋은 사람은 몇 없었는데." 그가 말했다. 진심이었다.

"나도 그래요." 엘런이 말했다. 덕담을 몇 마디 더 주고받았을 때 그에게 또 전화가 걸려 오는 바람에 두 사람은 통화를 끝냈다. 실제로 전화 울리는 소리가 들렸으니 거짓은 아니었다.

"그럴 만하니까 당하는 거지." 엘런은 전화기를 내려놓으며 말했다. 죄를 지었으니 벌을 받는다는 믿음의 신봉자. 어디서 밤을 보냈는지 미란다에게 말했을까, 엘런은 궁금했다.

다음 이틀은 끔찍했다. 원피스 잠옷을 입고 집 안을 돌아다니며 남자를, 아들을 떠올렸고, 계획했던 휴가를 떠올렸다. 런던을 쏘다니며 버스를 타고 시골에 다녀온다든가 나뭇잎을 모으고 도자기를 구입해서 귀가하는 등 관광객 흉내를 낼 생각이었다. 그가 전화하지 않으리라는 두려움이 너무나도 큰 나머지 아예 전화를 걸 수 없도록 전선을 뽑아 놓았지만, 또 다른 엘런이 나타나서 자꾸만 다시 전선을 꽂고 희망을 이어

갔다. 술을 많이 마시고 이틀 밤을 취한 채로 잠자리에 들었는데 머리가 빙빙 돌고 매트리스가 넘실거렸다. 커튼을 젖혀 놓고 누워 있었다.

셋째 날에 음식을 사러 나갔다. 8월에 어울리지 않는 흐린 날씨였다. 거리에 실안개가 자욱했으며 해가 날지 비가 내릴지 알 수 없었다. 다들 침울했다.

"제대로 된 여름날도 없었는데 말이지요." 과일 가게에서 일하는 남자가 말했다. 지난 닷새는 까맣게 잊은 것이다. 엘런은 기운을 차리려고 딸기를 샀다.

"휴가 가세요?" 남자가 물었다. 엘런은 안 간다고 대답하고 같은 질문을 던졌다. 그는 누이와 스페인에 갈 계획이라고, 구더기를 먹고[4] 비노[5]를 마시고 까무잡잡해져서 돌아올 거라고 말했다.

"놀랍잖아요." 그가 말했다. "태양이 사람에게 미치는 영향력이란. 악마 같아요, 과연 그렇죠. 사악합니다, 악마처럼. 여기저기 다녀 보셨으니 무슨 말인지 아실 거예요. 햇볕을 쬐고 싶은 마음도 이해하시죠, 거부할 수가 없다니까……."

"무슨 말인지 알아요." 엘런이 말했다. 그리고 하이 스트리트 위로, 꽃을 파는 가판대와 소리 높여 홍보하는데도 고객이 한 명도 없는 플라스틱 옷장 행상을 지나쳐, 기분 전환이 될 책이나 한 권 살까 해서 서점으로 갔다. 하이 스트리트 꼭대

---

4) 스페인과 이탈리아 사이, 지중해에 자리한 사르데냐섬에서는 '카수 마르추'라는 치즈를 먹는데, 치즈 안에 파리 유충을 넣어 발효를 촉진한다.
5) 스페인어로 포도주라는 뜻.

기에 있는 벤치에 앉아 책도 읽고 지나가는 사람들 구경도 하고 건너편에 '축하연 및 각종 연회'라고 쓰인 큰 술집을 지켜볼 생각이었다. 어쩌면 키프로스에서 온 남자가 있을지도 몰랐다. 남자는 매일같이 그 술집에 왔다. 덩치가 커다랗고 슬퍼 보이는 남자와, 그의 어리숙한 누이. 남매는 눈이 마주치면 미소 지었고, 한번은 남자가 오렌지를 먹다가 누이에게 한 조각 건네기도 했다.

그 동네에 여행사가 있는지 몰랐는데, 엘런은 옆길 모퉁이서부터 네 번째 자리에 나 있는 문이 여행사 입구라는 사실을 알게 되었다. 다가가서 창문 안을 들여다본 엘런은 알록달록한 사진 한 장을 발견했다. 해변양산 아래 밀짚모자를 쓴 여자아이 둘이서 미소 지은 채 사진 속에는 없는 누군가를 맞이하고 있었다. 보라색 비키니 차림에 배는 초콜릿 빛깔이었고 배꼽의 곡선이 아름다웠다. 엘런은 다시금 남자를 떠올렸는데 아침이 임박해 두 번째로 사랑을 나눴을 때 그가 엘런의 안으로 들어오지도 않고 그저 몸으로 몸을 어루만졌다는 것, 그렇게 전에는 모르던 새로운 쾌락의 장소를 알아냈다는 것을 떠올렸다. 그리고 거리에 서서 엘런은 남자를 갈망하며, 그가 저지른 가장 사악한 짓이란 엘런이 죽은 듯 살자고 체념했을 때 그런 식으로 다가와서 거짓된 희망을 건네고 하룻밤 동안 새 삶을 준 것이라고 생각했다. 유아차를 밀며 지나가는 사람들, 장을 보며 피 흘리는 딸기를 바구니에 담아 가는 사람들은 알까, 엘런이 다리 사이에 고통을 끼고 창문 앞에 서 있다는 사실을? 과일 가게 남자가 말했듯 악마 같았다. 엘런은 찌뿌둥한 하늘을 올려다보며 그 어둠을 저주했고, 수녀원처럼 음울한 자신의 생활을 저주했다. 그는 어릴 때부터 죄를 지으면 벌을 받는다고 배웠다. 속세에서 죄를 지었고, 끔찍한 마법에 걸린 듯 오랫동안 마그달렌 세탁소[6]에서 무릎 꿇고 죄를 씻어 내며 자정했다. 자유와 젊음을 갈망했고, 벌거벗은 채로 이 세상 모든 남자와 동시에 사랑을 나누고 싶었다. 그래서 남자가 도망간 걸까? 엘런의 얼굴에 남은 감금의 흔적을 알아본 것이다. 처벌의 흔적도. 엘런은 다시금 창문을 바라보며 소리 내어 말했다. "벌을 줘야지, 떠나 버릴 거야." 당연하게도 엘런은 여전히 남자가 미란다와 다투고 자신에게 돌아오기를 바라고 있었다. 무슨 말을 할지 고민하지도 않고 여행사 안으로 들어갔다. 당장이라도 나가서 햇볕을 쬐어야 할 듯한 병약하고 젊은 남자가 엘런이 갈 수 있는 곳이 열 군데가 넘는다며 무료 책자를 건네고 살펴보라고 했다. 엘런은 자리에 앉아 책자를 폈는데 '삶에서 누릴 수 있는 모든 즐거움이 있는 곳, 프랑스'라는 문구와 함께 야자수가 아름답게 늘어선 해변 사진이 보였다. 프랑스 해변을 배경으로 방탕하지만 특별하고 감미로운 매력이 있는 사람들이 등장하는 소설 하나가 떠올랐다. 엘런은 책자를 편 채로 다시 젊은 남자에게 갔다. 남자는 약혼자와 함께 다녀온 적이 있는데 그 경이로운 풍경은 직

---

6) '마그달렌 수용소'라고도 부른다. 로마 가톨릭교 주관으로 18세기부터 20세기 후반까지, 이른바 '타락한 여자들'을 가둬 두고 강제 노동을 시킨 곳이다. 1993년에 수용소 자리에서 여성 155명의 시신이 발견되어 큰 논란이 되었고, 2013년 아일랜드 정부에서 피해자들에게 공식적으로 사과했다.

접 두 눈으로 봐야만 한다고 말했다.

"기가 막혀요." 남자의 말이었다.

"혼자 가기도 하나요?" 엘런이 물었다. "여자들도?"

"혼자 가는 게 최고예요." 남자가 말했다. 엘런은 남자의 목소리에서 회한 같은 것이 묻어나고 있음을 느꼈다. 어쩌면 하룻저녁쯤 몰래 빠져나와 믿을 수 없을 만큼 거대한 야자수 아래서 들썽들썽한 밀회를 즐기고 싶었던 걸까?

엘런은 그곳에 가기로 했다.

"빠를수록 좋아요." 엘런이 말했다. 남자는 전화를 걸어 비행기표를 끊고 호텔을 예약했다. 남편과 아들은 일주일 이상 돌아오지 않을 테니 엘런은 낯선 이국의 땅에 누워 모험을 시작할 것이다.

예약을 마친 뒤에는 옷을 사러 갔다. 바지 한 벌, 그 위에 입을 옆트임이 있는 셔츠, 엄지와 다른 발가락 사이로 끈이 달린 금빛 샌들. 자유의 복장.

"있잖아요, 나는 바지를 입어 본 적이 없어요." 엘런이 점원에게 말했다. 수줍음. 꼬마였을 때부터 그렇게 배웠다. 그리고 다리를 꽈서도 안 된다고 했다. 성모님이 얼굴을 붉히신다고. 글쎄, 이제 엘런은 유행하는 옷과 파란색 바지까지 사들였고, 성모님 얼굴이 솜털 끝까지 빨개지든 말든 상관하지 않기로 했다.

"슬랙스가 잘 어울리네요." 점원이 말했다. 엘런의 팔 위에 바지가 한 벌 더 있었다. 한결 가벼운 소재로 만든 것으로, 저녁에 입으면 좋을 듯했다. 과소비였으나 돌아와서 절약하고 겨우내 잡지 일을 더 하면 된다고 마음을 다잡았다. 다른 평론가들은 격이 떨어진다며 절대 맡지 않을 런던 외부의 연극까지 맡으면 될 터였다. 엘런은 들고 있던 바지도 샀다. 초록색 실크 소재에 짧은 상의까지 한 벌이었다. 상의 밑단과 바지 허릿단 사이로 배가 보였다. 그 옷을 입으니, 우윳빛 흰 살결이 2~3센티미터쯤 드러났다.

집에 돌아온 엘런은 새로 산 옷을 한 번 더 입어 보고 벗어서 여행 가방에 집어넣었다. 발톱을 새빨간 색으로 칠하고 새끼발가락의 티눈을 다듬으며 가운데가 희고 단단한 것이 꼭 진주 장식 같다고 생각했다. 새로 장만한 초록색 옷을 입고 라디오 음악에 맞춰 춤을 췄다. 지금은 홀로 춤추고 있지만 내일 이 시간에는 나른한 열기에 취한 채로 해변을 산책할 테고, 모래사장에 서서 바다 쪽으로 무언가를 던지면 뒤에 선 어느 낯선 이가 미소를 머금은 채 그림자를 드리울 테고, 엘런이 뒤를 돌면 두 사람은…… 행복해진 엘런은 깊이, 깊이 숨을 쉬었다. 하지만 그 남자는 엘런이 떠난 것도 모르리라. "잘 살아라, 휴 휘슬러." 엘런은 그 이름을 말하고, 남자의 신문사 주소를 적어 놓았다. 나중에 너 따위 신경 안 써, 라는 식의 유쾌하고 후련한 엽서를 보내 줄 것이다. 모두가 집으로 돌아와 일상으로 복귀할 미래에 대비해 아들의 옷을 다림질해서 침대 위 옷더미 위에 올려놓았다. 샌들도 치워 두었다. 유연성을 기르는 운동을 하고, 우유 배달부에게 남길 쪽지를 썼다. 집 안에 남은 음식을 이것저것 상자에 담아 거리의 여자에게 주었다. 잠이 오지 않았다. 휴대용 라디오에서 흘러나오는 음악에 맞춰 춤을 추며 거울을 바라보았고, 새로 산 옷을 입은 자신의 우윳빛 허리와 반짝이는 발톱, 금빛 새 신발 속에서 빛나는 사악한 빨강을 보았다. 춤을 추며 마지막 고독의 밤을 보냈다. 마침내 아래층 소파 위에서 잠들었을 때, 옆에는 늦잠 자는 일이 없도록 오 분 간격으로 알람을 맞춰 놓은 시계가 세 개 있었다. 비행기는 정오에 출발할 예정이었다.

# 4장

　남자는 두 번 엘런을 바라보았으나 시선에는 아무런 감정
도 실려 있지 않았다. 프랑스 영화에 나오는 단역 배우가 떠오
르는 인상이었다. 얼굴이 길고 갸름하며 이목구비는 날카로웠
다. 그가 가장 잘생겼기 때문에 엘런은 일부러 반대편 복도 쪽
으로 자리를 잡았다. 비행기에 타자마자 그를 포착했다. 다른
사람은 자리에 앉아 창밖을 보며 법석을 떨고 손을 들어 냉
방을 조절하며 비행에 관심이 있는 척했으나 사실은 죽을까
봐 두려워했다. 비행을 시작한 지 한 시간이 지난 지금 남자는
《프랑스 수아》를 다 읽은 듯했다. 호기심이 조금 동한 듯 주변
을 둘러보다가 엘런을, 엘런 옆에 앉은 앳된 여자를 바라보았
다. 여자는 머리가 길고 까만 눈이 커다랬다. 무릎 위에 햇볕
을 막아 줄 모자를 장식품처럼 얹고 있었다. 남자에게 고맙다

고 해 볼까? 귀는 이제 괜찮다고? 비행기가 이륙하자 엘런은 침 삼키기가 힘겨워지고 귀가 아프기 시작하더니 누가 바늘로 찌르는 듯 욱신거려서 깜짝 놀랐다. 그때 남자가 사탕을 빨아 보라고 조언해 주었다.

귀 이야기를 하는 것이 과연 좋은 생각일까? 머리핀으로 파낸 귀지 덩어리, 청각 장애, 악취 풍기는 박테리아 따위가 떠오를 텐데. 엘런은 창밖을 내다보며 더 절묘한 주제가 있을지 고민했다. 수평선은 파란 모래벌판 같았고, 길고 푸르게 솟았다가 움푹 꺼지며 그 너머로 눈밭, 아니 흰 하늘이 보였다. 유령 같은 구름 조각이 들판 위로 떠다녔다. 땅을 갈아엎어 황량하고 불그레한 갈색 벌판과 초록빛 풀밭이 보였고 그 사이로 굽이굽이 휘어진 도로는 강물 같았다.

"도로가 꼭 강 같아요." 엘런이 말하며 몸을 휙 돌려 남자의 시선을 끌었다. 그는 허리에 가죽 벨트를 차고 있었다. 엘런은 바로 그 자리에서 그와 사랑을 나눌 수도 있었다. 바닥에 누워 이 난생처음 보는 남자를 사랑하는 것이다. 항상 꿈꾸던 일이었다. 그는 눈빛이 지적이었다. 엘런은 잘생긴 남자가 보이면 매번 접근할 계획이었다. 이 짧은 여행은 일종의 탐사였다.

"파르동."[7] 남자가 말했다. 이런, 같은 말을 반복하면 옆자리 여자도 듣게 될 텐데.

---

7) (프랑스어) 실례합니다만 잘 못 들었습니다. 영어에도 같은 낱말이 있으나 발음이 다르다.

"도로 말이에요." 긴장한 엘런이 말했다. "꼭 강 같다고요."

"네, 네." 그가 우습다는 듯 미소 지으며 답했다. 엘런은 프랑스가 처음이라고 말했고, 그는 대부분 마음에 들 거라고 했다.

"저는 프랑스어도 못 해요." 엘런이 말했다.

"많이들 못 하지요. 그래도 대부분 마음에 들 겁니다."

"뭘 해야 할지도 모르겠어요."

"수영하고 햇볕 쬐고 맛있는 음식 먹고 밤에는 카지노를 즐기면 되지요." 이 남자, 혹시 함께하자고 제안하는 걸까?

"그렇게 이야기하시니 근사할 것 같네요." 엘런이 낮은 목소리로 말했다.

"네, 휴가 동안 이 모든 걸 즐기게 될 겁니다." 그가 말했다. 그는 나중에 이탈리아에서 휴가를 보낼 계획이고 지금은 일을 해야 한다고 말했다. 엘런은 자신의 목적지를 말해 주고 다이어리를 꺼내 호텔 이름을 확인했다.

"어딘지 아시나요?" 엘런이 물었다.

"아뇨, 저는 산골 깊은 곳에 삽니다. 가족과 함께."

"산골." 엘런은 다정스레 말했다. 평온하고 온당한 아름다움이 깃든 산골 풍경이 아닌, 남자의 삶을 그려 보았다. 아내 옆에 어린아이도 한둘쯤 있을 테고, 다들 집 밖에 앉아 그를 기다리겠지. 돌덩어리나 겨울에 지붕에서 떨어져 나온 슬레이트 조각으로 흙에 그림을 그리는 아이들, 주변을 노니는 암탉들, 어쩌면 개도 한 마리 있을지 모른다. 아내는 뜨개질을 할 테고 눈빛이 차분할 것이다. 집으로 돌아와서 아내를 사랑해 주는 남편이 있는 산골 여자만의 차분하고 만족스러운 눈.

"산골까지 어떻게 가시나요?" 엘런이 물었다.

"차를 타고 가죠. 어제부터 공항에 차를 준비해 두었습니다."

"공항에 버스도 있나요?"

"버스. 있죠." 그가 엘런의 걱정을 감지해 냈다.

"제가 길을 알려 드릴게요. 우리 집은 방향이 반대라서요. 아니면 모셔다 드릴 텐데."

"괜찮아요." 엘런이 말하고는 얼굴을 돌렸다. 자신의 동그란 얼굴에 생기가 사라지고 실망감이 차오르는 모습을 보여 주고 싶지 않았다. 엘런은 또 창밖을 내다보았다. 이제 들판을 지나 잿빛 돌산을 넘고 있었다. 엘런은 시체처럼 얽혀 있는 암석의 외형을 바라보고 죽음을 생각했다. 그러고는 토요일이면 언니와 함께 침대에서 뒹굴뒹굴하며 심판의 날을 상상하고 하느님이 둘 중 어떤 말을 할지 연기하던 어린 시절을 떠올렸다. "저주를 내리나니, 내게서 멀어져 악마와 그 수하들을 위한 화염 속에서 영원히 불타거라." 혹은 "축복이 있을지니, 아버지가 너를 위해 천국을 준비해 두었다." 그렇게 언니와 재잘거리는 동안에도 엘런은 아버지가 어머니에게 자기 말대로 하라며 엄지와 검지로 어머니의 턱을 꽉 붙잡고 자기 얼굴 가까이에 끌어당겨 힘겹게 침을 삼키게 하고, 보이지 않는 다른 손으로 이불 밑에서 무언가를 하는 광경을, 어머니가 저항하며 "그만." 이라고 말하는 모습을 의식했다. 그러는 동안, 심판의 날에 하느님이 연단 위에서 어떤 이야기를 할지 아닐지 티격태격하며 내기를 했던 것이다. 그때 엘런은 어머니의 저항을 이해했으나 이제는 마음이 바뀌어 어머니가 야박했다고 생각했다. 엘런은 다시금 사랑의 행위를 떠올렸고, 낯선 남자 쪽으로 고개를 돌려 말했다. "하룻저녁쯤 제가 있는 곳으로 와서 같이 저녁 먹어요."

"그럴까요." 남자가 말했다. "그래도 되겠네요." 남자는 다정하고 진득한 미소를 지었다. 그럴까요. 그리고 침묵.

처음 엘런의 눈에 들어온 바다는 짙은 푸른색 접시에 가장자리를 따라 청록색 동그라미가 점점이 박힌 모습이었다. 누군가가 일부러 바다에 무늬를 칠한 것 같았다. 장식품처럼. 엘런은 숨을 들이마셨다.

"완벽해." 엘런이 말했다. 마치 남자 덕분이라는 듯.

"똑같은 반응을 보인 여자분이 지난주에도 두 명이나 있었어요." 남자가 말했다. 그는 매주 비행기를 타고 오간다고 했고, 엘런은 프랑스에서 그를 만날 수 없다면 런던에서 만날 수도 있겠다고 생각했다.

사람들이 착륙을 준비하기 시작했고, 다시금 간식 접시가 배분되었고, 엘런의 귀에 또 바늘이 꽂혔고, 옆자리의 앳된 여자가 모자를 썼고, 남자가 서류 가방을 열어 넥타이를 꺼냈다.

"제가 길을 알려 드릴게요." 그가 말했다. 엘런이 그를 보며 홀연히 사라져 버리지 않을지 의아해하던 참이었다.

알고 보니 남자는 꼭 필요한 존재였다. 엘런의 짐이 분실되었고, 남자는 직원에게 상황을 설명하고 엘런의 이름과 호텔의 이름, 전화번호를 남겼다.

"저랑 한잔해요." 엘런이 진심으로 고마워하며 말했다.

"통화 좀 하고 갈게요." 남자가 말했다. 엘런은 바에서 기다렸으나 그는 오지 않았다. 엘런이 화장을 고치러 갔을 때 엇갈렸을까, 아니면 엉뚱한 바에서 기다렸던 걸까. 어쨌든 엘런은 남자를 놓쳤다. 바에서 나왔을 때는 엘런이 타야 할 버스도 이미 떠난 뒤라 택시를 타기로 했다. 보란 듯이 가격이 적혀 있었다. 30뉴프랑.[8] 남자 운전사는 말이 많았으며, 기운이 넘치고 발랄했다. 암살자 같은 발랄함이 깃든 눈동자. 엘런은 샘솟는 기운과 기대감으로 머리가 어질어질했다. 야자수는 나무라기보다 잘 깎은 나뭇가지에 커다란 초록색 깃털을 꽂아 놓은 듯 좀처럼 움직이지도 않았다. 이끼도 없고. 담쟁이도 없고. 삭막한 풍경을 채워 줄 만한 것이 아무것도 없었다. 분홍색과 흰색 석조 주택은 발코니에 수건을 널어놓고 스프링클러를 틀어 잔디밭을 적시는 동안 덧문을 꼭 닫은 채 오후의 태양을 피해 잠든 모습이었다. 택시는 아주 빠르게 달렸다. 운전사가 뭐라고 말을 걸었으나 엘런은 그저 고개를 젓거나 영어로 대답하자 자기도 고개를 저었다. 햇살이 번쩍거렸다. 택시가 마을로 접어들자 남자는 건물 위로 깃발 두 개가 펄럭이는 호텔을 가리켰다. 호텔이 있는 언덕 아래로 계단이 이어지고 내리막 잔디밭이 펼쳐졌다. 꿈속 동화 나라에 있는 집으로 돌아온 기분이었다. 택시는 오르막 위를 달리다가 탁 트인 포치의 미동도 없는 회전문 앞에 엘런을 내려 주었다. 예약이 잘 처리되어 있었고, 암살자는 행운을 빌어 주었으며, 부실한 일

---

8) 프랑스에서는 통화 가치 조정을 위해 1960년에 기존의 100프랑을 1뉴프랑으로 변경했다. 당시 1파운드가 13프랑 정도로 환전되었던 것을 감안하면 말도 안 되는 가격이다.

처리가 굉장한 반전을 맞아 분실되었던 엘런의 짐은 이미 호텔에 도착해 있었다. 그때 엘런은 일이 잘 풀리리라는 것을 알았다. 호텔 방명록에 서명하고 열쇠를 챙긴 뒤 엘리베이터를 타고 위층으로 올라갔다. 복도를 따라 엘런의 무거운 짐을 들고 가는 직원을 뒤따랐다. 방에서 벌거벗은 채로 엘런을 응시하는 남자가 있었다. 문을 몇 센티미터 열어 놓고 웃음기 없는 강렬한 시선으로 유혹하고 있었다. 삼십 대로 추정되었고, 몸이 근사했으며, 방 안이 어둑어둑한 것이 마치 블라인드를 내려 둔 채 한숨 자고 일어난 듯했고, 그 덕분에 생기가 샘솟아 사랑할 준비가 된 사람 같았다. 엘런은 그를 바라보다가 짐을 든 직원을 놓칠까 봐 발길을 재촉했다. 문을 열 개쯤 지나자 벌거벗은 남자의 방 반대편에 엘런의 방이 등장했다. 바다가 보이지 않았다. 황동 침대는 싱글치고는 컸으나 더블은 절대 아니었다. 직원은 밀짚 스툴 위에 짐을 놓은 뒤 묘하고 멍한 표정으로 엘런을 바라보았으나 미소는 짓지 않았다. 냄새가 낯설었다. 침구, 가루 세척제, 열기에 노릇해진 목재의 깨끗하고 생경한 냄새. 나무 창틀 이쪽저쪽에 작게 금이 가 있었다. 허름하지만 안락한 방이었다. 바로 짐을 풀고 옷걸이 하나에 한 벌씩 조심스럽게 옷을 걸어 정리했다. 침대 위에 가벼운 모슬린 원피스 잠옷을 펴 놓고 "신혼여행"이라고 말해 보았다. 수도꼭지 주변에 거뭇한 얼룩이 진 비데와 세면대가 있었다. 세면대 위에는 수돗물을 마시지 말라는 푯말이 박혀 있었다. 엘런은 전화를 들어 야단스럽게 페리에 탄산수 한 병을 부탁했다.

"방금 도착했거든요." 엘런이 말했다. 멋쩍기도 했고, 환영의 인사를 듣고 싶은 마음 역시 조금은 있었다.

페리에는 샴페인처럼 얼음통에 담겨 도착했다. 페리에를 가져온 직원은 아주 다정다감했다. 팁을 과하게 줬다.

"이름이 뭐예요?" 엘런이 물었다.

"위고." 남자가 답했다.

"위고." 남자는 엘런의 탄산수를 잔에 따른 뒤 고개를 꾸벅하고 방을 떠났다.

작은 발코니로 나간 엘런은 새로운 장소에, 발밑으로 보이는 마을에, 고요함에, 어딘가 있을 바다에 매혹된 채로 가만히 서서 탄산수를 홀짝였고, 애틋하고 무거운 추억에 사로잡혀 어렴풋한 과거를 떠올렸다. 다른 냄새들, 아일랜드 거리에 내린 흰 서리, 유리그릇에 담긴 얼굴용 파우더와 그 위에 놓인 커다란 퍼프, 연보랏빛 비둘기 가슴, 이런 것들과 이 새로운 장소를, 그간 다녀 본 어떤 장소와도 닮지 않은 이곳을 비교했다. 산산이 부서지는 빛. 색깔 없는 엘런의 살갗. 쇠붙이처럼 빛을 반사하는 주택. 엘런은 그곳에 한 시간 넘게 머물렀다. 가죽 벨트를 찼던 비행기 안의 남자와 호텔 복도에서 마주친 벌거벗은 남자를 떠올렸고, 여기저기서 엘런을 기다리고 있을 다른 남자들도 상상했다. 아들 생각은 하지 않았다.

# 5장

엘런이 호텔 해수욕장에 도착했을 때, 일광욕 매트리스는
대부분 비어 있었다. 몇몇 매트리스에 물기 묻은 몸이 누워
있던 자국이 남아 있었지만, 그 외에는 버석버석한 흰색 병원
침대가 줄줄이 늘어선 듯한 광경이었다. 난간 너머에 해수욕
장이 하나 더 있었는데 그곳의 매트리스는 줄무늬였다. 새하
얀 모래사장의 발자국은 겹치고 겹쳐 서로의 흔적을 지워 냈
다. 엘런은 조심스럽게 움직이다가 해수욕장 담당 직원이 다
른 곳을 보고 있을 때 슬쩍 자리를 잡았다. 못되게 굴려던 것
이 아니라, 그저 뭐라고 말해야 할지 몰랐기 때문이다. 남자
직원은 해변양산을 접어서 몇 개씩 들고 창고로 옮기느라 분
주했다. 뾰족한 끝이 앞을 향하게 창처럼 들었는데. 창고에 쌓
아 놓은 모습마저 무기 같았다. 남자 직원이 엘런에게 다가와

서 말을 걸었을 때 엘런은 공격당한 기분이었다.

"앙글레."[9] 엘런이 말했다. 머릿속으로 돈 계산을 시작했고, 직원이 얼마를 요구하든 척 내줄 수 있도록 잽싸게 돈을 준비했다. 그러나 직원은 호텔 이름을 말하고는 떠나 버렸다. 피부가 햇볕에 짙게 그을린 남자였는데, 사실 엘런과 매트리스 몇 개 너머에 자리 잡은 영국인 일행을 제외하면 이곳에 있는 사람들 모두가 그랬다.

"아서, 좀 봐, 피부가 익었어." 한 여자가 말했다. 친구들이 일제히 붉게 달아오른 가여운 남자를 바라보았다.

"집에 돌아가면 정원에서 반바지를 입고 지내야겠네." 남자의 아내가 말했다. 남편이 가운 밑으로 옷을 갈아입을 수 있도록 도와주고 있었다. 아내는 남편이 발을 넣을 수 있게 면 속옷의 다리통을 벌려 준 뒤 윗단을 배까지 끌어 올리고 다리 쪽이 울지 않도록 잘 펴 주었다.

"됐어, 아서?" 아내가 말했다. 남편은 못마땅한 얼굴이었다. 곧 자리에 앉자 아내가 캔버스 운동화를 신겨 주었다. 구둣주걱을 이용해서 한 짝씩 남편의 퉁퉁 부은 발목 위로 찔끔찔끔 끌어당겼다.

"식초를 줘." 다른 여자가 말했다. 작년 여름에 식초를 바르고 진정 효과가 있다는 사실을 알게 된 것이다. 초콜릿 빛깔의 로션이 담긴 듯한 통을 흔들고 있었다.

"그렇게 멋들어진 통에 식초가 들었어?" 아서의 아내가 말

---

9) (프랑스어) 영어로요.

했다. 여자는 식초 통을 들고 있으면 바보처럼 보일까 봐 선탠 로션 통에 바꿔 담아 온 것이었다.

"헐[10]에 있는 해변에서 샀지. 결혼기념일에 여행 다녀왔거든." 여자는 통을 자랑스레 내보이며 말했다.

"글래디스는 절약 정신 빼면 시체야." 다른 남자가 말하며 따가운 시선으로 글래디스를 바라보았다. 그들은 한두 번쯤 햇볕 화상이라든가 그날 영국 신문에 실린 기사 따위를 주제로 엘런에게 말을 걸었으나 엘런은 못 들은 척했다. 꼿꼿이 앉아서 처음으로 지중해를 바라보며 그 풍경에 전혀, 정말이지 전혀 감동하지 않았음에 이상함을 느꼈다. 남자 직원이 길고 부드러운 빗자루로 매트리스를 쓸어 내는 모습을 바라보는 것이 더 재미있었는데, 저쪽에 앉은 안경 낀 여자 방향으로 고개를 돌릴 때마다 엘런 쪽으로 고정된 렌즈와 시선이 마주쳤다. 여자는 검은색 옷을 입고 두꺼운 흰색 뜨개 머리 망을 하고 있었다. 그의 시선을 피하는 동시에 영국인 일행까지 무시하려니 계속 바다를 바라볼 수밖에 없었다. 바다에는 실안개가 자욱해서 멀리까지 내다보기 힘들었다. 그때 앳된 여자 하나가 나타났고 잠시나마 모든 것이 바뀌었다.

움직임이 너무나도 완벽했기에 모두가 여자를 바라보았다. 맨발이었고, 은색으로 칠한 발톱은 촛농을 부은 듯했다. 아주 밝은색이었으므로 짙은 빛깔의 반짝이는 몸과 대비되었다. 몸이 꼭 마호가니 같았다. 직원이 빗자루를 들어 지나가는 여자

---

10) 영국 킹스턴어폰헐, 보통 헐이라고 부른다.

에게 인사했으나 여자는 웃지 않았다. 존재 자체가 보상이었으니까. 여자는 엘런과 매트리스 두 개를 사이에 두고 자리 잡더니 뒤로 기대앉아 손으로 따뜻한 모래를 훑었다. 안경 긴 여자는 급작스럽게 엘런에게서 시선을 거두더니 새로 등장한 여자를 응시하기 시작했다. 그리고 남자가 나타났다. 신호라도 받은 듯 발코니로 나와 해변에 남은 세 사람을 내려다보았다. 영국인들은 떠난 뒤였다. 남자는 정력의 표상이었다. 금빛 피부에 금빛 머리, 몸 곳곳에 모래가 묻어 피부가 돌처럼 빛났다. 엘런은 호텔 복도에서 벌거벗은 채 자신을 유혹하려 했던 남자가 그일지도 모르겠다고 생각했으나 확신이 서지 않았다. 낯선 환경에서는 사람들의 얼굴을 구분하지 못하는 엘런이었으므로 엘리베이터와 해수욕장 담당 직원, 짐을 들어 준 직원을 구분할 수 없었다. 발코니의 남자는 설렁설렁 다른 남자와 대화를 나누기도 했으나 주로 해변을 바라보았다. 남자가 엘런을 바라보는데 다른 남자가 계단을 내려와서 가까이 다가오자 심장이 쿵쾅거리기 시작했다. 다른 남자는 뚱뚱했고, 모래사장에서 줄타기라도 하는 듯 조심조심 걸어왔다.

"마드무아젤?" 남자가 옆에 서서 엘런을 내려다보며 말했다. 엘런은 당황한 척했다. 그때 발코니에서 날카로운 휘파람 소리가 들려왔기에 두 사람은 고개를 돌렸다. 저 높이서 금빛 술탄이 뚱뚱한 남자를 향해 다른 사람에게 잘못 다가갔다고 알렸다. 뚱뚱한 남자는 실례했다고 말한 뒤, 늘어선 매트리스를 건너 나중에 등장한 앳된 여자가 누운 곳으로 갔다.

"마드무아젤." 남자가 말했다. 여자는 졸고 있었음이 분명했다. 남자가 두 번 연거푸 부른 뒤에야 깜짝 놀라서 일어나 앉았기 때문이다.

"방해해서 죄송합니다만, 제 친구가 마드무아젤을 파티에 초대하고 싶답니다."

"친구요?" 여자의 목소리가 차가웠다. 남자는 위쪽의 발코니를 가리켰고, 여자의 시선이 그 손가락을 따라갔다. 발코니의 남자는 확인차 여자를 바라보는 일 없이 바다 멀리, 물 건너편에 있는 흰 요새 쪽을 내다보았다. 자신의 성을.

"오늘 저녁에 해변에서 파티를 열 계획이거든요." 뚱뚱한 남자의 태도가 지나치게 겸손했다.

"다른 약속이 있어요." 여자가 말했다. 엘런도 그런 식으로 반응할 수 있다면 얼마나 좋을까, 무슨 제안이든 두 팔 벌려 환영하는 대신.

"주 쉬 데졸레."[11] 남자가 말했고, 여자는 영어로 왜 자신을 찾아왔는지 물었다.

"해변에서 파티를 연다니까요. 최대 규모로." 남자가 말했다.

"몇 시에요?"

"9시. 하지만 원하시면 조금 미룰 수도 있어요."

여자는 잠시 아무 말도 하지 않았고 남자는 그새를 틈타 모래사장에 무릎을 꿇고 앉았다. 솜씨가 좋았다.

"다른 약속이 있으시다고요?" 남자가 덧붙였다. 여자가 잠시 고민하더니 아주 담백한 목소리로 말했다. "8시에 미용실

---

11) (프랑스어) 안타깝네요.

예약이 있어요." 초록색 스카프로 머리카락을 감싸고, 뿔테를 따라 라인스톤이 박힌 선글라스를 끼고 있었다. 남자의 초대가 여자에게 어떤 효과를 발휘했는지 전혀 알 수 없었다.

"마치고 오면 되겠네요." 남자가 말했다. 여자는 다시금 자신의 파트너가 될 남자를 바라보더니 미용실 예약을 바꿔 보겠다고 말했다. 뚱뚱한 남자가 발코니를 향해 살짝 고개를 끄덕여 보이자 술탄이 느릿느릿 떠났다. 걸음걸이가 근사했다. 이 남자와 여자는 완벽한 커플이 될 터였다. 엘런은 외모가 완벽한 사람들 옆에서 으레 느끼게 되는 수치심을 느꼈고, 그 순간 여행 온 일을 후회했다. 아이 하나가 웃으며 말했다. "엉코르, 엉코르."[12] 엘런은 아들을 떠올렸다.

"스웨덴에서 왔어요?" 뚱뚱한 남자가 말했다. 이제 긴장을 풀고 직업을 묻고 있었다. 여자는 교과서를 번역한다고, 그래서 영어를 할 줄 아는 거라고 말했고, 남자는 이곳에 온 지 얼마나 되었느냐고 물었다.

"삼 주 됐네요." 여자가 말했다.

"이렇게나 아름다우신데, 전에 본 기억이 없네요." 남자가 추근댔지만, 여자는 거리감을 유지했다.

"다른 해수욕장에 다니셨나?"

"아뇨, 여기 다녔는데." 여자는 꽤 단호했다. 태양, 밤과 꿈의 맞수가 너무 강력했기에 암시, 기만, 스치는 매혹을 내비치는 수많은 미묘한 표정은 밀려나고 있었다. 끓는 듯 뜨거운 정

---

12) (프랑스어) 한 번 더.

직. 오직 완벽한 사람들만이 승리할 수 있었다. 뚱뚱하고 서투르고 지저분한 사람들, 심지어 엘런처럼 미미한 결점을 가진 사람들조차 근사하다고 인정받기 힘든 곳이었다. 물론 엘런이 타협해서 자기 수준에 맞는 사람들에게 만족한다면 모를까. 하지만 그럴 사람이 어디 있을까?

"내가 눈이 멀었나 보네요." 남자가 말했다. 여자는 비치백을 들고 일어섰다. 나중에 다시 만날 것이다. 남자는 여자의 손에 정교하고 연극적인 방식으로 입을 맞추었다. 그러고는 여자가 떠나는 모습을 바라보다가 더 이상 보이지 않자 고개를 돌렸고 엘런과 시선이 엮였다. 미소는 없었.

이제 남은 사람은 둘뿐이었다. 엘런과 레즈비언. 검은색 옷을 입은 여자가 연신 안경을 들고 강렬한 시선으로 바라보았기에 엘런은 그가 레즈비언이라고 확신했다. 저 여자와 이야기 나누는 상황을 피하기 위해 자리를 뜨기로 했다.

저녁을 먹기에는 너무 이른 시간이었기 때문에 엘런은 방으로 돌아가서 차를 주문했다. 페리에를 가지고 왔던 남자 직원이 또 나타났는데 팁을 받은 뒤에도 멀거니 서서 웃었다.

"파를레 부 프랑세?"13) 그가 물었다.

"영어로 부탁해요." 엘런이 답했다.

"앙글레즈……?"14) 그가 물었고, 엘런은 끄덕였다.

"아, 앙글레즈……." 그가 의기양양한 얼굴로 말했다. "여기

_____

13) (프랑스어) 프랑스어 할 줄 아세요?
14) (프랑스어) 영국 여자……?

에 내 버스표를 놔둔 것 같아요." 그는 신난다는 듯 말하고 소리 내서 웃었다. 그리하여 둘 다 웃음을 터뜨렸다. 서먹한 사람들의 바보 같은 웃음이었다. 그가 좀처럼 자리를 뜨지 않았으므로 엘런은 이제 나가 달라고 분명히 말해야만 했다.

# 6장

식당에는 테라스가 있었다. 한쪽 끝에서 건너편 끝까지 하얀 식탁이 죽 늘어선 너머로 야자수가 보였다. 근사한 야자수 기둥 위로 노란 조명이 환하게 비추었고 식탁 위에선 촛불이 타올랐다. 성수기 동안 흘러내린 촛농이 촛대 옆면에 두껍게 굳어 있었다. 두툼한 촛대 안에서 온갖 색상의 양초가 타올랐고, 온갖 색상의 촛농이 굳은 흔적을 남겼다. 엘런은 남자의 양초 이야기를 떠올렸다. 크리스마스 연휴 무렵이면 두 사람은 친구가 되어, 엘런이 남자에게 선물을 주게 될까? 옆자리에는 가벼운 당뇨를 앓는 미국인 의사가 앉았다. 신경 써서 식단을 관리해야 하는 사람.

"어디에서 왔어요?"

"잉글랜드요." 엘런이 말했다. 엘런은 잉글랜드에서 왔다고 말하기가 지겨웠고 게다가 그건 거짓말이었다. 하지만 아일랜드에서 왔다고 말하면 요정이나 할머니에 관한 지루한 이야기가 이어지니 어쩔 수 없었다. 남자는 가족이 있지만 혼자 공부 중이라고 했다. 외롭다고.

"오해하지 말아요." 남자가 말했다. "나는 행복합니다."

아이들과 햄버거가 인생의 전부라고 했다.

"엘런은 어때요?" 그가 물었다.

"나도 행복해요." 엘런이 말했다. 가족이 있음을 넌지시 알리려고 자기 결혼반지를 내려다보았다. 둘이 카지노에 가면 어떨까?

"나야 좋죠." 남자가 말했다. 엘런이 고개를 저으며 무어라 대꾸하려는데 생선 가시가 목에 걸렸다. 남자가 빵 껍질을 건네고는 꼭꼭 씹으라고 했다.

"씹어요." 그의 목소리가 아주 컸다. 시범을 보이려고 와작와작 씹었다. 정말이지 상스러운 인간이었다.

"오해하지 마세요." 그가 말했다. "나는 저녁이면 마나님 모시고 외출하는 남자니까. 우린 즐겁게 지낸답니다."

엘런은 불쾌한 눈빛으로 남자를 바라보았다.

"엉뚱한 상상을 하실까 봐 마음이 안 좋아서요. 그러느니 처음 보는 여자랑은 절대 말 섞지 않는 편이 낫겠다 싶고." 그의 눈에 노여움이 엿보이기 시작했다. 엘런은 줄곧 냅킨의 꿰맨 자리만을 내려다보았다. 여러 차례 세탁한 까닭에, 꿰맨 실은 벌써 오래전에 천만큼 하얗게 표백되어 있었다.

"그래도 같이 가시겠어요?" 남자가 말했다.

"그만 물어봐요." 엘런이 버럭 대꾸했다. 남자는 손가락을 튕겨 웨이터를 불렀다. 앳된 남자 직원이 다가오자 미국인은 디저트 주문을 취소해 달라고 말했다. 직원은 말을 알아듣지 못했다. 미국인은 같은 말을 반복하고 자리를 떠났다.

엘런은 또 말을 거는 사람이 있을 것 같아서 한동안 접시에 시선을 고정했다. 하지만 9시쯤 되자 자리가 꽉 찼고 다들 반쯤은 식사를 마친 상태였다. 불안한 분위기가 감돌았다. 활활 타오르는 불꽃 위에서 팬케이크를 굽는 공연이 펼쳐지고, 웨이터들은 저들끼리 언성을 높이고, 수프가 가득 담긴 그릇이 가까스로 충돌을 피하고, 앳된 남자 직원들이 공손하게 무릎을 꿇고는 떨어진 식기를 주웠다. 식사하는 손님들은 떠들고 음식을 씹었다. 그것은 너나없이 떠들며 와작와작 음식을 씹어 대는 낯선 공공장소에서만 가능한 야만적인 광경이었다.

그들은 식당에 입장하고, 무엇을 먹을지 논의하고, 음식을 먹을 때처럼 떠들썩하지만 이제는 두둑해진 배를 어기적거리며 줄줄이 퇴장했다. 중앙 조명이 어두워지고 북적거리던 공간이 차분해졌다. 웨이터들은 사용한 그릇을 수레에 담아 부엌으로 밀고 갔으며, 다른 웨이터들은 팔 밑에 깨끗하고 하얀 행주를 들고 다니며 식탁을 치웠다. 엘런이 마지막 손님이었다.

식당 너머로는 이미 어둠이 무거웠다. 세상은 밤을 지연해줄 저물녘도 건너뛰고 잉크처럼 새까맣게 물들어 있었다. 엘런은 근사한 식사를 했다. 이〔齒〕에 라즈베리 씨앗이 끼었다. 가만히 앉아 혀로 씨앗을 빼내려고 애쓰는 와중에 남성용 재킷이 눈에 들어왔다. 소매 안이 비어 축 늘어진 채로 의자에 걸쳐져 있었다. 가을 자두의 빛깔을 닮은 짙은 벨벳 소재라 만져 보고 싶었다. 밤의 색채를 지닌 부드러움, 수영장이나 커다랗고 짙은 눈동자처럼 빠져들고 싶은 부드러움이었다. 왠지 벽난로 뒤편의 벨벳처럼 고운 검댕과 「붉은 계곡」을 부르는 아버지의 모습이 떠올랐다. 아버지가 다감한 콧소리로 노래하고 이웃들이 예의 바르게 귀 기울이며 타오르는 불꽃을 바라보았다. 분명 크리스마스, 자주 돌아오지 않는 즐거운 연휴 기간이었을 것이다. 아버지는 취하지 않았고, 어머니는 젤리와 커스터드 그릇을 돌렸다. 커스터드는 눅진했다. 과거. 이제 나무는 까맣게만 보였다. 밤과 재킷은 부드러움이었다. 그러나 나무는 여전히 어마어마했다. 기둥이 홀쭉했고, 오래되어 시든 잎사귀가 새로 나온 잎 주변을 감싸고 있었는데 내년이면 이 새로운 잎들마저 시들겠지만 나무는 한결 튼튼해질 터였다. 엘런은 건너편으로 가서 재킷을 만져 보았다. 그에게는 그런 미신이 많았다. 어렸을 때는 학교 가는 길에 꼭 만져야만 하는 돌과 스무 발자국마다 짚어야 하는 지점이 있었다. 재킷은 촉감이 좋고 담배 냄새가 묻어났으므로 남자에게 열렬하게 안겨 있던 순간이 떠올랐다. 엘런은 커튼 자락이나 고양이를 어루만지듯 천천히 재킷을 쓰다듬었다. 질감이 부드럽고 냄새가 좋았다. 문득 뒤에서 인기척이 느껴졌다. 엘런은 서둘러 돌아보며 사과했다.

"소매치기 아니에요." 엘런이 말했다.

셔츠를 입은 남자가 서 있었다. 홀쭉한 키, 거무스름한 피부, 아이 같은 미소를 지닌 남자. 눈의 흰자위가 깨끗한 식탁보처럼 말끔했다.

"처음 보는 분이네." 남자가 말했다.

"오늘 막 도착했어요." 엘런이 재킷에서 물러서며 말했다.

"마음에 들어요?"

"네, 제가 코듀로이를 좋아해서." 엘런이 말하고는 뒷걸음질했다. 남자가 손을 뻗어 엘런을 잡았다.

"춤출 줄 알아요?"

"조금요." 휴가를 떠나기 전에 배울 수 있는 것은 전부 배워뒀어야 하는데.

"내가 바이올린을 연주하니 당신은 춤춰요." 남자는 호텔 손님을 위한 오케스트라 소속이었다. 그는 엘런을 안으로 초대했으나 함께 추자는 것은 아니라고 설명했다. 엘런은 무시당한 채로 벽 앞에 앉아 있는 자신을, 마법 같은 매혹이 가짜 아이싱이나 금박처럼 벗겨지는 미래를 예상할 수 있었다. 함께 하지 않는 편이 좋을 것이다.

"그러면 나중에 술 한잔해요." 남자가 말했다. 나중이라면 정확히 언제? 남자는 자정이 지나기 전까지는 쉬지 못한다고 했다. 엘런은 막 도착해서 피곤하다고 말했다. 이제 충동적인 짓은 그만. 열흘이라는 긴 시간이 남아 있으니까.

"내일은요?" 남자가 제안했다.

"오후에 만나요." 엘런이 말했다. 도덕성 같은 뭔가가 전해지는 답변이었다. 남자는 엘런의 왼손을 잡아 올리더니 넷째 손가락의 반지를 빤히 내려다보았다.

"결혼했어요?" 남자가 물었다.

"아주 오래전에." 엘런이 답했다. 반지 따위는 끼든 안 끼든 상관없다는 인상을 전하려고 애썼다. 다음 날 오후에 만나기로 했다.

그가 떠난 뒤 엘런은 해변을 산책하기 위해 밖으로 나섰다. 로비에서 잠시 만족감을 즐길 수 있었다. 해수욕장에서 만남을 약속했던 완벽한 커플이 벌써 매혹에서 깨어난 것 같았다. 여자는 고개를 푹 숙인 채 엘리베이터 쪽으로 걸어가고 있었다. 옷을 입으니 딴판이었다. 쾌활한 비서 같았고, 머리카락을 말도 안 될 정도로 부풀린 모습이었다. 여자를 초대했던 뚱뚱한 남자가 뒤에서 "그건 그냥 추측이잖아요, 사실과 달라요." 라며 애원했고, 술탄은 바에서 엄지손톱을 씹고 있었다. 술탄을 바라보는 여자의 시선에서 책망이 느껴졌다. 여자가 두 남자의 시선을 받으며 바를 통과했다. 간호사 같은 복장이 효과를 발휘했는지 여자는 오늘 저녁 가장 가슴 아픈 순간의 주인공처럼 보였다. 정원으로 나가자 무성한 나무들이 하늘을 배경으로 직물을 짠 듯한 풍광이 펼쳐졌고 바람이 살랑였다.

야자수 사이사이로 보이는 더 크고 잎이 우거진 나무들이 향기를 내뿜었다. 향기는 바람에 실려 떠다니다 사라졌고, 소리도 그런 식으로 떠다니다가 사라졌다. 외국어로 말하는 목소리, 다툼 소리, 웃음소리, 시럽처럼 달콤한 남자의 바이올린 연주가 흘러나왔다. 엘런은 아직 다른 산책길을 몰랐기에 다시 일광욕 매트리스가 놓인 해수욕장으로 갔다. 단 한 사람도 없이 텅 빈 채로 늘어선 매트리스는 시체 행렬 같았다. 조명이 없었으나 다른 호텔과 마을과 인근의 다른 마을에서 줄곧 빛이 스며들었다. 휴일의 밤이 지나고 있었다. 사람들은 조명 아래서 춤추고 걷고 서로에게 의지할 테고, 동화처럼 예쁘장한 마을과 검은 바다에서 밀려오는 잔잔한 흐느낌에 감각이 벼려질 것이다. "아…… 아…… 아아." 바다의 울음소리. 엘런은 쓸데없이 시간을 흘려보내고 있는 듯한 기분에 사로잡혔다. 이런 장면은 다른 사람과 함께 즐겨야 했다. 엘런은 더 이상 외로움에 자신을 바치지 않을 작정이었다. 비로소 운명을 실현할 생각에 안달이 났다.

물가로 다가갔다. 몸을 굽히고 바닷물에 손을 적시자 결혼반지가 — 무슨 까닭인지 헐거웠는데 — 벗겨지기 시작했다. 그는 반지를 빼서 바라보고, 입술에 가져다 대고, 부드럽게 입을 맞추고, 바닷물을 향해 힘껏 던졌다. 아무도 보지 않는 곳에서 마지막으로 남편을 버렸다. 엘런은 한동안 그 자리에 머물렀고, 후회하지 않았고, 바다의 어둠에 사로잡혔고, 그러다가 다음 날 상쾌한 낯빛으로 일어날 수 있도록 일찍 잠들기로 했다.

# 7장

    바이올린 연주자의 숙소는 건물 꼭대기 층이었고 엘런은 다음 날 오후 그곳으로 향했다. 적막하고 텅 빈 복도를 따라 그림자처럼 벽에 붙어 조심스럽게 걸었다. 손님들 눈에 띄면 안 된다는 것이 남자의 경고였다. 엘런은 6층에서 잠깐 쉬었다. 엘리베이터를 이용하면 엘리베이터에 있는 직원이 엘런을 포착하고 어디로 가는지 지켜볼지 모른다는 것이 남자의 또 다른 경고였다. 방에 도착했을 때쯤에는 숨이 찼다. 긴장한 채 문을 두드리자 남자가 빼꼼 문을 열더니 엘런을 안으로 들였다. 첫인상은 어지럽고 어둑어둑했다. 악기가 여기저기 널려 있고 끔찍이도 답답했다. 다락방이었고, 남자가 매일 밤 바이올린을 연주하는 웅장한 연회장과 비교하면 부조리할 지경이었다.

벽감에 남자의 옷들이 걸려 있었는데, 처음 엘렌을 그에게로 이끈 재킷이 보였다. 이제는 그리 근사해 보이지 않았으나 가진 옷 중에서 가장 좋은 것을 저녁 외출에 맞춤하도록 조심스럽게 걸어 놓은 모습이었다.

엘런은 "봉주르." 하고 인사했으나 발음이 형편없었다. 계단으로 올라오는 내내 자연스럽게 내뱉으려고 연습했건만. 남자는 한가하게 부얼부얼한 가슴을 긁었고, 미소를 지어 보였고, 팔을 뻗어 두 사람의 피부색을 비교했다. 그들은 서로 다른 우주에서 온 것 같았다. 남자는 겨드랑이에서 오존 냄새가 났다. 반바지 차림으로 엘런 앞에 서서 입을 맞추고는 다리를 움직여 엘런의 다리와 포개고 똑같은 자세를 취했다. 엘런이 조금 움직이자 그 역시 똑같이 팔다리를 움직였다. 엘런은 생각했다. '서두르네. 재촉하고 있어.' 남자의 드러난 구릿빛 어깨 너머로 삼각대 위로 카메라가 보였고, 엘런은 염탐꾼을 발견한 듯 뒤로 물러서서 그게 무엇인지 물었다. 속마음은 달랐다. '저게 왜 저기서 날 엿보고 있는 거지?'

"사진 찍으려고요." 남자가 말했다. 그러고는 손님맞이의 의무를 기억하고 사과 주스를 내왔다.

"위스키 있어요?" 엘런이 말했다. 불안했다. 방은 숨이 막힐 정도로 좁고 창문을 통해 곤충이 떼로 밀려들었다. 창은 유리 없이 뻥 뚫려 있었다. 엘런은 입을 벌리고 호흡하며 열을 식히려 애썼다. 아침부터 날이 뜨거워 죽을 지경이었다. 팔과 다리 안쪽으로 접히는 살갗에 열기가 쌓였다. 아까 밖에 나갔더니 도로변에서 자동차가 익어 가고 로션을 바른 갈색 몸들이 번쩍거렸으며 땡볕을 피하려 나무 밑으로 걸음을 재촉했으나 서늘함은 조금도 느껴지지 않았다.

"독한 술은 나빠."[15] 남자가 사과 주스 반 잔을 건네며 어눌한 영어로 말했다.

"맙소사, 내가 고르는 남자는 왜 다들 신부님처럼 굴까." 엘런은 남자가 무슨 말인지 못 알아듣기를 바라며 대꾸했다. 그는 엘런에게 침대 위에 앉으라고 하더니 카메라 뒤로 가서 사진을 찍어도 되겠느냐고 물었다.

"난 그렇게 예쁘지도 않은데요." 엘런이 말했다. 앉은 자세를 고치지는 않았다. 남자가 몸을 낮추는가 싶더니 찰칵 소리가 들렸고, 엘런은 사진이 현상되면 가슴께에 쥔 유리잔을 불안에 떨며 열린 입으로 들어 올리는 여자가 나타나리라는 것을 직감했다. 남자가 두 사람 사이를 가로질러 엘런의 원피스 끈 하나를 내리자 그것이 팔로 떨어졌다. 늘어진 윗가슴이 하얗게 드러났다. 그 위에는 남자에게 잘 보이려고 아침에 일광욕을 하다가 생긴 붉은 화상 자국이 길게 나 있었다. 남자는 그런 엘런의 모습을 찍더니 나머지 끈도 내려 늘어진 양쪽 가슴이 전부 드러나도록 또 한 장을 찍었다. 그러고는 원피스를 허리까지 끌어 내려 아무것도 입지 않은 상체를 찍었다. 브래지어를 입기에는 너무 더운 날이었다. 남자는 카메라 뒤에 구부정하게 선 채 엘런에게 깜찍하게 한쪽 가슴을 잡아 보라고, 몸을 드러내는 것이 즐거운 듯 연기해 보라고 지시했다.

---

15) 이후로 남자는 어눌한 영어를 쓰면서, 부정확한 단어를 구사한다.

"난 몸매가 좋지 않은걸요." 엘런은 바보같이 말했고, 또 바보같이 샴페인 잔 모양의 가슴이 예쁜 가슴이라던 이야기를 떠올렸다. 남자에게 대화를 나누자고 했다. 간밤부터 부풀어 오르던 욕망에 튕겨 나동그라진 기분이었고, 힘껏 잡아당긴 고무줄에 맞아 여드름이 난 듯 붉고 추하게 부푼 피부가 떠올랐다. 엘런은 그렇게 추한 인간이 된 기분이었다.

"원피스를 벗……." 남자가 얼굴을 찡그렸다. "이름이 뭐더라?" 그가 물었다.

"엘런." 건조한 답변이었다.

"엘런." 남자는 엘런을 기쁘게 하려는 것인지 잠시 이름을 곱씹었다. "엘런, 원피스를 벗어요. 몸을 보여 줘." 그가 말했다. 자기 손을 몸에 대고 옷을 끌어 내려 벗는 연기를 했다.

"못 해요." 엘런이 말했다. 수치심으로 목이 턱 막혔다.

"수녀라도 되시나요." 남자가 말했다.

"수녀 아니에요." 엘런이 말했다. 수긍하면 일이 훨씬 쉬웠겠지만.

"나는 대화를 하고 싶어요." 엘런이 말했다. "어떤 사람인지 말해 봐요. 어디에서 왔고, 바이올린은 누구에게 배웠고, 이런 짓은 왜 하는지." 엘런은 카메라를 가리킨 뒤 세면대 위에 있는 또 다른 카메라를 찾아냈다. 그 작은 눈이 의심스러운 소형 카메라였다. 그 옆에는 비닐로 포장된 새 수건이 여러 개 쌓여 있었다. 비닐에는 영어 이름이 적혀 있었다. 마치 영어 이름을 바라봄으로써 자신이 겪고 있는 수모로부터 도망칠 수 있으리라는 듯, 엘런의 시선은 그곳에 머물렀다.

"선물." 남자가 말했다. "영국에서 온 여자가 줬어요."

"좋네요." 엘런이 말했다.

"영국 여자들 좋아요." 남자가 말했다. "춥다고들 하지만." 그는 그 의미를 확인하려는 듯 춥다는 단어를 반복했다.

"냉정하다는 말이겠지요." 엘런이 말했다. 남자는 무슨 뜻인지 모르는 것 같았다.

"결혼 안 한 아가씨들은 껴안고만 싶어 하지, 본격적인 건 안 하고." 남자가 말했다. "재미없어요."[16]

"재미없지." 엘런이 대꾸했다. 그러고는 선물을 보내 준 영국 여자에 관해 물었다. 남자는 다정한 여자였다고, 외모가 근사했다고 말했다. 엘런은 미지의 여자가 — 분명 삼십 대일 것이다. — 몸가짐을 다잡고 남편이 있는 집으로 돌아가는 모습, 신발 엄지발가락 쪽에 남자의 주소를 숨겨 두었다가 상점에서 곧장 수건 선물을 보내는 모습을 상상했다. 슬픔이 밀려들었다. 엘런은 상상 속 슬픔의 바닷속에 누워 고통도 멈춤도 없는 진득한 파도를 바라보았다.

"어디에서 왔나요?" 엘런이 물었다. 다시금 진지하게 우정을 시도할 생각이었다. 남자는 빈에서 왔는데 부모에게서 독립해 사는 아파트가 있다고 했다. 옷을 전부 직접 만들어 입는 애인이 있는데 옷 가게에서 거금을 쓰는 여자들보다 훨씬 근사하다고 했다. 약혼한 사이고 올여름 말에 결혼할 계획이므로 돈을 아끼느라 영국 여자들을 위해 술을 사 줄 수 없는 것이

---

16) No juice. Juice는 '재미있는 것', '과일 주스'라는 두 가지 의미를 가진다.

다. 아무리 좋은 여자들이라도.

"애인이 바람피운다고 생각하면 기분이 어때요?" 엘런은 남자의 양심을 자극했다. 옷을 추스르는 동안 그가 법석을 떨지 않도록 술수를 쓴 것이다.

"슬프지요." 그가 답했다. "트레, 트레,17) 슬프지요." 엘런은 이곳에 오지 말았어야 했다고 생각했다. 주인이 오기 전에 재킷을 보고, 쓰다듬고 떠났어야 했다.

"그런 이야기는 안 하자고요, 조금 비정상인 것 같아." 남자가 말했다.

"비정상." 엘런이 말했다. 원피스 윗부분이 허리춤에 안쓰럽게 걸린 채로 여전히 침대에 앉아 있었다. 가슴을 끌어모으려 했으나 과한 노력이었다. 엘런은 실크 핸드백으로 부채를 부치며 말했다.

"우리는 특별한 친구가 되는 거예요. 사랑은 나누지 말고."

"오, 그럼, 그럼." 남자의 움직임이 부산해졌다.

만약 엘런이 저항하고 소리를 지른다면 누군가에게 들리기는 할까? 다른 다락방에도 강간범들이 살까? 남자는 엘런의 손을 잡고 일으켜 세우더니 달팽이처럼 천천히 지퍼를 내렸고, 슬립이 반쯤 벗겨진 몸을 바라보았다. 엘런은 시체처럼 창백한 몸의 중앙부를 — 사는 동안 한 번도 햇볕을 받은 적 없는 알몸이었다. — 드러낸 채, 가슴께에 둥그렇게 달아오른 우스운 화상 자국과, 원피스를 무릎 위로 끌어 올렸을 때 허벅

---

17) (프랑스어) 아주 많이.

지에 햇볕이 닿아서 생긴 두 군데의 붉은 얼룩을 내보이며 서 있었다. 남자는 하얀 면 침대보와 그 밑에 있던 낡은 담요, 위쪽 시트까지 걷어 냈다. 그러고는 그 침구를 돌돌 말아서 베개 받침처럼 침대 머리맡에 굴려 두었다. 그리고 아래쪽 시트 위에 커다란 수건을 깔았다. 시트가 조금도 드러나지 않도록 꼼꼼히 깔았다. 퍼뜩 예의 영국 여자를 떠올린 엘런은 그 여자가 남자에게 수건을 보낸 이유를 추리하고는, 이 남자와 나란히 누워 사랑을 나누는 일은 절대 없으리라는 사실을 깨달았다.

"이쪽으로 와요." 남자가 말했다. 엘런은 다른 신혼여행용 옷과 함께 사들였던 프릴 달린 속옷이 벗겨지기를 기다리고 있었다.

이내 그가 나서서 속옷을 벗기려 하자 엘런은 무슨 말이든 해서 그를 멈춰야 한다고 생각했다.

"생리할 것 같아요." 엘런이 말했다. 떠오르는 말이 그것뿐이었다.

"생리?" 남자가 무슨 말인지 몰라서 되물었다.

"피." 엘런이 똑바로 말했다. 남자는 얼굴을 찡그리며 별로 마음에 안 든다고 말했다.

"나도 마음에 안 들어요." 엘런이 말했다. 이제 남자는 엘런이 방을 어지럽힐까 봐 걱정하는 얼굴이었다. 침대에서 수건을 벗겨 내더니 아주 조심스럽게, 처음에는 두 겹으로, 그러고는 네 겹으로 접어서 세면대 근처의 수건 선반에 올렸다.

"미안해요." 엘런이 말했다.

"안타깝네요." 남자가 말했다. 갑자기 부산스럽게 움직이며 작은 노트를 꺼내더니, 방금 엘런이 사용한 추한 단어의 철자를 불러 달라고 했다. 엘런은 남자의 노트에 단어를 끄적거리며, 만약 남편이 자신의 부정에 관한 증거를 얻어 내고자 한다면 반쯤 벌거벗은 채 덜덜 떨고 있는 필름 속의 이미지와, 남자가 직접 만든 단어장 속의 손 글씨로 충분하겠다고 생각했다. 엘런은 그 단어가 동사라고, 기본형은 '생리하다'라고 말했다.

"교육받은 여자네." 남자가 놀라서 말했다.

"언어에 관해서는 아는 바가 있지요." 엘런이 말했다. 이제 안전하다는 생각에 마음을 놓고 원피스 안으로 몸을 넣었다.

"그리고 이것도." 남자가 물었다. 꽃무늬 원피스 밑에 납작하게 눌려 있는 엘런의 젖꼭지를 가리켰다.

"젖꼭지."

"섹시한 단어야." 남자가 말했다. 그가 원하는 것은 일상의 어휘가 아니라 영국 여자들을 유혹하기 위한 속된 어휘라는 사실을, 엘런은 머지않아 깨달았다.

"젖꼭지는 그냥 젖꼭지일 뿐이지." 엘런이 말했다.

"그리고 엘런은 냉정한(frigid) 여자." 남자가 말했다. 메모장을 넘기며 F로 시작하는 단어들이 적힌 부분을 찾아냈다. 새로 익힌 불청객 같은 단어를 기록하려는 것이다. 남자는 엘런이 생각하는 것만큼 바보는 아니었다. 남자는 손을 내려 다리 사이에 두고는 메모장에 재미 볼 수 있는 단어를 써 달라고 말했다. 더는 엘런을 만지지 않았고, 엘런이 당장이라도 자기 방을 더럽히진 않을까 의심하는 눈초리였다. 엘런이 다시 자리에 앉자 — 이제는 긴장되지 않았다. — 그는 서둘러 해변용 비닐 쿠션을 가져와서는 일어나라고 하더니 그 밑에 깔아 주었다.

"여기." 남자가 말했다. 엘런 쪽을 가리켰으나 만지지는 않았다.

"남자 것? 여자 것?" 약간 기분이 상한 엘런이 말했다.

"둘 다."

"글쎄, 질이라는 말도 있고." 엘런이 말했다.

"질 같은 말은 슬데없는데." 남자가 말했다. 이미 아는 단어였던 것이다. 남자는 영국 여자들을 일으켜 세워 속세를 뒤로 하고 천국으로 날아가게 해 줄 사랑의 언어와 애정의 언어를 알고자 했다.

"보지(cunt)라는 말이 있기는 한데." 엘런이 말했다. 남자는 다시 메모장을 넘겨 C로 시작하는 낱말들 밑에 적었다. 모든 단어를 대문자로 꼼꼼히 적고 있었다.

"욕이 될 수도 있거든요." 엘런이 말했다. "남자에게 써야 욕이려나." 남자는 혹시 자신을 놀리는 건 아닌지 의심하는 눈빛으로 엘런을 바라보았다.

"여자에게는 써도 되는 단어예요." 엘런이 말했다.

"여자는 보지?" 남자가 말했다.

"여자는 보지." 엘런이 말했다. 이 남자에게 문제가 생긴들 무슨 상관이랴. 이런 남자는 유혹하는 데 지장이 생겨도 괜찮다. 엘런은 바보가 된 기분이었다. 애초에 남자의 방에 온 자신이, 생리하는 척한 자신이, 이제 그가 집으로 돌아갔을 때 수건 같은 선물을 잔뜩 쌓아 둘 수 있도록 사랑의 언어를 가르쳐 주려 애쓰는 자신이 바보 같다고 느꼈다.

"한 잔 더 마실 수 있을까요?" 엘런이 잔을 내밀며 말했다. 남자는 잔을 4분의 1쯤 채우더니 분주하게 방 곳곳을 돌아다니며 악기를 집었다가 내려놓았고, 카메라를 들여다보았고, 창밖을 내다보았고, 얼굴을 찡그렸다. 엘런은 남은 주스를 단숨에 마시고 방을 떠났다. 엘런은 문을 나설 때 남자가 속옷 상의를 입으며 손가락을 흔들어 인사하는 모습을 보았다. 그러나 얼굴은 옷에 가려 보이지 않았다. 남자의 새하얀 흰자위를 절대 잊을 수 없을 것 같았다.

아래층에 있는 자기 방으로 돌아간 엘런은 문을 잠그고 비데 위에 앉았는데, 씻으려 해도 겁이 났다. 끔찍한 열기 때문인지 남자에게 한 말 때문인지 정말 생리를 할 것만 같았다. 비데에 앉아 있으니, 왼뿔을 뒤집어 놓은 듯한 거대한 야자수 외에는 아무것도 보이지 않았다. 어디로 가든 눈에 띄는 것이라고는 야자수뿐이었다. 긴 나무 기둥, 시든 잎에 감싸인 채 이쪽저쪽으로 새로 뻗어 나가는 잎사귀. 엘런은 두 사람이 했던 말을 하나하나 복기했고, 세상 사람들이 그들만큼 간절하다면 이 세상은 참 절박한 곳이겠구나 생각했다. 그 자리에 오래 앉아 있었으나 몸을 씻지는 않았다.

저녁 시간이 되었으나 울적해서 아래층으로 내려가고 싶지 않았기에 식사를 보내 달라고 했다. 7시가 막 넘었을 때 남자 직원이 룸서비스가 담긴 수레를 밀고 왔다. 의기양양하게 접시 덮개를 들어 올리는 모습이 마치 송아지 고기를 요리하고, 샐러드에 드레싱을 뿌리고, 작은 콩 꼬투리에 버터를 바른 사람이 본인인 듯했다.

"마드무아젤, 제가 버스표를 놓고 간 것 같은데요." 그가 씩 웃으며 말했다.

"저도 그런 것 같군요." 엘런이 찡그린 얼굴로 답했다. 직원이 원뿔 모양으로 접혀 있던 냅킨을 펴서 털어 낸 뒤 턱 밑 셔츠 옷깃에 넣고 펼쳐 주는 동안, 엘런은 수레 앞에 저항 없이 가만히 앉아 있었다. 직원이 목을 도닥이는 듯했으나 확실하지는 않았다.

"봉."[18] 직원이 셔츠를 바라보며 말했다. 엘런은 빳빳한 흰색 셔츠와 한쪽에 옆트임이 있는 검은색 실크 스커트를 입은 모습이었다. 방에서 혼자 식사하기에는 과한 옷차림인 듯했으나 그저 뭔가 할 일이 필요해서 차려입은 참이었다.

"메르시."[19] 엘런은 말했다. 그리고 직원이 능장을 부리다가 밖으로 나갈 때까지 접시 위로 칼과 포크를 든 채 기다렸다.

---

18) (프랑스어) 좋아요.
19) (프랑스어) 고마워요.

# 8장

엘런은 집중해서 저녁을 먹었다. 천천히 음미하는 대신 이 것저것 입에 쑤셔 넣고 와인 한 모금과 함께 삼켜 내며 허겁지 겹 먹다가 문득 정신을 차려 보니 접시가 황당할 정도로 말끔 했다. 소요 시간 칠 분.

"아." 방문이 다시 열리자 엘런은 깜짝 놀랐다. 객실 청소 담 당 직원이 침대보를 수거하러 왔구나, 생각하며 자리에서 벌 떡 일어났다. 너무 빨리 식사를 먹어 치운 걸 부끄러워하는 얼 굴이었다.

"이봐요." 엘런이 말했다. 이제 얼굴엔 부끄러움이 사라지고 분노만이 남아 있었다. 문을 연 사람은 룸서비스를 가져왔던 남자 직원이었다. 평상복 차림이었다. 꽉 끼는 바지. 단추를 풀 어 헤친 셔츠. 손목시계. 체모가 부얼부얼한 팔.

"버스표를 놓고 간 것 같아서요." 남자가 씩 웃으며 말했다. 그것은 암호였고, 남자는 자신이 아는 암호를 힘주어 전달하고 있었다. 엘런은 쟁반을 내던지듯 남자에게 안기고는 창문 쪽으로 멀리 물러났다. 말이 통하든 안 통하든 그런 모욕은 눈치채지 못하는 게 더 힘들 터였다. 등 뒤에서 남자가 문을 열고 바깥에 쟁반을 두는 소리가 들렸는데, 뒤이어 무슨 사고라도 난 듯 급하게 "여기 좀 봐요."라고 외치는 목소리가 들렸다. 그쪽으로 몸을 돌리니 남자가 발코니를 가리키고 있었다. 발코니에는 마르라고 널어 둔 바지가 떨어져 열린 문을 통과해 배수로에 처박혀 있었다. 엘런은 부끄러운 마음에 잽싸게 달려가서 바지를 주운 뒤 구석에 쑤셔 박았다. 그런데 엘런이 몸을 굽혔을 때 남자가 다가와서 한 손을 가슴 위에 얹더니 다른 한 손은 그 밑의 배에 얹었다. 엘런이 얼른 몸을 젖히며 뒤돈 순간, 남자의 얼굴이 기습적인 입맞춤을 시도하려고 다가왔다. 곧 무슨 상황인지 파악할 수 있었다.

엘런이 일어나려 하니 남자가 한 손을 엉덩이에 얹은 채로 끌어당겼고 바로 침대에 눕혔다. 엘런은 지금 청소 담당 직원이 들이닥치면 추문이 퍼질지 모른다는 우스운 생각을 했고, 남자가 입맞춤을 퍼붓는 사이 "이런 건 싫어."라고 말했지만 중얼거리는 입속말처럼 들릴 뿐이었다.

"감히 이런 짓을 해." 엘런이 입을 떼어 내고 똑똑히 말했다. 친근하게 굴었던 스스로에게 화가 치밀었다. 엘런의 미소나 일전에 건넸던 담배에서 방종의 기색을 감지했음이 분명하다고 생각하다가 문득 궁금해졌다. 이 남자, 혹시 바이올린 연주자와 이야기를 나눈 건 아닐까, 호텔 직원 모두가 한통속으로 헤 픈 여자의 이름을 공유하는 것 아닐까.

"자제하세요." 엘런이 세 번, 천천히 반복했다. 그사이 남자 에게서 빠져나와 똑바로 선 채 머리카락을 쓰다듬으며 매무새 를 가다듬었다.

"오 분만." 남자가 다섯 손가락을 펴 보이며 말했다.

"오 분이라니." 엘런이 말했다. "당신 같은 미치광이가 많다 면 오 분 만에 전 세계 여자들이 임신해 버릴걸."

남자는 엘런이 무슨 말을 하는지 전혀 이해하지 못했다. 그 저 다섯 손가락을 펴 보인 채로 애원하며 서 있었다. 그의 손 마저 역겨웠다. 그때까지는 그 손을 다만 일하고 노동하고 콩 에 버터를 묻히고 차를 옮기는 손이라고 생각했건만, 내내 다 른 꿍꿍이를 품고 있었다. 사기꾼 같으니.

"나는 반듯한 여자라고요." 엘런이 차분하게 말했고, 남자 가 또 엘런을 끌어안으려고 달려들었다.

"이봐." 엘런이 남자를 밀어내며 말했다. 협박의 의미로 전 화를 가리켰다. 남자는 어린아이처럼 손을 눈가에 가져다 대 고 우는 시늉을 했다.

"당신처럼 뻔뻔한 사람은 처음이야." 엘런이 말했다.

"데졸레."[20] 남자가 우는 목소리로 말했다.

엘런은 나가라고 경고했고, 잠시 기다렸다가 문을 활짝 열 었다. 문을 잡고 기다리자 남자가 나갔다. 엘런은 닫힌 문에

20) (프랑스어) 미안해요.

등을 기댄 채 서서 숨을 고르며 이 얼마나 수치스러운 일인지 곱씹었다. 그런데 두 사람이 뒹굴며 구겨 놓은 침대보가 눈에 들어왔다. 곧장 달려가서 구겨진 침대보를 펴기 시작했다.

"남자 둘을 적으로 만들었어." 엘런이 혼잣말을 하며 다시 문간에 등을 기댔다. 그때 우편 투입구로 무언가 밀려들었고 이번에도 영국 신문이려니 짐작했다. 그날 아침 일찍 신문 한 부가 쿵 하고 배달되었는데, 모조리 잊기 위해 먼 길을 떠나온 고향에 관해 읽게 된 것이다. 뒤도 돌지 않고 손으로 투입구를 더듬다가 무언가 부드러운 것이 닿아서 깜짝 놀랐다. 꽃 한 송이. 빨간 카네이션. 딱히 싱싱하지 않고. 그렇다고 시든 것도 아닌. 엘런은 꽃을 받아 들고 투입구를 탁 닫았다. 줄기에서 떨어지는 물이 손에 묻었다. 호텔 꽃병에서 바로 빼다 선물한 것이었다. 남자는 직감이 좋았다. 자기 잘못을 뉘우치고 있었다. 엘런은 꽃을 들어 향기를 맡고는 남자가 엘런의 얼굴을 뭉갰던 것처럼 꽃을 뭉갠 뒤 그가 얼마나 경솔했는지 곱씹었다. 분노가 가라앉았다. 적어도 그 사건으로 흥분이 솟구친 덕에 기운이 났다. 다시 밖으로 나갈 마음이 생겼고, 어디로 가 볼까 고민했다. 기분 전환을 하기로 했다.

단추 달린 오렌지색 원피스를 반쯤 입었을 때 문이 벌컥 열렸다. 그날 저녁에만 두 번째였다.

"하느님 맙소사." 엘런이 말했다. 남자가 사과 두 개와 상아 손잡이가 달린 과도를 접시에 받쳐 들고 안으로 들어왔다. 사과하고 싶은지, 엘런을 향해 접시를 내밀었다. 사과가 한 개뿐이었다면 받았을 것이다.

"지나치시네." 엘런이 원피스 단추를 마저 채우며 말했다. 방 한복판에 서서 화해의 선물을 내미는 남자를 그대로 둔 채 핸드백을 들고 밖으로 나왔다.

화장실에 가서 얼굴을 매만졌고, 카펫이 깔린 넓은 계단을 두 층 내려와 로비 맞은편의 라운지로 들어가서 곤두선 신경을 다잡고자 블러디 메리[21]를 주문했다. 손님 대부분이 저녁을 먹고 있었던 탓에 바는 한산했다. 식당에서 접시 부딪치는 소리와 웅성웅성 대화하는 소리가 섞여 들었고, 그 너머 희미한 바이올린 소리가 감미로웠다.

"메르시." 직원이 술과 아몬드 한 접시를 가져다주자 엘런이 말했다. 엘런은 한 모금 맛본 뒤 윗입술에 묻은 붉은 술을 핥아 내며 지금 자신이 바이올린 연주자와의 첫 만남을 기다리고 있는 것이기를, 그리고 그가 다른 사람이기를 바랐다. 나무의 조명은 전날과 똑같았으나 오늘 밤에는 기둥을 타고 올라가는 전선이 눈에 띄었으며 빛은 더 이상 마법처럼 황홀하지 않았다. 매번 술을 한 모금 마시기 전에 아몬드를 한 개씩 입에 넣고 천천히 씹기를 반복하며 조금씩 마시는 속도를 늦췄고, 입에 술을 한가득 머금은 채로 음료의 맛을 음미했다. 시간은 많았다.

"진짜 좋죠, 좋지 않나요." 딱 한 명 있던 다른 손님이 말했다. 여자는 어깨를 꿈틀거리다가 상체를 쭉 뻗으며 느릿한 음악에 맞춰 몸을 움직였다. 딱 붙지 않는 초록색 꽃무늬 실크

---

21) 보드카, 토마토 주스, 셀러리, 레몬 등을 조합한 칵테일.

드레스가 헐렁하게 늘어진 차림이었는데, 상체가 길고 유연했다. 여자는 그 안에서 자유롭게 움직였고, 그 움직임은 효과적이었다. 엘런은 조용한 음악에 귀 기울이는 척했다. 두 가지 음악이 흘러나오고 있었다. 바텐더가 틀어 놓은 시끄러운 노래와 멀리서 들려오는 오케스트라 음악이 겹쳤다. 라운지에서 술을 마시는 사람은 엘런과 여자뿐이었는데, 머리 위 샹들리에와 사방에 설치된 거울 때문에 텅 빈 라탄 의자와 원형 테이블의 이미지가 반복되고 반복되는 거대한 공간 속에서 두 사람은 비현실적일 정도로 조그맣게 보였다.

"정말 좋지 않나요." 여자가 말했다. 손가락을 튕기며 머리를 이쪽저쪽으로 까딱거렸다. 바텐더와 시시덕거리면서도 자꾸만 식당으로 이어지는 아치형 입구를 흘긋거리는 것이 누군가를 기다리는 듯했다. 바텐더는 우뚝한 카운터 위에 라디오를 올려 두고 여자에게 춤추라고 손짓했다.

"진짜 돌아 버리겠네." 여자가 말하고는 엘런 쪽으로 고개를 돌려 문장을 이었다. "이 노래가 너무 좋아서요."

"좋네요." 엘런이 말했다.

"진짜로." 여자가 말했다. 여자는 부러 낮춘 목소리로 단어마다 끝을 길게 늘여 말했는데, 그렇게 각각의 단어를 강조하려는 듯했다. 미국인이었다. 얼굴은 살이 도톰하고 육감적이라 몸과는 딴판이었고, 역시 도톰한 입술에 블랙베리 주스 빛깔의 립스틱을 칠해 과일 같았다. 유일한 액세서리는 달랑거리는 장식이 달린 팔찌뿐이었는데, 가끔 손목을 들어 흔들면 작은 장식들이 같은 방향으로 움직였다. 가만히 보고 있자니 메

달 같기도 했다.

"여기 머무른 지 오래됐나요?" 엘런이 물었다. 해수욕장에서 처음 본 얼굴이 있었는데 혹시 이 여자였을지 궁금했다.

"오늘 오후 늦게 도착했어요. 그런데 엘리베이터에서 처음 마주친 사람이 누구였는지 아세요? 게다가 나랑 아는 사이라고 생각하는 거 있죠!" 여자는 유명한 영화배우를 언급하며 지금 그 남자가 이곳에서 저녁을 먹고 있다고 했다.

"나랑 아는 사이라고 생각하더라고요." 여자가 같은 말을 반복했다. "그리고 진짜 웃긴 짓을 했어요. 가슴을 두드리면서 이러는 거예요. '나는 카우보이, 나는 카우보이, 나는 멕시코 카우보이.'" 여자는 웃음을 터뜨리고 바텐더를 불러 술을 두 잔 더 시켰다. 엘런은 이미 술값을 내려고 지폐를 내려놓은 참이었다. 모르는 사람에게 술을 받아 마시기가 꺼려졌다.

"난 괜찮아요." 엘런이 말했다.

"아뇨, 안 괜찮은 것 같은데." 여자가 말하고는 블러디 메리 두 잔을 달라고 주문을 반복했다. 엘런의 테이블로 와서 앉았으나 연신 식당 쪽을 주시하고 있었다. 바텐더가 술 두 잔과 계산서, 견과류를 더 가져다줄 때도 대꾸하지 않았다. 바텐더는 엘런이 낸 술값의 거스름돈도 가져다주었다.

"파리에 들러서 바지를 몇 벌 사고 바로 여기로 왔어요." 여자가 말했다. 한 팔을 앞으로 내밀고 운전하는 몸짓을 해 보였다. 그러자 팔찌의 장식이 달랑거렸다.

"아뇨, 자기가 다 먹어요." 여자가 엘런에게 견과류 그릇을 밀어 주며 말했다. 그러고는 허리를 쭉 빼고 말하기를, "음식 때문에 살이 찐다고 생각하지는 않아요. 전부 신진대사 문제인 것 같아요." 하지만 엘런은 다른 여자들에게 들은 이야기가 있기에 이런 말이 상대를 살찌게 하려는 술수임을 알았다.

"올리브 좋아해요?" 여자가 말했다. 엘런은 그렇다고 답하고는 거스름돈으로 받은 2프랑을 테이블에 올려놓고 바퀴를 굴리듯 경주를 시작했다. 동전 하나가 모서리 너머로 떨어지자 바텐더가 잽싸게 달려와서 주워 주었다. 엘런은 동전을 받아 들고 다시 경주를 시작하며 이름이 데니스인 여자에게 무심하게 말했다. "세상에서 부자들 다음으로 역겨운 인간들은 부자들을 위해 일하는 인간들이죠."

"이런, 문제아군." 데니스는 아치형 입구로 사람들이 잔뜩 밀려들자 말을 끊었다. 드레스를 추켜올리고는 의자에 기대앉아 다리를 있는 힘껏 길게 늘였다. 게다가 그 모습이 거울에도 비쳤으므로 데니스를 못 보고 지나치기는 힘들 터였다.

"다들 이쪽으로 오네요." 데니스가 속삭이고는 새삼 계산된 저음의 미국 남부 말씨로 "나는 올리브가 너무 좋아요. 한번은 여행차 미국을 동서 횡단했거든요. 맥주, 아보카도, 올리브 세 가지만 먹고 살았어요. 끝에서 끝까지 가로질렀죠. 종점은 작은 마을이었는데, 이름을 까먹었네. 어쨌든, 미국이 얼마나 아름다운지 몰라요."라고 말했다. 그때 남자가 배우답게 시간을 잘 맞춰 샹들리에 밑에 멈춰 섰다. 그러고는 사뭇 점잖게 가슴을 치며 「나는 카우보이」 공연을 선보였다. 일행이 여럿이었고, 그가 걸음을 멈추자 다른 남자들도 멈춰 섰다. 그 뒤로는 연상의 여자들이 팔짱을 낀 채 줄지어 따라오며 거리낌 없이 이야기를 나누었다. 배를 집어넣고 바른 자세로 걷는 앳된 여자도 몇 명 있었다. 엘런의 눈에는 오직 그 남자의 얼굴만이 보였다. 영화에서 본 적은 없었지만, 존재감만큼은 두드러지는 사람이었다. 외모에 거친 구석이 있었다. 다리를 드러낸 여자들에게 휘파람을 불고 전면 유리에 발가벗은 인형을 달아 놓는 트럭 운전사들이 떠올랐다. 통속적이고 야만적이었으며 부인할 수 없이 잘생긴 남자였다.

"두 여자분에게 같이 한잔하자고 하면 어떨까요?" 남자 중 하나가 말했고, 데니스는 몸속에 전류라도 흐르는 듯 깜짝 놀라서 까르륵거렸다. 엘런은 다시 동전 경주를 시작했는데, 이번엔 동전이 떨어지지 않도록 테이블 반대편을 손으로 막았다.

"여자들, 예쁜 여자들이네." 연상의 여자 중 하나가 말했다. 몸에 두른 털 스톨 끝에 달린 술 장식 때문에 우스워 보였다.

"두 숙녀분께 술을 사 드리면 어떨까 합니다." 배우가 큰 소리로 말했다. 엘런과 데니스는 서로를 바라보며 망설였고, 그러다가 데니스가 말했다. "진짜 우습네요. 우린 이미 술을 마시고 있는걸요." 하지만 데니스는 의자에 앉아 몸을 앞으로 불쑥 내밀었다.

"또 만나네……." 배우가 말했다.

"그러게, 또 만나요." 데니스가 대답하고는 자리에서 일어났다. 엘런도 바로 일어났다. 일단 엘런과 데니스가 자매가 아니라는 점을, 심지어 친구도 아니라는 점을 확실히 해 두고 싶었다.

"조금 전에 만나서 이야기나 나누던 참이에요." 엘런이 말했다.

"말해 주세요." 연상의 남자 중 하나가 예의 바르게 엘런을 문 쪽으로 이끌며 말했다. "영화에 출연한 적 있나요?"

"제가 알기로는 없어요." 엘런이 남자를 바라보며 말했다. 남자의 얼굴은 날이 더운 탓에 노랬다. 눈동자는 엷은 푸른색이었고, 한때 잘생겼던 것이 분명했다. 이름은 시드니였다.

머지않아 그들은 차에 올라탔고 들썩이는 도로를 따라 복작복작한 마을 중심가를 향해 달렸다. 엘런은 운전사가 모는 벤틀리 뒷좌석에 시드니와 털 스톨을 두른 여자 사이에 자리 잡았다. 다리에 스치는 털 뭉치가 금방이라도 기습할 동물 같았다. 엘런은 그 스톨의 가격이 궁금했다. 배우는 앞좌석에 앉아 데니스에게 근육에 관해 이야기하고 있었다. 그는 싸움의 중요성을 믿는 사람이었다.

"누가 누군지 모르겠어요." 엘런은 양옆에 앉은 두 사람에게 말했다.

"누가 누군지 모르겠대." 이름이 귀니[22]라는 여자가 말했다. "귀엽지 않아?"

"끔찍한걸." 배우가 가엾다는 듯 동정을 가장한 목소리로 말하더니 몸을 돌려 무릎을 도닥이며 말했다. "부탁할게요. 나는 바비라고 불러 줘요." 엘런은 약간 수줍어서 대답이 나오지 않았다.

---

22) 귄의 애칭.

"얼른." 배우가 말했다.

"바비." 엘런이 말했다. 그러자 배우가 미소를 짓더니 엘런의 목소리는 밤새 들어도 감미로울 것 같다고 말했다. 놀리려는 의도는 전혀 없어 보였다.

"같이 놀자고." 배우가 말했다. 그러고는 다정하게 도닥이며 엘런의 드러난 무릎 위에 퀸의 스톨을 덮어 주었다. 복슬복슬한 것에 감싸여 있으니 화려함에 더해 안정감이 느껴졌다. 어쩌면 이런 반응은, 오래전 어렸을 때 뒷골목을 걷다가 어느 연인이 벨트 달린 비버 코트 안에서 사랑을 나누는 모습을 목격했던 경험이 불러일으켰을지도 몰랐다. 그 두 사람은 엘런이 개라도 되는 양 쫓아 버렸다. 엘런은 엿보려던 것이 아니라 단지 바라보고 싶었을 뿐인데.

일행이 모인 나이트클럽은 조명이 어둑해서 꼭 영화관 같았다. 매니저가 시드니를 반겨 주었고 테이블 세 개가 합쳐졌으며 의자가 잔뜩 운반되었다. 그들은 들어온 대로 자연스럽게 자리를 잡았다. 엘런은 자신을 바비의 대역이라고 소개한 남자와 시드니 사이에 앉게 되었다. 반대편에는 바비와 데니스, 예쁘장한 어린 남자와 그보다는 덜 예쁘장한 어린 남자가 있었다. 그 두 남자는 각자의 금팔찌를 이어 작은 자물쇠로 묶었고, 그렇게 서로 연결되었다. 엘런은 그쪽을 향해 미소 지으려 했으나 두 사람 다 전혀 관심이 없었다. 일행은 모두 합해서 스무 명쯤 됐다. 제이슨이라는 어깨 넓은 남자, 그의 아내인 털 스톨 주인, 옆트임 스커트 차림으로 앉아 절대 입을 열지 않는 앳된 동양 여자들, 새처럼 지저귀는 듯한 목소리의 나이 지긋한 여자들, 그 외에도 배우나 시드니나 제이슨 같은, 일행의 주요 인사가 입을 열 때마다 "그것참 근사하잖아?"라고 말하는 사람들이 한가득이었다.

"그 여자 마음에 쏙 들어. 자기 주관이 뚜렷하더라고." 제이슨이라는 남자가 미국 동부에 살며 영화 각본을 쓴다는 여자에 관해 이야기했다.

"그게 무슨 말이지?" 시드니가 물었다.

"자기 주관이 뚜렷한 사람이라고." 제이슨이 말했다. 제이슨의 아내가 일행에게 말하기를, 어느 주말에 그 여자가 두 사람의 집에 왔는데 기온이 30도가 넘는데도 낮이나 밤이나 손목까지 내려오는 예쁘장한 긴소매 블라우스를 입고 있더라고 했다. 그런데 나중에 그 여자가 화장실에서 샤워하는 모습을 봤더니 팔에 커다란 혹이 있고 털이 부숭부숭했다는 것이다. 그 이야기에 다들 소름 끼쳐 했고 바비가 전부 잠들어 버리기 전에 제발 술이나 좀 마시자고 말했다. 데니스는 잠든다는 말에 바비의 어깨에 머리를 기대고 잠시 가만히 있었다.

"우리 데이트 약속 잊지 마. 나 자정에 스물다섯 살 되니까." 데니스가 말했다. 실제보다 더 취한 척하고 있었다.

"좋았어." 권이 말했다. 웨이터가 첫 번째 샴페인이 담긴 통을 들고 왔다. 통은 웨이터의 손가락이 닿은 부분 외엔 뿌연 기체에 가려 잘 보이지 않았고, 테이블에 올려놓으니 네 개의 납작한 손가락 자국이 반짝거렸다. 웨이터는 샴페인이 담긴 통을 네 개 더 가져왔고 엘런도 잘 아는 흑백 라벨이 붙은 땅딸막한 위스키 여러 병과 동양 여자들이 마실 호리호리한 잔에 든 과일 주스도 가져왔다.

"뭐 마실래?" 시드니가 물었다. 카드를 한 팩씩 나눠 주듯 담뱃갑을 통째로 잔뜩 나눠 주고 있었다. 여러 사람이 즐길 자리를 마련한 것이 뿌듯한 얼굴이었고 엘런에게 특별히 신경 쓰고 있었다.

"페르노 리큐어 마시고 싶어요." 엘런이 말했다. 위스키를 반 잔쯤 마신 바비가 잔을 내려놓고는 자기도 마시고 싶다고 했다.

"엘런 없으면 어쩔 뻔했을까?" 바비가 건너편으로 미소를 보내며 말했다. 엘런도 미소로 답했다. 바비는 언제 한번 에칭 전시를 보러 가자고 말했다. 저녁이 활짝 피어나고 있었다.

"바비는 세상에서 제일 멋진 사람이에요. 온 세상에서 제일 멋져." 바비의 대역이 엘런에게 연거푸 말했다. 어떻게 바비가 아플 때 이 사람이 대역으로 나설 수 있을까, 엘런은 의아했다. 대역은 얼굴선이 더 진했으며 느끼한 아일랜드계 미국인 억양이 있는 반면, 바비는 날렵한 얼굴선에 낮고 느릿느릿한 말씨를 썼다.

"나한테 정장을 마흔일곱 벌이나 사 줬어요, 거짓말 아니야." 대역이 말했다. "그리고 우리 아들이 결혼했을 때, 결혼식 당일에 아들 부부도 모르게 신혼여행 비용을 다 대 주었다니까요. 버뮤다행으로."

"그래서 부부는 버뮤다로 갔어요?" 엘런이 고민하며 말했다. "가기 싫다고 했을 것 같은데?"

"가기 싫다니!" 대역이 신경질을 내며 말했다. "인생 최고의 시간을 보냈는걸. 절대 못 잊을 거래요. 나한테 정장을 마흔일곱 벌이나 사 줬어요, 거짓말 아니야."

"그냥 죽여 버리지 그래요?" 엘런이 말했다. "그러면 직접 정장을 사 입을 수 있잖아요." 엘런은 대역의 겸손함이 싫었고, 비밀을 털어놓는다는 듯이 말하는 태도가 싫었다. 택시 기사 같은 수다.

"독미나리를 써요." 엘런이 말했다. "믿을 만한 정보예요. 뿌리를 끓이면 돼요."

"전 아내가 당신 같은 여자였지." 대역이 말했다. 분노로 일그러진 얼굴이었다.

"그래서 그 여자를 죽였군요." 엘런이 잽싸게 받아쳤다.

대역은 음료를 들고 일어나더니 의자를 끌고 테이블 끄트머리로 이동했다. 엘런은 모르는 척 주변을 둘러보며 친한 사람을 찾는 시늉을 했다. 어떤 여자의 무릎 위에 어린 남자아이가 입을 벌린 채 앉아, 소음과 조명, 거대하고 푸른 나무가 지붕처럼 잎을 활짝 벌린 광경에 넋을 놓고 있었다. 문득 아들이 그리워진 엘런은 아들과 뽀뽀하던 기억을 되살리며 지금 아들을 품에 안고 싶다고 생각했다. 눈을 감고 아들의 얼굴이 어떻게 생겼는지 떠올리려 했으나 도무지 생각나지 않았다. 눈을 감은 채 미친 듯이 머릿속을 뒤졌다.

"일어나요, 부인. 우리 지금부터 제대로 놀 거니까." 바비가 말했다. 술이 도착한 뒤였다. 웨이터가 주문받은 대로 페르노를 가져왔다. 길쭉한 잔마다 다이아몬드 같은 자그마한 얼음이 조각조각 들어 있었고, 물병도 하나 있었다. 바비가 페르노를 따르자 강렬한 초록색 액체가 얼음 속으로 스며들며 뿌옇게 변하기 시작했고, 엘런은 다채로운 초록색을 바라보다가 바비의 유청 빛깔 눈동자와 마주쳤다. 그 위에는 잎을 활짝 벌린 거대하고 푸른 나무가 있었다. 엘런은 여전히 아들의 얼굴을 떠올리려 애쓰며 나무를 올려다보았고, 바비도 올려다보았다. 그는 초록색 풍경에 마음이 유해졌는지 잔을 들어 올리며 말했다.

"마지를 위해."

"난 마지가 아닌데." 엘런이 말했다.

"나도 알아, 엘런은 마지가 아니지." 바비가 말했다. "어쨌든 건배." 그러고는 줄곧 나무를 바라보며 새하얀 복숭아 이야기를 들어 보았느냐고 물었다.

"새하얀 복숭아가 있다고?" 엘런이 물었다. 놀랍고 즐거워서 고개를 저었다.

"그럼, 물론 있지." 바비는 뉴잉글랜드에 새하얀 복숭아가 자란다고 말했고, 손짓을 섞어 설명하기를 땅에 떨어지면 뭉개져 버린다고 했다. 치명적일 정도로 부드러워서.

"한번 보고 싶다." 엘런은 진심이 아닌 말을 했고, 진심인 말도 했다. "바비는 보기보다 다정한가 봐. 거칠지 않고."

"마음에 들어." 엘런이 불쑥 말했다.

"그럴 줄 알았지." 바비가 말했다. "나는 마음을 읽을 수 있거든." 새로운 모험의 시작이었다. 술이 엘런의 몸을 따뜻하게 데워 주었다. 스팽글 달린 옷을 입은 자그마하고 앳된 남자가 올여름 가장 화려한 스트립쇼가 펼쳐질 거라고 예고했다. 시

드니가 공연을 보면서 이야기를 이어 가자고 말했다. 그들은
어느 미국인 소설가에 관해 논의하고 있었다.

"그 남자는 단순히 깜둥이로서 깜둥이에 관한 글을 쓰는
게 아니야. 호모로서 호모에 관해 쓰는 거야." 시드니가 자신
의 냉철한 평가가 자랑스러운 듯 같은 말을 반복했다.

"그런 식으로 말하지 마." 권이 상처받은 듯이 말했다. 일행
중의 게이들을 바라보았는데, 마치 그들이 공격받았다고 주장
하는 듯한 눈빛이었다. 정작 두 사람은 자기들끼리 노느라 정
신없었다. 혀를 가장 길게 뻗으면 코 위로 어디까지 건드릴 수
있는지 시험하고 있었다. 더 어린 쪽은 혀가 아주 맑고 무척
뾰족해서 칼날 같았다. 그는 칼을 휘두르듯 수월하게 코를 건
드렸지만, 연상의 애인은 좀처럼 묘기에 성공하지 못했다. 시
간이 지나자 나이 많은 쪽은 혀를 뽑아내느라 구역질이 난다
는 듯 침을 삼켰다. 두 사람은 자신들의 관계에 꽤 만족하는
눈치였다.

"깜둥이 호모에 관해 글을 쓰는 게로군. 그게 그 인간의 직
업인 거야." 바비가 갑자기 말했다. 그는 대화가 가장 흥미진진
할 때 끼어들어 한마디씩 거드는 재주가 있었다.

"주제 참 거창한데!" 제이슨이 강렬한 목소리로 말했다.

"저 스톨 보이지, 제이슨. 내가 항상 갖고 싶었던 게 저런 거
야." 권은 짙은 마호가니 빛깔의 망토 같은 걸 두른 여자를 가
리키며 말했다. 엘런이 본 것 중 가장 짙고 풍성한 털 망토였
다. 살아 있는 동물 같아서 몸으로 기어오를 성싶었다.

"전에는 그런 말 한 적 없잖아, 여보." 제이슨이 답했다. 아

내가 환자이기라도 하는 양 도닥였다. 그러고는 배우에게 말했다. "그 작가는 깜둥이도 아니니까, 제발 좀." 옆 테이블에 앉아 있던 나이 많은 부인이 이 미국 놈들을 내쫓아 달라고 했다. 땋아 내린 금발을 위협적으로 흔들어 보였다. 때마침 조명이 다 꺼지고 엘런은 어둠 속에서 데니스가 배우에게 말하는 소리를 들었다.

"우리끼리 나가서 한번 즐겨 볼까?" 바비는 꼼짝도 하지 않았다. 무대 위에는 프릴 달린 이불이 놓인 더블 침대가 있었고 한 여자가 까치발로 그 주변을 돌았다. 여자는 연보랏빛 조명에 폭 담겨 옷을 벗기 시작했다. 검은색 망사 스타킹을 신은 데다 하이힐은 어찌나 높은지, 다리가 길고 가느다란 새처럼 보였다. 옷가지를 하나씩 벗어 관객에게 던졌다. 배우는 여자가 세 번째로 벗어 던진, 몸에 맞닿았던 속옷을 잡고 코에 가져다 대며 말했다. "현모양처의 향기로군." 모든 사람이 알아들을 수 있을 만큼 큰 목소리였다.

이곳저곳에서 웃음이 터져 나왔고 팬 하나가 애정 어린 목소리로 그의 이름을 불렀다. 시드니는 흡족한 얼굴이었다. 무대 위의 여자는 가슴 위의 꽃잎과 아래쪽을 덮은 손수건만 빼고 옷을 다 벗더니, 이제 염색하지 않은 천연 여우 털을 꺼내서 다리 사이에 끼고 앞뒤로 천천히 밀고 당겼다. 움직일 때마다 신음하며 드러난 허벅지를 떨었다. 스타킹도 벗었다. 곳곳에서 휘파람 소리와 침 넘어가는 소리가 들렸다. 이 저녁의 첫 오르가슴이었다.

"못 봐 주겠네. 정말이지 못 봐 주겠어." 권이 말했다. 아니,

흐느끼고 있었다. 제이슨이 커다란 손수건을 꺼내 눈 위에 둘러 주었고, 권은 연신 흐느끼며 모욕적이라고 말했다.

"자기가 들고 있어." 제이슨이 말했다. 엘런은 흐느끼는 여자를 보다가, 관객을 안달하게 하는 댄서를 보다가, 성냥 불빛 아래서 개미 떼가 식탁보 위로 전진하는 모습을 보았다. 문득 아들의 얼굴이 떠올랐다. 더플코트를 입은 아이, 둥글고 흰 얼굴, 얼굴을 감싼 옷깃의 모자 때문에 돋보이는 커다란 눈. 아이와 아이 아빠가 보내고 있을 휴가를 떠올렸다. 티끌 없이 순수한 나날들. 아침이면 지렁이를 파내고, 해가 지면 강가에서 낚시하고, 강둑에서 송어의 배를 갈라 내장을 꺼내 강으로 던져 넣는 하루. 메탄올과 장작불 냄새. 불을 하나 더 피워 파리를 쫓아내고, 송어를 새로 산 깡통 접시에 담아 먹고 난 뒤 마지막으로 남은 버터 소스, 까무잡잡하고 짭짤하게 녹은 맛있는 소스를 해치우려고 프라이팬에 빵을 넣겠지. 엘런은 두 사람의 식사를 생각하며 입술을 핥았다. 댄서의 상체에는 휘황찬란한 조명이, 하체에는 어두운 조명이 쏟아졌다. 다리 사이의 여우 털은 새카맸다. 실내는 핀 하나만 떨어져도 울릴 듯 고요했다. 배우를 제외한 모든 사람이 무대에 집중하고 있었다. 엘런과 그의 시선이 엮였고, 배우가 몸을 기울인 채로 무어라 속삭였다.

"뭐라고?" 엘런이 말했다.

"남자라고." 배우가 말했고, 엘런이 어떻게 그럴 수 있는지 물었다.

"뒤에 감췄어." 배우가 말했다. 그러고는 엄지를 손바닥에 대고 가려 보이며, 무대 위의 남자가 어떻게 자기 몸의 일부를 감췄는지 보여 주었다. 그때 음악이 아주 빨라지더니 댄서가 여우 꼬리를 던져 버렸다. 그러고는 고무 가슴을 양쪽 침대 기둥에 매단 뒤 일어나서 허벅지 사이의 검은색 삼각형의 스팽글 속옷 말고는 아무것도 입지 않은 알몸을 과시했다. 여자의 교태를 완벽하게 복제한 남자였다. 사람들은 손뼉을 쳤으나 분명 엘런처럼 속았다고 느낀 사람도 있는 듯했다. 엘런은 조금 메스껍기도 했다.

"괜찮아?" 시드니가 물었다.

"배가 고파서요." 엘런이 말했다. 역겹다고 말하려니 부끄러웠다. 이제 권은 커다란 손수건에 코를 풀고 있었다. 하얀 물방울이 그려진 남색 손수건이었다. 어쩌면 스카프일 수도 있었다. 동양 여자들은 방금 관람한 무대가 무슨 종교 의식이라도 되는 양 미소 짓고 있었다.

"배고프다니." 배우가 말했다. 거한 식사를 하기에는 너무 늦은 시간이라 아티초크를 주문했다.

"아, 자기야, 바보처럼 굴지 마." 데니스가 엘런에게 말했다. 이미 잔뜩 취해서 자기가 뭐라고 말하는지도 모르는 것 같았다.

"난 아티초크 먹을 줄 몰라요." 엘런이 배우에게 호소하듯 말했다. 무대 위에서는 남자아이가 마음이 다정한 사람이라면, 하고 노래를 부르고 있었다. 당시 영국에서 대유행하던 곡이라 영국인들이 전부 합세해 불렀다. 엘런은 휴 휘슬러를 떠올렸는데 처음으로 그가 떠난 것에 아무런 유감도 느끼지 않았다. 그의 무심함 덕분에 엘런은 이 모임에 발 들이게 되었고, 이 모임은 그 어떤 영국 남자도 제공할 수 없는 이국적인 매력을 선사해 주었다.

"차차 익숙해질 거야." 바비가 다가와서 엘런 옆에 앉았다. 아티초크 두 개와 샛노란 마요네즈가 담긴 작은 그릇이 나왔다.

"아무래도 난쟁이 공연은 못 보겠군." 바비가 말했다. 아티초크의 바깥쪽 잎을 떼서 널찍한 밑동을 마요네즈에 찍더니 엘런에게 어떻게 먹는지 보라고 했다. 윗니로 마요네즈가 묻은 하얀 밑동을 갉아 먹었다.

"맛있네." 바비가 말했다. "이 아티초크 괜찮아." 음미하며 입술을 핥고는 중심에 가까운 잎일수록 맛이 좋다고 했다. 신이 나서 엘런에게 먹는 시범을 보였다.

"먹어 봐." 바비가 말했다. 엘런은 잎을 하나 골라 들고 바비가 어떻게 하는지 지켜보다가 똑같이 따라 했다. 처음에는 천천히 먹다가 속도를 냈는데 중심으로 갈수록 잎사귀의 보랏빛이 진해졌으나 밑동은 여전히 하얬다. 두 사람은 베어 먹고 남은 잎을 앞에 있는 테이블 위에 올려놓았고 엘런은 바비 못지않게 능숙해졌다.

"아." 엘런이 말했다. 중심부를 덮고 있는 보송보송한 털에 놀란 것이다. 그런 모습일 줄은 몰랐다. 또다시 여우 꼬리가 떠올랐으나 이젠 한결 마음이 편했다.

"마음에 쏙 들어." 바비가 말했다. "꼭 여자 같잖아." 두 사람은 은밀하게 꼭 붙어 있었고, 바비가 주머니칼을 꺼내 날카로운 칼끝으로 아티초크의 심장 아랫부분을 둘러싼 털을 잘라내는 동안 엘런은 주변의 노랫소리를 흘려들으며 지켜보았다.

"그대로 먹으면 목에 걸려서 신경 쓰이거든." 바비가 말했다. 그러고는 엘런이 숨을 참고 지켜보는 앞에서 보송보송한 윗부분을 째더니 밑에 있던 뿌연 잿빛 심장을 끄집어냈다. 엘런은 아티초크가 아닌 자기 자신이 그런 짓을 당하는 기분이었다.

"자, 부인." 바비가 엘런 앞으로 접시를 밀어 주며 말했다.

"바비 거잖아." 엘런이 말했다. 아티초크가 꼭 여자 같다던 바비의 말을 기억하고 있었다.

"먹어." 바비가 말했다. "그 대신 나중에 혼내 줄 거야." 그러고는 채소를 입에 넣는 엘런을 지켜보았다. 선행된 의식 때문일까, 바비가 옆에 있기 때문일까, 술을 석 잔이나 마셨기 때문일까, 지금껏 먹어 본 것 중 가장 신비로운 요리인 것만 같았다.

"먹기 힘든 음식은 뭐든 너무 좋아." 엘런이 음식을 씹으며 말했다. 맛은 좋지만 식감이 낯설었기에 진심을 넘어서는 과한 반응이었다.

"그럴 줄 알았지." 바비가 두 번째 아티초크를 준비하며 말했다. 엘런은 다른 테이블에서 자신을 바라보는 남자를 포착했다. 남자는 선글라스를 끼고 있었고 짙은 머리칼이 부스스했다. 엘런과 시선이 마주치자 코끝으로 선글라스를 내리고는 씩 웃어 보였다. 룸서비스를 가져왔던 남자 직원. 엘런은 웃음을 터뜨렸다. 남자는 웃음을 환영의 의미로 해석했는지 자리에서 일어나 다가오려 했다.

"호텔 룸서비스 직원인데," 엘런이 바비에게 말했다. "날 쫓아다녀."

"그래?" 바비가 말했다.

"저녁에 날 강간했어." 엘런이 말했다. 무용담 같은 것을 늘어놓을 생각이었다.

"어땠지?" 바비는 엘런이 만나 온 그 누구보다 쉽게 시큰둥해하고 곧장 빈정대는 사람이었다.

"이것보다는 별로였어." 엘런이 두 번째 심장을 베어 물며 말했다.

"앞으로 했어, 뒤로 했어?"

"옆으로." 엘런이 말했다. 다른 사람처럼 유쾌하고 무심해지고 싶었다. 일행 중 일부가 자리에서 일어났고 또 다른 일부는 왜 벌써 일어나느냐며 반대했고 데니스는 거듭 뇌까렸다. "이렇게 스물다섯 살이 되다니 난 망했어." 바비가 엘런에게 아티초크를 가져오라고 말했고 엘런은 마지막 아티초크를 입에 넣고 밖으로 나갔다. 호텔 직원이 문간에 자리 잡고 있었으나 엘런은 못 본 척했다. 먼지 입자 같은 모기가 실외 조명 주변을 날아다녔고, 사람들은 대낮처럼 거리를 걸어 다녔다.

"아까 탔던 차에 타." 시드니가 말했다.

"우리 어디 가는 건데?" 엘런이 바비에게 물었다. 가운데서 양쪽의 두 사람과 팔짱을 낀 채 다리를 들고 대롱대롱 매달렸다. 아들이 즐거울 때마다 그러던 것처럼.

"기분 어때?" 바비가 물었다.

"엘런은 기분 좋아." 시드니가 말했다. "여덟 살배기처럼." 엘런은 기억마저 희미해진 어린 시절처럼 숨이 가쁠 정도로 마음이 들떴다. 분명 행복이 다가오고 있었다.

# 9장

일행이 탄 자동차는 마을을 빠져나와 해안 도로를 따라 칸
을 통과했다. 누군가가 전면이 희고 화려한 고층 호텔을 가리
켰고 엘런은 층층이 쌓인 웨딩 케이크를 떠올렸다. 그때 차가
좁은 도로로 빠지더니 오르막을 달리기 시작했다. 더웠다. 창
문이 죄다 활짝 열려 있었다. 엘런은 가끔 도로가 굽어질 때
마다 반대쪽 자동차와 스칠 것 같은 생각에 슬쩍 불안해졌으
나 목소리를 낼 정도는 아니었다. 운전사는 지금껏 그들과 함
께 술을 마셨다. 엘런은 열린 창문을 통해 자신과 달 사이로
미끄러지는 구름을 바라보며 생각했다. 아, 드디어 진짜 인생
을 사는구나. 알딸딸한 채. 시드니의 팔을 목에 두르고. 바비
는 앞좌석에 앉았으나 부러 뒤편으로 팔을 뻗어 팔꿈치를 엘
런의 무릎 위에 두었다. 안정감. 그리고 지나가는 자동차가 선

사하는 순간의 아찔함. 좁고 가파른 도로, 끊임없이 부릉대는 기어, 오르막, 창문 너머의 달, 들판을 휘감고 내려와서 도로와 맞닿은 덩굴. 이따금 높은 담벼락이 보이다가 사라졌다.

"기분이 어때?" 바비는 종종 몸을 돌려 물었다. 데니스와 앞 좌석에 타고 있었다.

"정어리에게 사랑한다고 전해 줘." 엘런이 말했다. 그때까지는 맨정신을 유지하려고 애썼으나 이제 다들 조금씩 취한 티를 냈으므로 실없이 굴 필요가 있었다. 데니스가 '지랄'이라고 한 것 같았는데, 확실하지는 않았다.

"섹스를 위해 건배." 권이 말했다. 누군가가 위스키 한 병을 가져와서 일행에게 돌렸다. 운전사는 거절했다. 엘런은 바비 다음으로 마시고 싶다고, 그를 맛보고 싶다고 말했다. 다들 웃음을 터뜨렸다.

"그래야 내 여자지." 바비가 말했다.

"부부간의 섹스를 위해 건배." 권이 말했다.

"내가 육 개월만 어렸어도." 시드니가 말했다. 엘런의 목에 두른 팔에 점점 힘이 들어가서 엘런은 숨이 막힐 것 같았다. "우리는 결혼하는 건데……." 그때 자동차가 갑자기 부릉대며 멈춰 섰고, 끼익하는 브레이크 소리는 권이 내뱉은 "아이고 맙소사."보다 더 급박했다. 주변에 주택이라곤 한 채도 보이지 않는, 인적 드문 도로였다. 일행이 탄 자동차가 멈춰 서자 덩달아 급정거한 뒤쪽의 차들이 미친 듯이 경적을 울렸다.

"드골 장군이 납치되었는데." 바비가 말했다. 그러고는 드골이 매일 미사에 참석할 수 있도록 전용 기도실을 만들어야 했다는 농담을 했다.

"그리고 금요일마다 인어를 잡아다 줘야 했지."[23] 데니스가 말했다. 귄은 그런 식으로 종교를 웃음거리로 삼다니 부끄러운 줄 알라고 쏘아붙였다. 일행이 잠시 기다리는 동안 엔진은 줄곧 돌아갔고, 뒤에서 차들이 경적을 울렸고, 남자들은 시시껄렁한 농담을 던졌는데, 문득 운전사가 차에서 내렸다. 다시 돌아왔을 때는 몸을 떨고 있는 것 같았다. 오토바이를 타고 있던 사람이 몇 미터 앞에서 죽어 있었다.

"정말 죽었어요?" 엘런이 말했다. 아직 죽음을 막을 시간이 있다는 듯이.

"그런 것 같아요." 운전사가 말했다. 귄은 신부라도 불러와야겠다고 말했다. 다들 차에서 내렸다. 사고 현장 주변으로 사람들이 작게 원을 그리고 섰다. 고통스러운 얼굴이었으며 경찰차 전조등이 눈이 멀 정도로 밝았기에 시선을 내리깔고 있었다. 엄숙하게 선 채로 죽은 남자를 바라보았다. 그 남자가 살아 있었다면 절대 그런 눈빛으로 바라보지 않았을 것이다. 배우가 사람들을 밀치고 앞으로 나아갔다. 엘런은 배우의 어깨 너머로 시체를 보았다. 도로 한가운데에 있는 오토바이로부터 튕겨 나가 널브러져 있었다. 분명 시체를 피하기 위해 차선을 무시하고 회전한 듯한 검은색 자동차는 마치 거대한 새가 날개를 펼친 것 같은 모습이었다. 죽은 자의 바지는 속에

---

23) 가톨릭교에서는 금요일에 육류와 유제품을 금하는 관습이 있어서 그 대신 수산물을 먹곤 한다.

다리가 없는 듯 헐렁했으며 부츠 한 짝이 몇 미터 밖에 떨어져 있었다. 양말을 푹 적신 피가 도로를 타고 흘러내렸다.

"130으로 달리고 있었어." 누군가가 말했다. 대부분 프랑스어를 썼다. 죽은 자는 독일인이라고 했다. 독일 신분증을 갖고 있다고. 엘런은 이국에서 병이 나거나 죽는 상상을 하며 두려움에 떨었다. 집에 가고 싶었다. 빛기둥이 있는 런던 집이 아니라 혈육이 사는 고향으로 가고 싶었다. 엘런은 지금 옆에 있는 사람들이 무슨 생각을 하든 자기 머릿속의 생각과는 다를 수밖에 없다는 사실을 깨달았고, 주체할 수 없을 만큼 몸을 떨었다. 현실에서 사라져 어린 시절로, 엘런의 두려움을 탄생시킨 어둠의 근원으로 이동했다. 서둘러 기도문을 외웠고, 동물들이 바보처럼 빠져 죽곤 하던 습지의 수렁과 미친 여자 둘이 자살한 산속의 호수를 떠올렸다. 주변 몇 킬로미터 내에 아무런 건물도 보이지 않던 산속. 호수 그 자체가 여름날의 서정이고 기만이었다. 잔잔한 수면 위의 수련. 잎보다 꽃이 더 풍성한 식물. 엘런은 죽음이 두려웠다. 엘런은 언젠가 바다에 갔을 때 위험할 정도로 깊은 곳까지 나아가려는 자신을 제지하던 젊은 신부를 떠올렸다. 신부의 눈은 애정을 담은 채 부드럽게 빛나고 있었다. 신부는 긴장한 듯 경고문을 보았느냐고 물었다. 엘런은 보지 못했다. 신부가 없었다면 충격 속에서 대비 없이 원치 않는 죽음을 맞았을 것이다. 엘런은 눈을 빛내며 고맙다고 인사를 전했다. 신부의 창백한 손을 잡고, 검은색 커다란 사제복 소매에 가려 보이지 않는 손목 쪽으로 손가락을 넣어 보고 싶었다. 그러나 신부의 순결에 누를 끼치고 싶지 않았기에 감히 그러지 않았다. 엘런은 손을 뻗어 바비의 드러난 팔을 잡았고, 부드러운 눈빛과 예수를 닮은 근엄하고 단련된 손을 가진 신부에게 매달리고 싶었을 때의 심정으로 바비에게 달라붙었다.

"봐도 좋은 것 없어." 엘런이 바비에게 말했다. 바비는 제이슨과 함께 권을 진정시키려고 애쓰던 중이라 엘런의 목소리를 듣지 못했다.

"내 말 들어, 여보, 당신이 상관할 일 아니라고." 제이슨이 권의 스톨을 잡고 말했다. 권이 몸을 떼자 스톨 한끝이 먼지이는 도로에 질질 끌렸다. 죽은 남자의 피가 이쪽저쪽으로 가느다랗게 흐르고 있었기에 결국엔 닿을 수밖에 없었다.

"신자로서 나의 의무야." 권이 말했다. 권은 죽은 남자가 '온전한 참회'를 행할 수 있도록 도와주려 했다.

"아탕시옹!"[24] 경찰관이 권 앞을 가로막으며 말했다. 다른 경찰은 노트를 꺼내 프랑스어로 진술을 받고 있었다. 달빛과 전조등이 섞인 스산한 빛 속에서 모두가 죄인으로 보였다. 엘런이 지금껏 마주한 그 어떤 시체보다 완전한 죽음이었다. 감히 죽은 자의 얼굴을 바라볼 수 없었다. 곧 구급차가 도착했고, 대원들이 들것을 꺼냈고, 경찰은 사람들에게 사고를 직접 목격하지 않았다면 자기 차로 돌아가라고 말했다. 일행은 다시 차에 탔는데, 이번엔 엘런이 앞좌석에 앉게 되었다. 그들의 차는 행렬의 세 번째 자리에 있었으므로 금세 빠져나갈 수 있었다. 그 뒤에 줄지은 자동차 행렬은 제법 길었다.

---

24) (프랑스어) 조심하세요! 시체에 다가가지 말라고 권을 제지하는 말.

"뭐야, 그럼 전쟁은 왜 갔겠어, 전쟁은 왜 갔겠느냐고?" 제이슨이 거듭 물었다. 아내는 그를 무감하다고 몰아붙이고 있었다.

"난 처음부터 당신이 매정한 인간인 걸 알았어, 처음부터." 퀸이 같은 말을 반복했다.

"우리 모두 이 사건을 계기로 조금 더 분별력 있게 행동해야겠지." 제이슨이 뜬금없이 말했다. 연설이라도 하는 말투였다.

"불쌍한 녀석." 바비가 말했다.

"얼굴을 박고 죽었어." 퀸이 불쑥 말했다. 반감이 느껴졌다.

"등을 대고 있었는데." 엘런이 말하고는 자기 말이 맞지 않느냐고 묻는 듯 다른 사람들을 바라보았다.

"이봐, 아가씨. 우리 덕분에 오늘 밤 그 쓰레기장에서 탈출할 수 있었던 거야. 우리 아니었으면 아무 데도 못 가고 처박혀 있었을 주제에." 퀸이 말했다. 일행 중 한 명이 조용히 좀 하라고, 사람이 죽지 않았느냐고 말했다.

"죽은 거 알지. 누가 안 죽었대." 제이슨이 말했다. 다들 조금씩 예민해져 있었고 취기가 가신 후였다. 운전사도 마음을 가라앉히려 애쓰고 있었다. 엘런은 줄곧 창밖을 바라보았다. 나이트클럽 광고판, 위험 표지판, 주택 주변의 높은 담 말고는 눈에 띄는 것이 아무것도 없었다. 담벼락이 없는 곳에서는 긴장감이 감돌았다. 곧 모습을 드러낸 들판은 아주 가파른 경작지였다. 골마다 줄지어 늘어놓은 돌들이 경작지를 지탱했다. 그 덕분에 비가 퍼부어도 가파른 경사를 따라 토양이 씻겨 나가지 않았다. 엘런은 그렇게, 튼튼한 남자에게 의지하며 살고 싶었다. 지금쯤 남편은 별 아래서, 바깥의 풀밭 여기저기로 다니는 개구리 그리고 다른 야행성 동물과 함께 잠들었을 것이다. 남편은 엘런이 버린 남자, 잠시 놓아준 것도, 한동안 잊어버린 것도 아닌 평생 되찾지 않을 강한 남자였다. 눈물이 나올 것 같아서 괜스레 유쾌하게 「마음이 다정한 사람이라면」을 흥얼거리기 시작했다. 누군가가 엘런에게 경솔하다고 했다.

일행이 시드니의 집에 도착해 보니 다른 자동차 두 대는 이미 당도해 있었다. 그들은 대로에 차가 길게 정체된 광경을 보고 다른 길로 왔다고 말했다.

"죽은 남자애, 얼굴을 땅에 박고 있었지? 맞지?" 권이 동양 여자 중 한 명에게 물었다. 여자는 권을 바라보기만 할 뿐 아무 말도 하지 않았다. 엘런은 싸움이라도 날 것 같아서 서둘러 집 안으로 들어왔다. 거대한 현관에 들어서서 보니 벽에는 태피스트리가 걸려 있고, 커다란 테이블의 한쪽 끝에서 다른 쪽 끝까지 햇볕 차단용 모자가 가득했다. 머리 부분을 가지런히 포개어 놓은 것도, 뒤죽박죽 겹친 것도, 밀짚이 줄기처럼 툭 튀어나온 것도 있었다. 다 합하면 족히 수백 개는 될 것 같았다. 문득 이곳에 오지 말걸, 그랬다는 생각이 들었다. 도로에서 목격한 장면 때문에 저녁 분위기가 죽어 버렸다. 사람들은 묵묵히 대리석 계단을 올랐다. 게이 커플만이 바짝 붙어 있었는데, 그저 팔목이 묶여 있었기 때문인지도 몰랐다.

"봤어요?" 엘런이 한 사람, 또 한 사람에게 차례차례 물었다.

"위."[25] 그들이 대답했다. 자신들이 목격한 것이 나무에서

---

25) (프랑스어) 네.

떨어지는 잎사귀에 불과하다는 듯 차분한 목소리였다.

"호텔로 가야겠어요." 엘런이 시드니를 보고 말했다. 시드니는 계단 맨 밑에 서서 사람들을 위층으로 안내하고 있었다.

"못 들은 걸로 하겠어." 시드니가 말했다.

"제발 진정 좀 해, 아직 우리한테 맞은 것도 아닌데." 바비가 말했다. 엘런은 계단을 올라갔으나 이제 더는 기분이 좋지 않았다.

# 10장

"이봐요, 친구들. 장례식 온 것처럼 굴지 않아도 된다고." 다들 안으로 들어오자 제이슨이 말했다. 일행 중 몇 명이 맞장구를 쳤다. "맞는 말씀." 시드니가 술을 마셔도 나쁘지 않겠다고 했다. 종을 울리자 그림자가 드리워진 복도에서 흰옷을 입은 웨이터들이 나타났다. 나이 든 여자들은 함께 모여서 사고 현장에 관한 목격담을 나누었고, 동양 여자 중 하나는 뒤로 젖혀지는 의자에 앉아 있었는데 마치 허공에 떠 있는 듯 보였다. 긴 갈색 다리를 앞으로 쭉 뻗은 모습이었다. 게이들은 삽화가 있는 책을 꺼냈는데, 그 갈피에 끼워진 꽤 신선한 푸른색 델피늄으로 보아, 얼마 전 시드니의 집에 왔을 때 즐겁게 읽었음이 분명했다. 병든 인간의 몸을 그린 채색화였다. 엘런은 무사마귀 때문에 고름이 나는 유방을 포착하고 그들의 반응을 살폈다. 제법 평온한 표정이었고 번갈아 가며 책장을 넘겼다. 묶인 손은 테이블 밑에 있어서 보이지 않았다. 엘런은 그쪽에서 물러나, 가방을 의자 뒤에 챙겨 두었다. 어린 시절에 생긴 습관이었다. 아일랜드에서 댄스홀에 갈 때면 탈의실 티켓과 묵주, 어쩌면 돈 몇 푼이 든 가방을 잘 숨겨 두곤 했다.

"아름다워요." 엘런이 시드니에게 말했다. 시드니는 옆에 서서 엘런이 그의 집에 관해 한마디 하기를 기다리고 있었다. 어마어마한 저택, 아니 정원에 가까웠다. 하늘이 지붕이고 들쭉날쭉 늘어선 나무들이 담장 역할을 하며, 몇 미터 아래에 펼쳐진 바다를 향해 사이좋게 머리를 숙이고 있었다. 나무로 내리쬐는 빛은 잎사귀에 닿아 부드러워졌고, 나뭇가지 사이의 틈으로 반사되었다. 나무 위로 목제와 석제 반신상이 도깨비처럼 튀어나온 곳도 있었는데, 모든 것이 광활한 어둠을 배경으로 삼은 까닭인지 더욱 도드라졌다. 금방 떠나온 곳과 너무나도 달랐다. 그때 기다란 식탁이 설치되었다.

"집에 있는 것처럼 편하게 있어." 시드니가 말했다.

"고마워요." 엘런이 말했다.

엘런은 바비를 찾아 주변을 둘러보았다. 나이 지긋한 여자에게 영화의 한 장면을 묘사하고 있었다. 몸을 휘청이며 연기하는 모습으로 보건대 등장하자마자 배에 총을 맞는 장면이 틀림없었다. 목화처럼 흰 머리카락에 얼굴이 쪼글쪼글하고 붉은 여자는 마치 사랑을 나누는 듯한 표정이었다. 그리고 바비는 미소 짓고 있었다. 숲의 초록빛이 드리워서 부드럽고 사랑스러워 보였다.

"이것 좀 맛봐요." 한눈파는 엘런에게 시드니가 말했다.

엘런은 코코넛으로 만든 무색의 술을 한 모금 홀짝였다. 혀엔 달콤했으나 목으로 넘어갈 때는 불꽃처럼 뜨거웠다.

엘런은 숨을 몰아쉬었고, 미소 지었고, 또 한 모금 홀짝이고 또 한숨을 몰아쉬었다.

"러시아어에는," 엘런이 말했다. "지금 내 호흡에 맞는 동사가 있어요, 특별한 한숨을 설명하는 특별한 동사……."

"입만 열면 개소리야." 데니스가 문장 뒷부분을 엿듣고 말했다.

"폐가 불타는 것 같은데." 엘런은 시드니에게 말했다. 데니스의 반응은 무시해 버렸다. 시드니는 벌써 여섯 달 정도 젊어진 것 같다며 방금 내온 음식을 같이 살펴보자고 엘런을 식탁 쪽으로 잡아끌었다.

"이거 정말 대단하지?"

"저 버터 좀 봐. 요리사가 제정신이 아니라니까."

요리사가 커다란 버터 덩어리를 두드려서 집 모양으로 만들어 놓았다. 넓은 현관문, 아래층의 커다란 창문, 위층을 보니 둥글게 튀어나온 창문이 죽 늘어서 있었다. 시드니는 아주 흡족해했다.

"괜찮은 녀석이야, 안토니오는." 시드니가 뜬금없이 칭찬을 시작했고, 누군가가 물었다. 시드니가 얼마나 늦든 안토니오가 그를 마중하려고 복도 현관문에서 기다린다는 이야기가 사실이느냐고.

"완전 노예잖아." 엘런이 작게 속삭였다. 처량한 사랑 이야기였다. 그때 엘런은 자동차가 집 앞에 도착했을 때 흰옷을 입은 중년 남자가 문간에 있던 모습을 떠올렸다. 양손을 비비며 서 있었는데, 차에서 내릴 때쯤에는 사라지고 없었다.

"먹어, 먹어." 시드니가 엘런의 팔꿈치를 잡고 말했다. 엘런은 식탁으로 갔다.

그곳엔 음식의 가짓수가 어마어마했다. 개인 그릇엔 농밀하고 빨간 수프가 담겨 있었는데, 그중 일부엔 사워크림이 몇 덩어리나 얹혀 있었다. 그리고 거대한 연어가 있었는데, 반짝이는 은빛 비늘을 보니 스코틀랜드의 강에서 방금 잡아 온 것 같았다. 복숭아는 헝겊처럼 얇은 껍질만 벗겨 낸 뒤, 일부러 멍을 내서 키르슈가 스며들도록 했다. 키르슈의 향을 좋아하는 엘런은 몸을 굽히고 한껏 들이마셨다. 가장 먼저 수프를 먹었다. 젤리처럼 진하고 짜릿할 정도로 차가웠다. 연어의 생김새가 거슬렸다. 엘런은 다시금 두 사람을 떠올렸다. 강을, 축축한 흙을, 나뭇가지에 널어놓은 젖은 양말을, 그늘 속의 텐트를, 남편의 행동마다 깃든 특별하고 서정적인 순수함을, 심지어 그가 아이를 위해 고른 휴가의 종류까지 곱씹었다.

"복숭아 하나 먹어 봐." 바비가 다가와서 갑자기 엘런의 얼굴에 드리운 그림자의 원인을 살폈다.

"아까 말했던 흰 복숭아, 나중에 하나 보내 줘." 엘런이 바비의 손에 들린 노란 복숭아를 핥으며 말했다. 바비는 키르슈도 한 숟가락 들고 있었다. 마치 가장 아끼는 아이에게 약을 주는 어머니처럼 엘런의 입술에 가져다 대고는 어서 마셔 보라고 어르고 있었다.

"배달할 수 없는 복숭아인데요, 부인." 바비가 말하고는 잠시 입을 다물었다. 그의 시선이 엘런의 얼굴을 구석구석 살폈다. "그 대신 내가 복숭아가 있는 곳에 데려다주면 어떨까?"

"과수원 말이지." 엘런은 바비의 약속을 마음에 고이 간직하며 말했다.

"욕심부리지는 말고." 바비가 말했다. 그러고는 다정한 목소리로 흰 복숭아가 자라는 뉴잉글랜드 땅에 관해 묘사하기 시작했다. 살결처럼 희고 커다란 복숭아가 눈에 보이는 것 같았고, 꾹 누르면 으깨지는 소리가 귀에 들릴 듯했다. 하지만 마음 깊은 곳에서는 아일랜드의 산울타리를 따라 자라나는 작은 흰 열매를, 방심한 학교 친구의 귀에다 대고 갑자기 터뜨려서 놀라게 하던 그 열매를 생각하고 있었다. 바비는 그런 엘런을 데리고 자신의 세계로 갔다. 저음의 목소리, '부인'이라는 호칭을 즐겨 쓰는 말버릇, 얼굴, 지칠 줄 모르는 날렵하고 단단하고 짜릿한 몸으로 이야기를 늘어놓았다. 세상 곳곳에 가 봤다고 했다. 로키산맥. 페루. 멕시코. 그리고 싸움도 많이 했다. 열여섯 살이었을 때는 감옥에 갇혀 수갑을 차고 노동을 하기도 했다. 술에 취한 나날들. 맨정신인 나날들. 그리고 근육.

"만져 봐." 바비가 말했다. 엘런은 바비의 팔을 만지고 그 안에 갇힌 힘을 느끼며 말했다. "무쇠 같은걸." 바비의 눈을 들여다보며, 다시금 그의 눈동자가 유청처럼 맑고 환한 초록빛이라는 점을 깨달았다. 엘런이 숨을 몰아쉴수록 그의 근육은 더 커지는 것 같았다. 바비는 다정하고 천진했다. 그 모든 것에 더해 흰 복숭아까지.

"뒤로 쓰러져 봐." 엘런이 팔을 놓아주자 바비가 말했다.

"못 해." 엘런이 말했다. "운동 신경이 없어서."

"젠장, 맞는 말이야." 바비가 말했다. "그렇지만 내가 가르쳐 주겠어."

그러고는 손을 뻗었는데, 그 움직임이 마치 날개를 펴는 독수리처럼 잽싸고 날렵했다. 엘런이 독수리에 관해 아는 것이라고는 어디서 들은 이야기뿐이었지만. 바비는 엇비슷한 간격으로 손가락을 벌리고 손바닥을 조금 오므리면서 그 위로 쓰러지는 엘런을 받아 내리려고 준비했다.

"어서." 바비가 말했다. 다른 손으로 엘런을 살포시 뒤로 밀었는데, 몸을 기울인 엘런의 모습은 뻣뻣한 막대기 같았다.

"날 믿으라니까." 바비가 말했다. 그의 목소리는 엘런이 그간의 거친 이야기와 싸움과 술에 취한 나날들을 잊어버릴 수 있을 만큼 부드러웠다. 엘런은 뒤로 쓰러졌으나 자연스럽지 않았고, 바비는 "좋아."라고 외치며 다음에 더 잘할 수 있도록 용기를 북돋워 주었다. 뒤에 선 그는 엘런이 쓰러질 때마다 조금씩 뒤로 움직였으므로, 엘런은 매번 더 큰 용기를 내야만 했다. 둘 다 한마디도 하지 않았다. 바비가 확실하고 근사하게 엘런을 받아 낼 때마다 엘런은 바비의 든든한 손이 너무나도 좋아서 공연히 더 안겨 있고는 했다. 비스듬하게 바닥을 향한 채, 그에게 몸을 맡긴 채. 바비는 단 한 번도 목을 잡거나 시시덕거리지 않았으나 엘런은 지금 두 사람이 사랑을 나누고 있는 것이나 다름없음을 알았다.

사랑스러운 여자가 된 듯한 기분에 사로잡힌 엘런은 교활한 미소를 띤 채 밀회를 즐기며 생각했다. '나의 흰 다리로, 긴 팔로, 얼굴로, 치아로, 무릎으로, 골반으로, 선이 부드러운 배로, 모든 남자가 손가락으로 훑고 싶어 할 비단 같은 머리카락으로, 그 누구에게도 바비를 빼앗기지 않고 오늘 밤을 즐길 거야.' 그리고 말했다. "이야기 하나 해 줄게."

"그거 좋지." 바비가 말했다. 엘런의 팔짱을 끼고 열대 분위기가 감도는 정원과, 그 아래로 바다가 내려다보이는 난간 쪽으로 그를 데려갔다. 엘런은 바비가 좋아할 만한 이야기를 찾아내려고 미친 듯이 머릿속을 뒤졌다. 그러는 동시에 받침 접시에 고인 마지막 키르슈를 숟가락으로 떠서 바비에게 먹여 주고는 그의 발등 위에 자기 발을 올린 채 발가락을 감싸며 이야기를 시작했다.

"다리 긴 새 한 마리가 아일랜드 호숫가에서 혼자 살고 있었어. 시도 때도 없이 물고기를 잡아먹고 바로 똥을 싸는데, 때로는 먹고 싸고 또 싸고 먹는 게 너무 지겨워서 돌 위에 엉덩이를 대고 물고기를 가둬 뒀지. 그런데 어느 어부가 그 모습을 본 거야. 몇 시간이고 돌 위에 앉아 있는 새를 지켜보다가, 그놈이 일어나자마자……."

바비는 바로 웃음을 터뜨리더니 정말 멋진 여자를 만났다고 했다. 두 사람은 진심으로 깔깔 웃으며 진심으로 행복해했다.

"여기야, 여기. 진짜 재미는 여기 있었네." 데니스가 뒤에서 말했다.

"이러지 맙시다. 자기들끼리 웃는 게 어디 있어." 제이슨이 두 사람 사이로 파고들더니 헤엄치듯 팔을 저어서 둘 사이를 갈라놓았다.

"세상에 그것참 재미있네." 바비가 말했다. 그러고는 사람들에게 얼마나 재미있는지 모른다며 칭찬한 까닭에 엘런은 같은 이야기를 반복해야 했다. 그런데 이번에는 재미가 없어서 급기야 "그냥 이런 이야기가…… 있어요."라고 얼버무린 뒤 자리를 뜨고 말았다.

정원 안쪽으로 들어가는데 시드니가 따라왔고, 둘은 함께 바다로 이어지는 가파른 계단을 내려갔다. 계단이 너무 많아서 머리가 핑핑 돌았다. 도저히 자연스럽게 내려갈 수 없었다. 이미 상영이 시작된 영화관에 들어갈 때처럼 자꾸만 같은 발을 ─ 오른발을 ─ 쓰게 되었다.

"신발 벗어." 시드니가 말했다. "내가 들고 갈게." 시드니가 슬링백 구두의 끈을 잡은 채로 들고 갔다. 금색이라 손 밑에서 대롱거리는 모습이 마치 작은 조명 같았다.

"이야기 재미있었어." 시드니가 말했다.

"맨발로 걷는 건 처음이에요." 엘런이 말했다. 솔잎이 이렇게 따갑다니 정말 의외였다.

"카펫처럼 부드러우면 좋을 텐데." 엘런이 말했다.

"아니지." 시드니가 말했다. "그러면 안 돼." 그리고 두 사람은 '뼈 없는 닭이 어디 있을까?'라고 묻는 노래를 떠올리며 각자 또 서로를 위해 조그만 소리로 흥얼거렸다. 그렇게 계속 바다로 향하는 계단을 내려갔다. 누군가의 의도에 따라.

시드니가 손수건으로 대리석 의자를 쓸어 주었고, 엘런은 자리에 앉았으나 차가운 기운에 정신이 바짝 들었다. 빙하 위에 앉으면 이런 느낌일까, 했다. 시드니가 키스를 원해도 어쩔 수 없겠다는 생각이 들었지만, 바로 곁에 바비가 있는 만큼 오늘 밤은 황량하지 않을 것이므로 키스마저 참을 수 있었다. 엘런의 모험과 희망은 전부, 자신을 조종하고 매혹할 수 있는 유형의 남자와 함께하는 시간을 위한 것이었다. 바비가 바로 그런 남자였다.

바다는 요란했다. 미친 듯이 밀려드는 파도 앞에 거울을 가져다 댄 듯 광적인 소동이 벌어지고 있었다.

"바다를 보면 뭐가 떠올라요?" 엘런이 키스의 순간을 늦추기 위해 말했다.

"아무것도. 바다는 바다잖아. 엘런은?"

"생각이 떠올라요." 엘런이 말했고, 똑똑한 척하는 듯 들리지 않기를 바랐다. 사실이었으니까. 파도는 머릿속으로 밀려들고 물러나는 생각 같았다. 주위를 둘러보았는데 새나 박쥐는 단 한 마리도 보이지 않았다.

"무슨 생각?" 시드니가 말했다. 상대의 이야기에 경청하는 훈련이 되어 있는 것 같았다.

"아, 이런저런 생각." 엘런이 말했다. 괜히 이 이야기를 꺼냈구나, 했다. 이제 아들의 얼굴을 기억해 낼 수 있었다. 블랙커런트 잼을 입에 잔뜩 묻힌 채로 잼을 한 병 더 먹을 생각에 눈동자가 초롱초롱한 그 얼굴을.

"몇 가지만 말해 줘." 시드니가 말했다. "난 정말 재미없는 사람이라."

"나도 마찬가지예요." 엘런이 말했다. 자기 몸이 시드니가 보는 앞에서 잿빛으로 늙고 시들시들해지기를, 그래서 그가 아무것도 원하지 않았기를 바랐다.

"엘런은 재미없지 않은걸." 시드니가 말했다. "영원한 힘이 있는 사람이야."

"옛날에 누군가에게 했던 말이죠?" 엘런이 말했다.

"분명 그럴 거야. 내가 하는 말은 전부 했던 말이지. 요즘 영화가 그 어느 때보다 훌륭하다고 할 때도……."

"나도 옛날에 했던 말, 더 좋은 걸로 알려 줄게요." 엘런이 말했다. 시드니의 손 위에 자기 손을 포갠 뒤 기도하듯 쥐었다. "새 한 마리에 관한 거예요. 뭐냐면, '오 아름다운 새야, 넌 훨훨 잘 나니까 네 날개가 하나뿐이라는 걸 아무도 모를 거야. 하지만 절대 숲까지는 못 갈 테지.'"

"잠깐." 시드니가 말했다. "나도 말해 줄 테니 기다려. 그동안 묻는 말에 대답이나 하고 살았더니." 그러고는 자기 목소리를 따라 하듯 "아니," 하더니 뒤이어 말했다. "아니, 아니, 들어 봐, 찰리, 어떻게 자네를 상대로 수작을 부리겠어……. 내가 어떤 사람인지 알잖아, 찰리."

엘런은 시드니의 재산을 떠올렸다. 저 정도의 재산을 모으려면 얼마나 많은 희생을 치렀을까, 얼마나 많은 사람을 죽였을까, 생각했다. 사위에 노란색이 가득했다. 나무에 열린 레몬은 둥그런 조명, 오묘한 빛깔의 전구 같았고, 시드니의 얼굴은 나이 때문에 양피지처럼 노리끼리했다. 푸른 눈동자에는 죽음보다 끔찍한 것이 깃들어 있었다. 상처 입어 병든 듯한 눈동자였고, 그에게 죽음은 위로일 것만 같았다. 시드니 역시 책 속의 그림을 보고 질병을 생각하며, 오직 불구만이 할 수 있는 방식으로 병에 관한 묘사를 즐겼을까? 하지만 그는 너무나도 슬픈 사람이었다.

"나와 키스하고 싶은 거죠." 엘런이 말했다. "뭐, 지금 하면 되겠네요." 눈을 감고 몸을 살짝 뒤로 젖힌 채 내밀었다. 입술을. 시드니는 구취 제거제를 사용한 듯, 음식과 키르슈가 아닌 희미한 화학 약품의 냄새가 풍겼다.

"뭐라고 말해야 할지 모르겠어." 시드니가 엘런을 놔주고 말했다. "너무 소중해서." 서투른 키스였다.

"여자 많잖아요." 엘런이 말했다. "당장 이곳에 걸린 해먹만 해도 이미 여럿이 누웠을 텐데."

"그 여자들은 장식품이야." 시드니가 말했다. "그 여자들과는 잠자리 안 해. 그냥 인형이라고……."

"나도 인형 같잖아요." 엘런이 말했다. 두려움에 속이 푹 꺼진 기분이었다. 엘런은 손을 뻗어 바닥을 더듬으며 구두를 찾았다. 시드니는 바로 눈치채고 덩달아 자리에서 일어났다. 엘런이 구두를 신는 동안 예의 바르게 팔을 내밀어 균형을 잡도록 도와주었다. 시드니는 강요할 생각이 없어 보였다. 엘런은 다시 따뜻하고 다정해졌다. 시드니가 아무것도 요구하지 않는다는 생각이 들면 그 즉시 활짝 피어났고, 그가 손을 뻗으면 마음을 굳게 닫았다.

"결혼했었어?" 시드니가 말했다. 약손가락엔 반지 자국이 여전했고, 반지가 부대끼며 생긴 작은 멍 자국도 선명했다. 아까와는 다른 길로 갔기 때문에 엘런은 낯선 정원을 구경하고 새로운 향기를 맡을 수 있었다. 흰 리모늄이 암석원에 넓게 피어 있었고, 무슨 꽃인지는 정확하지 않지만 오렌지꽃을 생각나게 하는 향기를 내뿜었다. 강하고 달콤하고 아주 강렬한 향기여서 메마른 돌과 퍼석하게 갈라져 수분을 갈구하는 흙에 꽃이 직접 물과 달콤한 향을 흩뿌리는 자비를 베풀어야 할 것만 같았다. 호스를 너무 멀리 내보내면 법률에 저촉되므로 그쪽의 흙은 건조하게 둘 수밖에 없었다.

"다들 결혼하잖아요." 엘런은 다소 쓸쓸한 듯 말했다. "습관적으로."

"난 세 번 했어." 시드니가 말했다. 자축하는 듯했다.

"기억나는 결혼 있어요?" 엘런이 물었다.

"첫 번째 결혼은 기억하지. 아내는 과학자였어." 그러고는 자기 말을 정정했다. "섹시한 과학자였지, 실례."

"그래서 뭐가 문제였는데요?"

"글쎄, 아내가 가족생활을 질색하는 게 문제였지. 그래서 나는 매일 아침 식사를 마치면 회의를 소집해서 그날 뭘 먹고 아이들은 누가 데려올지 결정하기로 했는데……."

시드니는 회상에 잠겨 천천히 이야기를 이어 갔으나 엘런은 일찍이 관심을 잃었다. 엘런은 식사와 돈과 일상의 걱정으로 더럽혀진 나날들에서 잘 선별해 낸 특별한 것, 특별한 순간에 관한 이야기를 듣고 싶었다.

"그리고 내 두 번째 아내는," 시드니가 말했다. "색정증 환자가 됐지."

"비극이네요." 말은 그렇게 했지만 즐거운 목소리였다. 두 사람이 마지막 계단을 마주하자 엘런은 서둘러 앞섰다. 손을 뒤로 보내서 시드니의 손을 잡았으나 몸은 달아나고 있었다.

"내가 총을 쏴서 죽였어." 시드니의 목소리가 조용하고 담담했다.

"맙소사." 엘런이 말했다.

"사고였어." 시드니가 말했다.

"물론 그랬겠죠."

'그러니까 죽은 사람 같지.' 엘런은 이렇게 생각하며 마지막 세 층계를 한꺼번에 껑충 올랐다.

# 11장

식탁으로 돌아왔는데 아무도 보이지 않았다. 엘런은 시드니가 꾸민 짓인지 알고 싶어서 몸을 홱 돌려 그를 바라보았다. "다들 어디 간 거예요?" 엘런이 물었다.

"나라고 알겠어?" 엘런의 노기를 눈치챈 시드니가 말했다. 식탁은 초토화되어 있었고, 마지막 카스트라토의 목소리가 담긴 음반은 끽끽거리고 있었다. 게이들이 골라 둔 음반을 그들, 어쩌면 다른 누군가가 반복해서 틀어 놓은 듯했다. 시드니는 전축으로 다가가서 스위치를 눌렀다. 적막한 공간을 둘러보던 엘런의 눈은 누군가가 솜씨 좋게 온전히 발라낸 거대한 생선 뼈에 머물렀다. 은제 접시 위에서 희고 튼튼한 이빨을 드러낸 채 길게 누워 있는 생선 뼈는 마치 화난 듯 보였다.

"분명 바비 솜씨야." 엘런이 말했다. 바비의 이름을 미리 언급해 두면 잠시 뒤에 바비가 어디 있느냐고 물어도 예의에 어긋나지 않을 성싶었다.

"부엌에서 한 거야. 생선은 원래 그 상태로 내오는 거라고." 시드니의 목소리는 조용했으나 날카로웠다.

"바비는 어디 있지? 다들 어디 있나요?" 엘런이 그들의 흔적을 둘러보며 말했다. 얇은 조젯 스카프, 안쪽에 고급 디자이너의 이름을 금실로 새긴, 신은 흔적이 거의 없는 하이힐, 뭔가 할 이야기라도 있는 양 작은 장식을 전부 늘어뜨린 채 식탁보 위에 놓인 데니스의 팔찌. 누군가가 식탁보 위에 빨간색 바이로 볼펜으로 고양이를 그려 놓았고, 주변의 재떨이에는 피우자마자 비벼 끈 듯한 꽁초가 가득했다.

"난장판이네." 엘런이 말했고, 정원에 처음 들어섰을 때 어떤 모습이었는지 기억을 더듬었다.

"자러 갔나 봐." 시드니가 말했다. 그러고는 쓸쓸하게 씩 웃으며 덧붙였다. "지금쯤 바쁘겠지." 시드니는 여기저기 돌아다니며 조명 스위치를 내렸다. 그러자 내부가 텅 빈 어둠으로 스산해졌고, 엘런은 언젠가 이렇게 텅 빈 무도회장에서 누군가를, 자동차에 악기를 가져다 두고 돌아오겠다고 약속한 밴드 리더를 기다리던 추억을 떠올렸다. 엘런은 그가 화장실에 숨어서 장난을 치고 있다고 생각했다. 화재 비상구 앞에 드리운 커튼 뒤에서 그를 기다렸으나 얼마간 시간이 지난 뒤에야 그가 돌아오지 않으리라는 사실을 깨달았다. 결국 조심스럽게 미끄러운 무대를 가로지르며 실망감을 달래려고 애썼다. 그때도 지금처럼 희미한 달이 빛나고 있었으나 그 시절의 달빛이 선사한 것은 외로움인 데 반해, 오늘 밤의 선물은 아내를 죽이고 엘런과 자려고 달려드는 이 노리끼리하고 퍼석퍼석한 남자였다.

복도에서 누군가가 나타났고, 엘런은 바비이기를 기대하며 고개를 돌렸다. 잘 자라고 인사하러 온 귄이었다.

"좀 자 둬야지, 내일 예뻐 보이려면." 귄이 말했다. 취기로 혀 꼬부라진 소리를 내고 있었다.

"우리 아까 살짝, 뭐라고 해야 해, 싸움 같은 거 할 뻔했잖아, 미안해." 귄이 엘런에게 말하고는 가까이 다가와서 애처롭게 뽀뽀했다.

"괜찮아요." 엘런이 말했다. "다들 충격받아서." 엘런은 뭐라고 해야 할지 몰랐다. 또다시 죽은 남자가 떠올랐다. 지금도 흐르는 피에 달빛이 비치고 있을까?

"스톨은요?" 문득 스톨을 떠올린 엘런이 말했다.

"잊어버려." 귄이 대답하고는 별다른 이유도 없이 갈라진 목소리로 말했다. "있잖아, 우리가 처음 결혼했을 때는 만년필도 똑같은 걸로 썼어. 그 정도로 서로 지극히 사랑했다고." 귄이 참으려는 기색도 없이 아이처럼 엉엉 울자 엘런은 귄을 도닥여 주며 괜찮다고 말했다.

"이봐, 자기," 시드니가 말했다. "지금 자 둬야 내일 제이슨 눈에 예뻐 보이지."

"내일 예뻐 보여야 해." 귄이 말하면서 시드니에게 안겼다. 시드니가 귄을 데리고 수많은 침실 중 한 곳으로 갔다.

"그래." 다시 돌아온 시드니가 엘런의 팔꿈치를 건드리며 말했다. "아빠가 손님들은 다 자라고 보냈어."

"다들 어디서 자요?" 엘런이 말했으나 정말 묻고 싶은 질문은 이것이었다. 웬 운명의 작용 혹은 농간의 결과로 내가 당신과 단둘이 남은 거지?

"아 침대가 많으니까, 몇 명이나 재울 수 있더라……." 시드니가 잠시 말을 멈췄으나 실은 몇 명인지 잘 알고 있었다. "여든 명."

"다 같이, 아니면 따로?" 엘런이 물었으나 시드니는 무시하고 몸을 굽혀 대리석 바닥에서 귀고리 하나를 주워 들었다. 앞에 보석이 붙은 나뭇잎 모양 귀고리를 들여다보며 말했다. "우리 꼬맹이 수지 것이 틀림없어. 크리스마스에 이 귀고리 하고 있었거든." 그러고는 벽난로 선반의 시계 밑에 고이 두었다.

"귄의 남편은 어디 있어요?" 엘런이 물었다.

"아, 근처에 있지. 나타날 거야." 시드니가 말했다. 엘런은 제이슨이 어떤 제정신인 날씬한 여자와 붙었을지, 어떻게 추궁당하지 않고 침실에서 빠져나왔을지 궁금했다. 데니스는 틀림없이 바비와 있었다. 테이블에 널브러진 팔찌는 암호 같았다. '난 바비랑 있다, 바비랑 있다.'

"호텔로 가야겠어요." 엘런이 가방을 찾아 주변을 돌아보며 말했다.

"그런 말 하지 마, 하지 말라고." 시드니가 언성을 높인 것은 그때가 처음이었고, 얼굴을 붉힌 것도 그때가 처음이었다.

"가야 해요." 엘런이 조용히 말했다. 다른 여자가 흘린 눈물로 눈가가 촉촉했고, 열렬한 희망으로 지쳐 기진맥진했다.

"날 혼자 두지 말아 줘." 시드니가 말했다. 그 말은 이렇게 호소하는 것이나 다름없었다. '난 늙었고 슬프고 아무 즐거움도 없는데, 웬 말도 안 되는 이유로 엘런이랑 있으면 즐거워. 그러니까 옆에 있어.'

"난 어디서 자요?" 엘런이 말했다.

"내 옆에 그냥 누워만 있어." 시드니가 말했다. 엘런은 몸이 떨렸다. 그의 제안을 듣자 왠지 오늘 밤은 시체 옆에서 보내게 될 것 같은 기분이었다.

"그래야만 해요?"

"꼭 그럴 필요는 없지." 시드니가 유순한 목소리로 말했다. 아주 상냥한 목소리여서 엘런은 외려 꼭 그래야만 함을 알았다. 텅 빈 공간에 공허한 작별을 남기고 시드니를 따라 대리석 층계를 두 번 오른 끝에, 뒷면과 옆면에 초록색 모직을 붙여 열릴 때도 부드럽고 닫힐 때도 부드럽고 조용하고 사악한 문, 그 뒤에 도사린 방으로 들어갔다. 엘런은 영안실을 떠올렸다. 곧바로 시드니는 다른 복도와 이어지는 화장실을 가리켰고, 엘런은 그곳에서 오랫동안 천천히 옷을 벗었다. 거대한 화장실이었다. 커다란 위스키 통 안에, 맑은 연보랏빛 부드러운 탤컴 구슬 파우더가 있었다. 비 내리는 여름날의 스토크 향기가 났다. 엘런은 퍼프를 구겨 파우더를 묻힌 뒤 가슴 사이에 흘려 넣었고, 선탠로션을 들쭉날쭉 발라서 경계가 생긴 다리 위 흰 살결에도 발랐다. 시드니에게 즐거움을 주기 위해서가 아니라 빛, 연보라색, 여름 향기의 가호를 받기 위해서였다. 엘런은 지금 자신이 죄를 짓는다기보다는 제물로 바쳐질 준비를 하고 있다고 생각했다.

시드니는 이미 거대한 침대 위로 올라가서, 라벨에 '만능 활동복'이라고 적힌 푸른색 잠옷을 입고 누워 있었다. 엘런은 시드니의 목을 쓰다듬어 주다가 라벨을 보았다.

"필요한 게 다 있던가?" 시드니가 말했다. 끔찍할 만큼 정중했다. 화장실에는 엘런이 찾던 가운이 있었다.

"좋아하는 게 뭔지 말해 줘요." 엘런이 말했다. "흥분되는 것 말이야……." 엘런은 재미있고 다정하게 굴려고 노력했으나 형편없었다.

"기다려." 시드니가 말했다. 엘런은 밀려드는 기억에 문득 갈증을 느꼈으므로, 침대맡 서랍장에서 페리에 한 병을 꺼내 마셨다.

"마실 것 줄까요?" 엘런이 물었다.

"아니, 우리 꼬맹이." 시드니가 말했다. 자신을 쓰다듬고 감각을 일깨워 준 손길에 고마움을 표했다.

"정말 오래됐거든……." 시드니가 말했다.

"그런 생각은 하지 말아요." 엘런이 말했다. 그들이 각자의 외로움을 추억하기 시작했다가는 전부 견딜 수 없을 것이다.

"엘런은 좋은 사람이야." 시드니가 말했다. "다정해."

그 역겨운 단어.

"마음만은 간호사죠." 엘런이 말했다. "몰랐어요?"

"간호사 선생님." 시드니가 메스꺼운 농담을 했다. "약 좀 주시겠어요?"

"흘리지 않겠다고 약속하면 주죠." 엘런도 농담에 가담했다.

"간호사 선생님." 시드니가 말했다. "착하게 굴게요." 엘런은 간호사가 되려고 공부하던 시절을 떠올렸다. 간호사로 살겠다고 마음먹다니 끔찍했다. 항상 하던 일을 하고, 항상 하던 말을 하는 일과 중 수술실에 참관하러 들어갔다가 공포에 질려 뛰쳐나온 바로 그날, 버스 정류장에서 남편을 만났고 그가 왜 우느냐고 물었던 일을 엘런은 기억했다. 남편은 도와주겠다고 했다. 다정함. 그보다 비정한 것도 없지.

"엘런은 부드러운, 부드러운 여자야." 시드니가 말했다. 엘런에게 가짜 부드러움과 가짜 촉촉함을 입혀 준 것이 자신의 값비싼 크림과 연보랏빛 파우더라는 사실을 그는 몰랐다.

"기쁘군요." 엘런이 말했다. "선생님의 요구에 잘 맞는 것 같아서……."

"정말 독특한 사람이야." 시드니가 말했다. 그때 엘런은 시드니가 했던 수많은 몰지각한 말들을 되새기지 않고자 망각의 의지를 다졌다.

다 끝난 뒤에는 자신이 실망감을 주었다는 느낌을 받았다. 그것이 선물 같기를 바랐으나 긴장해서 서두르고 말았다. 둘 중 어느 쪽도 옷을 벗지 않았고, 엘런은 수건 소재의 가운, 시드니는 푸른색 긴 '만능 활동복' 잠옷 차림으로 누워 있었다.

"씻어야겠어요." 곧 엘런이 말했다.

"내가 지저분하게 만들었나?" 시드니가 진득한 엘런의 배를 바라보지도 않고 말했다. 그는 신사였다. 조심스러웠다.

"조금." 엘런이 말했다. 엘런은 휘저을수록 불투명하게 굳어지는 달걀흰자를 떠올렸다. 시드니는 네 기둥과 지붕에 대고 얼마나 행복하고 만족하고 젊어진 기분인지 이야기했다.

"원하는 거 있어?" 시드니가 말했다.

"없어요."

"짧게 여행 다녀오면 어때, 안 가 본 곳으로?" 시드니는 다음 날 마라케시로 떠나 몇 주간 머무를 계획이라고 했다.

"다 같이 갈 거야." 시드니가 말했다. "하우스 파티[26] 같은 거지."

"바비는요?" 엘런이 물었으나 이제는 안달하지 않았다.

"다 같이 가려고 예약해 놓았을걸."

"난 못 가요." 엘런이 말했다. 어쨌든 엘런이 급작스럽게 마음을 바꿀 수도 있으니 시드니는 명함과 함께 주간에 사용하는 전화번호와 야간 응답 서비스 번호를 남겨 두겠다고 했다.

"이제 아래층에 가서 자도 돼요?" 엘런이 불쑥 말했다.

"기분 상했어?" 시드니가 말했다.

"아뇨, 옆에 누가 있으면 잠을 못 자는 체질이라." 엘런은 이제 아무것도, 위로의 대화조차 제공할 수 없었다.

"그럴 수 있지." 시드니가 말했다. "내가 옷방으로 갈 테니까 엘런은……"

하지만 이미 침대를 빠져나온 엘런은 목욕도 하고 바람도 쐰 다음, 정원에 있는 해먹에 누워 자신을 어르는 부드러운 산들바람을 느끼며 자고 싶다고 말했다. 엘런의 혐오감을 눈치 챘음이 분명한 시드니가 침대맡에서 명함을 꺼내고는 말했다.

---

26) 시골 저택에서 여러 사람이 모여 며칠씩 함께 지내며 노는 것.

"지갑에 넣어 둬." 마라케시에 있는 시드니네 집 주소와, 낮이든 밤이든 어느 때고 전화할 수 있도록 번호가 여러 개 적혀 있었다. 시드니는 마지못해 엘런의 손을 놓아주었고, 엘런은 화장실로 이어지는 복도에서 뒤돌더니 두 눈을 감은 채 양손 위에 머리를 뉘는 몸짓으로 시드니에게 자야 한다고 알렸다.

엘런은 오랫동안 목욕하며 즐기기까지 했다. 두 번째 문을 열자 침실 밖의 복도가 나타났고 바로 계단이 보였다. 엘런은 까치발을 들고 소리 없이 천천히, 손으로는 철제 난간을 꼭 붙들고 아래로 내려갔다. 누가 봤다면 감시당하고 있다고 생각할 만한 모습이었다.

희붐한 빛이 스몄다. 이제 호텔로 돌아갈 수 있겠다고 생각한 찰나, 엘런이 쉬고 있던 거실에 보랏빛 어둠이 내렸다. 갑자기 무거운 천둥소리가 들리며 번개가 번쩍였는데, 너무나도 선명한 녹색이라 전기가 지지직거리는 것 같았다. 커다란 창문이 열려 있었다. 마치 하늘이 엄청난 트림을 하는 듯 천둥이 끊임없이 이어졌고, 우르릉 소리가 꼬리를 물었고, 포크같이 날카로운 번개가 즉시 뒤따랐다. 가까운 곳이었다. 지금 돌이켜 보니 도로에서 죽어 있던 남자와, 그의 피가 부드럽고 새카만 타르로 흘러들던 광경은 전부 경고였던 듯했다. 그런데 그때 비가 내리기 시작했다. 비는 주변의 유리 지붕에 돌팔매질이라도 하듯 요란하게 떨어졌고, 곧 열린 창문으로 들이치며 커튼을 밀어냈다. 창문을 닫아야겠다는 생각이 들었지만, 천둥과 번쩍이는 번개의 간격이 너무 짧아서 엘런은 감히 창문과 자기 사이에 놓인 아득한 거리를 건너갈 엄두가 나지 않았다. 커튼은 바다실크(oyster silk)를 넉넉하게 쓴 것이라 비바람에 파도치듯 나부꼈다. 잠시 후에는 전부 잿빛으로 푹 젖었고, 파도는 빗물의 무게 때문에 가라앉고 말았다. 밑바닥에는 물이 고였다. 엘런은 시드니의 흑백 타일이 망가질까 봐 걱정하는 것이 아니었다. 창문을 닫아야 하는 더 중요한 이유가 있었다. 가령 살인자가 들어오지 못하게 막는다든지.

"이번 번개가 지나가면 닫아야지." 엘런은 그렇게 말하고 한 발짝 다가섰다가 이내 다음 천둥이 들리면 다시 물러났다. 번개가 칠 때 모습을 드러낸 갈색 그림은 마치 다시 그려진 듯 유황 같은 녹색을 띠었다. 엘런은 여태껏 이런 태풍을 본 적이 없었다. 거대한 거실을 반쯤 가로지르다가 주저앉았다. 이제 커튼은 다 젖었고, 창문 밑바닥에는 웅덩이가 고였으며, 그쪽 가구는 모조리 비를 맞아 더는 보호할 것도 없었다. 엘런은 쇠붙이의 속성에 관해 기억해 내고 옆에 있던 재떨이를 멀리 밀어냈다가 어쨌든 죽으리라는 생각이 들었으므로 도로 끌어당겼다. 어렸을 적에 태풍이 오면 어머니가 언니에게 오두막을 빙 돌며 창문을 전부 닫으라고 시켰던 일이 떠올랐다. 언니가 죽기를 바랐던 것이다. 언니는 죽지 않았으나 죽은 것이나 다름없었다. 거짓말쟁이가 되어 돈 때문에 결혼했으니까. 두 사람은 이제 연락하지 않는다. 그래도 엘런의 죽음은 충격일 터였다. 엘런은 이곳에서 죽어 하느님이나 알 법한 장소에 묻힐 운명이었다. 자신이 그곳에 있는 이유가 순전히 우연이라는 사실이 끔찍했다. 엘런은 태어난 곳처럼 소박한 집에서, 한쪽에 분홍빛 장미가 심긴 흔하고 작은 시골 오두막에서 죽고 싶었다. 어린 시절, 사람들은 엘런과 언니가 아름다우니 잘 살 거라고 했다. 까만 눈동자, 투명한 피부. 엘런이 더 지적인 상대와 결혼할 수 있었던 까닭도 아름다운 얼굴 덕분이었다. 블랙베리가 자라는 케리 로드, 북적이는 도심과 멀리 떨어져 있어서 엘런의 광채를 흐릴 자동차나 먼지가 없는 곳이면 좋겠다고, 남편은 말했었다. 그와 결혼하면서 엘런은 과거의 자신을 잘라 내야 했다. 기도하는 버릇도, 미신도, 춤추러 가서 젊은 남자들에게 "여기 자주 와요?"라고 묻는 것도, 팔짱을 끼고 산책을 다니는 여자들의 진한 우정도 잃어버렸다. 그와 한 팀을 이뤘을 때 그 모든 것을 버려야 했고, 남편은 엘런을 새로운 사상과 둘만의 생각과 플루트 음악이 있는 싱그러운 목초지로 데려갔다. 전부 굉장해 보였다. 그러나 엘런은 그것만으로는 만족할 수 없어서 잠언과 아코디언 음악과 야생 자두나무로 만든 마리아 목상을 원했지만, 그는 맞춰 주지 않았다. 엘런이 이런 욕구를 털어놓자 그는 손으로 입을 막은 채 엘런이 방금 지독한 방귀라도 뀐 것처럼 힘겹게 숨을 삼켰다. 엘런이 저토록 얄팍한 사람이었다니. 엘런이 있던 자리 바로 옆에서 번개가 번쩍였고 그는 이제 진실한 마음으로 참을성 있게 기다렸다 엘런으로서는 드문 일이었다. 이 무슨 아이러니인가. 남편이 연상인 만큼 그가 먼저 죽을 거라고, 그러면 아이는 오롯이 자기 것이 되리라고 줄곧 생각했다. 엘런은 살면서 많은 사람을 만났지만 앳된 얼굴의 아이 외에는, 자신과 남편의 좋은 점을 닮은 대견한 아이 외에는 그 누구도 아쉽지 않았다. 엘런의 재바른 기지, 남편의 사색적인 성격을 닮았지. 다시 살고 싶은 유일한 시절은 신혼 몇 달뿐이었다. 남편은 밤새 몇 번이나 사랑을 나눈 뒤에 정말이지 달콤한 말들을 속삭여 주었다. 엘런은 그 밀어에 매혹된 채로 어떤 남자가 이런 식으로 자기 여자를 사랑해 줄 수 있을까, 궁금해하고는 했다. 하지만 그것만으로는 만족할 수 없었다. 엘런은 더 많은 것을 갈망했다. 사랑을, 안정감을. 마치 정신적 당뇨병 같은 것에 걸려서 지금껏 받아 온 것들을 온데간데없이 잃어버린 듯. 그리고 만약 남편이 지금 분한 눈빛으로 엘런을 벌주려 한다면, 사랑이라는 심오하고 피곤한 대수학에 있어서 이들 두 사람이 '눈에는 눈 이에는 이' 등식을 이루지 못했기 때문이었다. 인생의 가장 좋은 시절은 가고 없었다. 아들을 떠나야 한다는 점만 제외하면 죽음도 위로라고 할 수 있었다. 엘런은 소파 위의 메모장을 내려다보았고, '시드니에게, 즐거운 저녁 시간 감사해요.'라고 적힌 메모를 갈가리 찢어 버리며 그 고분고분한 가식을 거부했다. 이제 몇 분 남지 않았으니까. 비와 번쩍이는 녹색 번개와 육중한 천둥을 무시하며 엘런은 적었다. '내 사랑하는 외동아들, 일하러 왔던(물론 거짓말이었다.) 엄마는 어쩌다가 죽게 되었어.' 하지만 다시 읽어 보니 역시 가증스러웠다. 세 번째 편지는 확연한 쾌활함을 담아 썼다.

아들, 잘 지내? 조지도 잘 지내고? 얌전하게 굴고 있겠지. 건강에 좋은 시리얼을 먹고, 들판에서 응가도 하고(말파리 조심해.), 눈 꼭 감고 잠드는 거야. 베개 밑에 만화책 숨겨 두지 말고.

엄마가 이야기를 하나 해 줄 테니 가만히 읽어 보렴. 엄마가 너
만 했을 때 2인승 자전거를(2인승 자전거란 두 명이 탈 수 있는
자전거야.) 타고 가는 아저씨한테 1실링을 받은 적이 있어. 운하
로 가는 길을 알려 줬거든. 엄마는 그때 문 앞에 서서 지나가는
사람들한테 "안녕하세요." 하고 인사하곤 했단다. 어쨌든 1실링
을 받아서 동네 가게로 갔어. 할아버지가 일을 못 해서(망치족
지²⁷⁾가 심해서 그랬지.) 그 가게에 외상이 많았거든. 가게 주인
한테 우리 외상에서 1실링을 깎아 달라고 했더니 주인이 글쎄
뭐라고 했는지 아니. "자전거로 강을 거슬러 오르는 게 빠르겠
군." 그래서 엄마는 그냥 1실링을 챙겼어. 하지만 그런 말을 하
다니 그 가게 주인이라는 사람도 참 배짱이 두둑하지 않니. 엄
마는 네가 배짱이 두둑한 사람이었으면 좋겠고, 만약 좋은 일
을 하고 싶다면 아주 거하게 해야지 몇 실링이나 나눠 주고 그
러면 안 되는 거야. 별로 도움도 안 될 테니까. 엄마의 편지를
주머니에 넣어 둬. 이미 주머니에 종이가 247개쯤 있을 테지만.
잘 있어, 엄마가.

엘런은 편지에 남편의 주소를 적었고, 아들이 자랐을 때 편
지를 이해할 수 있기를 빌었다. 하지만 봉투에 붙은 향긋한
풀에 침을 바르자마자 비가 잦아들면서 태풍이 멀어졌고, 엘
런은 죽음을 빼앗긴 것만 같았다.

---

27) 발가락 마디가 구부러지고 튀어나오는 병.

# 12장

그렇게 누워 잠들려는데 권이 나타났다. 어두워서 보이지 않는다는 듯 손을 뻗어 앞을 더듬으며 스타킹 신은 발로 비틀비틀 걷고 있었다. 사위는 꽤 밝았다.

"담배 없어?" 권이 말했다. 엘런은 일어나 앉아 제이슨에게 예뻐 보이려고 일찍 잠든 얼굴을 바라보았다. 살벌한 태풍이 지난 새벽빛이 닿은 권의 머리카락은 듬성듬성하고 푸석푸석해서, 두피가 들여다보이는 싸구려 인형에 붙인 가짜 머리카락 같았다. 반복적인 탈색으로 상한 탓이었다. 권의 얼굴은 젊음을 유지하려는 노력 때문에 되레 평범한 중년보다 훨씬 늙어 보였다.

"태풍이 지나갔어요." 엘런이 말했다. 넘어지고 깨진 장식품에 대한 해명이었다.

"농담하지 마. 허리케인이었어." 권이 말했고, 급하게 주변을 살피면서 담배를 찾았다.

"뒤에 있어요." 엘런이 손가락으로 가리켰다. 권은 몸을 돌려 필터담배와 부엌용 성냥이 널린 낮은 테이블 쪽으로 몸을 굽혔다. 기다란 성냥으로 담뱃불을 붙인 뒤 바닥 가까이에 빛을 드리워 비가 어디까지 들이쳤는지 살펴보았다.

"청소부를 불러. 베네치아야, 뭐야." 권이 말했으나 엘런은 가만히 있었다.

"젠장맞을 꽃향기가 진동을 하는군." 권이 킁킁거리며 말했다. 상쾌한 새벽 공기에 정원의 꽃향기가 실려 왔고, 집 안 곳곳에도 꽃병이 널려 있었다.

"꼭 장례식장 같잖아." 권은 꽃병마다 꽂힌 꽃송이를 하나하나 들여다보며 무슨 꽃인지 맞혀 보았다. "이건 루핀인가?" 권이 물었다. 푸른 리모늄 꽃잎이 담긴 작은 접시가 있었는데, 벽에 붙어 있는 종교적 스테인드글라스의 푸른빛과 맞춘 듯했다. 권이 고개를 들어 바라보았다. "나이 든 모세구나." 권이 기진맥진한 듯 말했다. 그러다가 나일론 재질의 새를 포착하고는 소리를 빽 질렀다.

"예수님 맙소사." 권은 눈과 목화처럼 연약한 머리카락을 보호하기 위해 본능적으로 손을 들었다.

"못 날아요." 엘런이 말했다. 솜털처럼 보송보송한 헝겊으로 만든 작고 알록달록한 새였다. 꽃병 가장자리, 창틀에 얹어 놓거나 커튼 위에 달아 두는 등 거실 곳곳에 열 마리 넘게 자리해 있었다. 커튼의 새는 죽은 것처럼 보이게 매단 모습이었다.

"이런, 술을 마셔야겠네." 권이 보드카를 한 잔 가득 따르더니 토마토 주스를 넣고 후추도 잔뜩 갈아 넣었다.

"과일 주스 좀 마시겠어?" 권이 엘런에게 말했다. 술을 두고 하는 말이었다.

"너무 이른데요." 엘런이 말했다.

"얘, 후회하게 될 거야." 권이 진지하게 말했다. 건배할 대상도 없이 잔을 들어 올리더니 목마르다는 듯 벌컥벌컥 마셨다. 단숨에 털어 넣고는 또 한 잔을 따랐다.

"난 취하고 싶지 않아요." 엘런이 조심스레 말했다. 권은 엘런을 보고 잠시 침묵을 지키다가 혀로 앞니를 훑고는 말했다. "뭐 하나 알려 줄까?" 그 순간 표정이 한 대 칠 것만 같았다.

"그래요." 엘런이 말했다. 다리를 들어 무릎을 안고 소파 팔걸이에 의지해 자세를 다잡았다.

"술에 취하지 않는 비결은 항상 술을 마시는 거야." 권은 자신이 확신할 수 있는 진실이란 이것 하나뿐이라는 듯 천천히 또박또박 말했다.

"정말이야." 권이 말했다. "내가 취해서 얼굴을 박고 쓰러진 적이 딱 한 번 있었는데, 온종일 한 잔도 안 마시다가 저녁 먹으러 가서 하이볼 두 잔을 마신 날이었지. 강아지를 데리고 병원에 갔었나, 하여튼 하루 종일 바빴거든."

"쓰러졌어요?" 엘런이 말했다. 무슨 말이든 해야 했다.

"뭐?" 권이 싸우려는 듯 언성을 높이는 바람에 목소리가 갈라졌다. 또다시 주변을 둘러보며 왜 여기는 꼭 장례식장처럼 생겼느냐는 말을 반복했고, 엘런은 떠날 마음으로 자리에서 일어섰다.

"시드니랑 안 잤어?" 권이 싸움을 거는 듯한 목소리로 말했다.

"무슨 말을." 엘런이 말했다. 차분하지 못한 목소리였다.

"어쨌든, 자지 마. 그 사람 못 해. 하면 안 되거든. 뭐라더라, 아, 심장에 구멍이 났다나."

"난 여기서 편지 쓰고 있었어요." 엘런이 말했다. 봉투를 보여 주고는 가방에 넣었다. 빨리 떠날수록 좋다. 시드니는 죽었을지도 모른다. 경찰이 그를 발견하고 수색한 뒤 엘런을 추적할 것이다. 엘런의 이름이 신문에 난 장면이 그려졌다. 사악한 관광객. 아들은 전학해야 하리라.

"사랑하던 여자가 총을 쐈는데 죽이지는 못했지." 권이 말했다.

"시드니가 쏜 거잖아요." 엘런이 말했다. 시드니가 잘못된 사람이어야 했다. 그래야만 했다.

"가여운 사람, 양처럼 순해서 땅콩도 못 쏠걸." 권이 말하고 비웃음을 터뜨렸다. 그때 저택의 화려함과 아름다움이 전부 먼지처럼 바스러지고, 헝겊 새와 기괴한 그림과 수수께끼 같은 사람들도 매력을 잃었다. 그것들은 이제 위층에 있는 더럽고 지친 남자의 싸구려 소품으로 전락했다. 바비만 빼고. 소진되지 않는 거친 힘을 품고 있는 남자.

"바비는 어디 있어요?" 엘런이 물었다. 마지막 질문이었다.

"괜찮은 남자야, 그렇지?" 권이 말했다. 밑도 끝도 없이 멍청하지만 순간순간 예리함을 발휘하는 여자였다.

"마음에 들던데요." 엘런이 말했다.

"그 사람도 엘런을 좋아해. 잠깐 엘런을 찾는가 싶더니 곧 깨달았나 봐. '가만, 여기는 시드니의 집이지.'"

"시드니의 집." 엘런이 씁쓰레하게 말했다. "가야겠어요. 혼자 계세요."

엘런은 돌아가는 길에 즐기려고 담배를 잔뜩 집어 들고는 과일 바구니에서 가장 붉은 사과를 골랐다.

"그런데 영국에서 뭐 하고 살아?" 퀸이 물었다. 엘런을 잡아 두려는 속셈.

"일하고 살아요." 엘런이 그래야 옳다는 듯이 대답했다.

"그래?" 퀸은 놀란 표정을 지으며 애써 눈을 크게 떴다.

"그리고 결혼했었어요." 엘런이 말했다. 엘런은 이 여자가 너무나도 싫었다.

"남편은 좋은 사람이었어?" 퀸이 말했다.

"사람마다 기준이 다르니까." 기분이 상한 엘런이 대꾸했다. 결혼 이야기는 자세히 하고 싶지 않았다. 지위를 획득하려고 아내가 되었을 뿐, 심문받기 위해서 결혼한 건 아니었다.

"제이슨은 귀여워, 그건 사실이야. 제이슨이 귀엽다고 생각하지 않아?" 퀸은 답변도 듣지 않고 아침 공기가 감미롭다고, 집에 아무도 없는데 난장판이 벌어졌다고 말했다.

"제이슨은 다정하지만 걔네 어머니는 죽여 버릴 수도 있을 것 같아."

그러고는 자리에 앉아 한숨을 쉬더니 딱 소리를 내며 핸드백을 열었다. 자그맣고 모서리가 각진 거울을 들여다보며 얼굴을 살폈다.

"한번 봐, 나 지금 어때, 숙녀다운 외모야?"

"맙소사." 권이 스스로 대답했다. "눈알을 빼서 튀긴 것 같아."

엘런은 손으로 귀를 막았다. 듣기 싫은 소리를 차단하려는, 일종의 습관 같은 몸짓이었다. 다시금 도망치려고.

"제발 귀 막는 짓 좀 하지 마." 권이 말했고, 술을 마시다가 한 번씩 들여다보려고 무릎 위에 거울을 놓았다.

"그러니까 유부녀다, 이거지." 권이 말했다. 도망치려고 움찔 거리는 파란 드레스 차림의 키 큰 여자에게 시선을 고정하고 있었다.

"였어요." 엘런이 말했다. 목소리가 다시금 날카로웠다.

"남편이 섹스해 줘, 안 해 줘?" 권이 물었다. 헛소리나 늘어 놓던 멍한 여자가 돌연 정신이 바짝 들게 하는 질문을 던진 까닭에 엘런은 조금 놀라고 말았다.

"세상에 남자는 두 종류지. 아무하고 자는 남자, 아무하고 도 안 자는 남자. 전부 참 서글퍼." 권이 말하고는 손톱에 집중하기 시작했다. 한 손으로 다른 손 손톱을 정리했다. 손이 길고 하얗고 부드러웠다. 크림과 돈을 쏟아부은 손, 얼굴과 달리 손은 사랑받지 못하는 자의 고통을 드러내지 않고 아름다울 수 있었다. 권은 시선을 낮추고 연신 손톱에 집중했다. 엘런은 마지막 두 걸음을 내딛었고, 마침내 문간에 도착했다.

"가지 마." 권이 말했다. 들어 올린 얼굴이 가여웠다. 그러나 더는 아무 말도 덧붙이지 않았다. 눈이 촉촉한 스패니얼 같았다. 권은 조용히 말했다. 그에게는 두 가지 목소리가 있었다.

억세고 갈라지는 목소리와 조용하고 훈계하는 듯한 목소리.

"첫 상대는 내 절친한 친구였지. 뉴욕에 갔는데 호텔을 구할 수가 없다는 거야. 야구 경기가 있다나 뭐라나. 내가 한밤중에 전화해서 말했지. '거기서 당장 나와.'"

"나오던가요?" 엘런이 물었다. 자기 남편의 이야기인 듯, 어쩌면 자신의 삶이 걸린 듯 몸을 떨었다.

"잘도 그랬겠다. 그 친구랑은 몇 달 동안 못 보고 지내다가 선글라스 사려고 뉴욕에 갔을 때 호텔에서 전화해 봤지. '수지, 나 뉴욕에 왔어.' 난 '이리 와.'라는 대답을 기대했는데, 걔 어쨌는지 알아? 목요일에 차 마시자고 약속을 잡더라. 목요일에! 그날은 월요일이었는데! 믿을 수가 없었지. 차가 맛있고 그릇이 예쁘다면서 웬 가게를 예약해 놨더라고. 그래서 갔더니 그냥 순백 도자기 잔이었어. 절대 못 잊을 거야. 그 잔에는 작은 소용돌이 같은, 금색의 세밀한 무늬 같은 게 있었어, 뭐 안쪽에는 꽃무늬가 있었다고 할 수도 있겠다. 있잖아, 걔가 떠나고 내가 어떤 미친 짓을 했는지 알아? 도자기 가게에 가서 똑같은 잔을 한 세트 샀다니까." 권은 잠시 이야기를 멈추더니 억세고 거친 목소리로 돌아가서 엘런이 묻진 않았으나 궁금해하던 질문에 대답했다.

"언급도 안 하던데, 둘 다."

"직접 묻지 그랬어요." 엘런이 말했다.

"어떻게 그래." 권이 말했다. 자리에서 일어나 잔 두 개를 꺼내 음료를 만들더니 엘런에게 한 잔 건넸다. 두 사람은 이제 친구였다.

"두 사람은 나중에도 계속 만나던가요?" 엘런은 거짓말 같은 권의 인생 이야기에 잠시 빠져들었다.

"아유, 몇 년이나." 권은 정확한 기간을 부러 기억해 봐야 아무 소용 없다는 듯 손을 설레설레 저으며 말했다.

"할 수 있는 일이 있었을 텐데……." 엘런이 무어라고 조언을 건네려는데, 권이 무언가를 기억해 냈는지 불쑥 이야기를 시작했다. "어떤 사람이 그러더라고. 제인 오스틴 같은 사람들은 글을 써서 감정을 정리하고 해소했다고. 그래서 시도했는데, 어떻게 됐는지 알아?" 엘런은 이미 알 것 같았다. 아니, 추측할 수 있었으나 고개를 저었다.

"도우미가 쉬는 날, 접시 들고 부엌이랑 테라스 사이를 오갈 때 문 받침대로 쓰고 있지."

"설마 그렇게 끔찍하겠어요." 엘런이 말했다. 공감하고 있음을 보여 주고 싶었다.

"아, 그 이야기는 그만하자. 내 골칫거리 이야기로 다른 사람들을 따분하게 만들기는 싫어." 권이 말했다. 그때 발소리가 들렸다.

"에이, 그럴 리가." 제이슨이 문가에 서서 말했다. 연한 파란색 캔버스 바지와, 모래 같은 빛깔과 질감이 느껴지는 셔츠를 입고 있었다. 엘런은 제이슨이 들어올 수 있도록 뒤로 비켜 주었다.

"내 남자 왔네." 권이 말하고는 손을 내밀며 일어섰다. 두 사람은 손과 팔로 아치를 만들었고, 제이슨은 꾸며 낸 쾌활한 목소리로 노래를 흥얼거렸다.

"당신에게 황…… 금 공…… 을 주겠어요,
당신이 나와 결혼해 준다면,
결혼, 결혼, 결혼,
당신이 나와 결혼해 준다면."

그들의 아침 선물.
이제 권이 노래했다.

"그리고 나는 당신의 황금 공을 받아들이겠어요,
당신이 나와 결혼, 결혼, 결혼해 준다면,"

권이 휘청이자 제이슨은 팔을 내려서 자리에 앉을 수 있도록 도와주었다.
"어디 있었어?" 제이슨이 물었다.
"아, 아침 식사 좀 하면서 이야기 나누고 있었지. 좋은 사람이야." 권이 엘런을 가리키며 말했다. 이제 다시 여자아이 같은 목소리를 내고 있었다. "뉴욕에 올 일이 있다면 만날 친구가 생긴 거라고 말해 주고 있었어. 뭐, 어딜 가든 친구인 건 변함없으니까. 그리고 자기도 알지, 깃에 여우 털 달린 파란색 숄 있잖아." ─ 권은 제이슨의 가책이 깃든 눈동자를 들여다보고 얼굴을 살피며, 옆트임 스커트 차림의 헤픈 계집애 중 누구와 잤을지, 잠자리는 어땠을지를 알아내고 있었다. ─ "그래, 엘런이 뉴욕에 오면 선물로 줄 거야. 엘런이 걸치면 귀여울 것 같지 않아……?"

"당신이 입으면 귀엽겠지, 메리 픽퍼드."[28] 제이슨이 말했다.

"메리 픽퍼드." 귄이 말했다. 이제는 깊고 거친 목소리를 내며 깔깔 웃고 행복한 척 가장하고 있었다. 그러고는 바닥을 가리키며 말했다. "아무래도 어제 우리가 개구쟁이였던 것 같네." 제이슨이 킁킁대자 귄도 킁킁대더니 꽃향기가 좋다고 말했다.

"있잖아, 오늘 뭘 할지 맞혀 봐." 제이슨이 말했다. 귄은 제이슨을 향해 음탕한 미소를 지으며 입술을 핥았다. 제이슨은 아주 진지한 목소리로 말했다.

"나가서 만년필 두 자루를 살 거야. 무슨 색으로 살지 알아?"

"파란색." 귄이 답했다.

"아니." 제이슨이 말했다. 심한 스트레칭으로 불거진 귄의 목덜미에 대고 정답을 말해 주었다.

"금색." 제이슨이 말했다. "18캐럿 금 만년필을 살 거야." 두 사람은 만년필 이야기로 즐거워하느라, 엘런이 가방을 꼭 붙든 채 무안한 작별의 손짓을 해 보이며 빠져나가는 모습조차 눈치채지 못했다.

잠시 시드니를 살펴보았다. 이제는 조용히 열리는 문이 달가웠다. 엘런이 떠날 때와 똑같은 모습이었다. 꼭 감은 두 눈, 모슬린 베개 위에 놓인 노리끼리한 얼굴, 턱 밑에서 접힌 시트, 시체처럼 누워 있었다. 하지만 숨 쉬고 있었다. 정작 엘런은 숨을 참고 즐거이 시드니의 숨소리를 들으며 가까스로 도

---

28) Mary Pickford(1893~1979). 1900년부터 활동한 무성 영화 배우. 할리우드의 순진한 말괄량이 여자아이 캐릭터를 정의한 것으로 높이 평가받는다.

망칠 수 있음을 신에게 감사했다. 계단에서 혹시 바비와 마주칠 수도 있겠다고 생각했으나 직원들마저 뒤척이지 않는 이른 새벽이었다.

밖으로 나가니 청명하고 푸른 하늘 아래, 잔디와 화단이 촉촉했다. 하지만 도로는 벌써 빗물이 말라 건조했고, 공기에 상쾌한 기운이 없었다면 태풍이 지나갔다는 사실조차 짐작하기 어려운 날씨였다. 엘런은 간밤에 올랐던 도로를 따라 걷기 시작했는데, 처음에는 빠르게 나아갔다. 그런데 자꾸 굽이가 나타나서 발걸음을 재촉하면 잠시 후 또 다른 굽이가 나타났다. 높은 담벼락이 솟아나서 바다 풍경을 가리기도 했다. 야자수가 담장보다 높이 솟아 있었음에도 가지가 풍성하지 않아서 그늘은 없었다. 무화과나무 몇 그루만이 익숙한 외형을 갖추고 있었다. 담벼락에서 피어난 양귀비는 크레이프로 만든 종이꽃 같았다. 엘런은 이따금 한 송이씩 뽑아서 향기를 맡고는 손가락으로 꽃송이를 찢어 버렸다. 날이 점점 뜨거워졌다. 언덕 꼭대기에 멈춰 서서 브래지어를 풀었다. 저 밑에서, 정확한 거리를 가늠하기는 힘들었으나 저기 내려다보이는 마을에서 호텔로 가는 버스를 탈 수 있기를 바랐다. 집에 돌아가기로 마음먹었고, 그러자 벌써 기분이 좋았다. 배우를 놓친 아쉬움도 사라졌다. 시드니로 인한 메슥거림, 서글픈 여자로 인한 슬픔도. 전부 엘런의 삶에서 사라졌으므로 이제 엘런은 안전했으며, 집에 가면 아들이 기다리고 있을 것이다. 엘런은 달리다가 멈춰 서서 숨 고르기를 반복했는데, 달릴 때든 멈출 때든 앞으로 나아가고 있었다.

# 13장

　하지만 앞일은 기대한 대로 되지 않았다. 엘런은 호텔에 도착한 뒤 잠들었다. 마을까지 걸어가고, 버스를 타고, 칸으로 이동하고, 그곳에서 기다리다가 또 다른 버스를 타고 호텔에 당도하기까지는 몇 시간이나 걸렸다. 돌아온 때는 정오였는데 열기가 잔혹했다. 햇볕에 짙게 그을린 도로 정비사들조차 태양이 머리 위에서 폭발할까 봐 걱정하는 듯한 얼굴로 하늘을 쳐다보았다. 점심시간에는 나무 밑에 숨어들었다. 반사된 햇볕이 아연처럼 번쩍였고, 집마다 덧문을 쳐서 햇볕을 막아 냈으며, 상점은 문을 닫았다. 시원한 것은 차양 밑 상점 유리창에 진열된 서늘한 실크 드레스뿐이었다. 여행사에 들른 엘런은 갈망의 시선으로 드레스를 바라보며 돈이 남았다면 한 벌 샀으리라고 생각했다. 여행사에서는 그날 떠나는 비행기표가 다

매진되었으나 만약 취소 표가 나오면 연락을 주겠다고 했다. 값을 지불하고 아들에게 줄 장난감을 산 뒤, 그래도 돈이 남으면 서늘한 실크로 만든 그 예쁜 드레스를 사야지. 작은 날벌레가 날아다녔다. 어느 식당 앞에서 남자아이 하나가 물총으로 정체불명의 액체를 쏴 대며 걸어가고 있었다. 엘런의 입 속에선 화학적인 맛이 감돌았고, 그것 때문에 더 더웠다. 키가 홀쭉한 남자아이는 괴괴하고 멍한 얼굴을 한 채 엘런이 지나가는데도 미소 짓지 않았다. 엘런은 자신에게 미소 짓지 않는 남자아이가 좋았다. 한편으로는 미소를 기대하기도 했다.

다시 호텔로 돌아온 뒤에는 옷을 벗고 침대에 누웠다. 그러고는 금세 잠들었다.

문을 두드리는 소리에 잠에서 깼을 때는 아들이구나 했는데, 곧 자신이 어디에 있는지 깨닫고는 문제의 호텔 직원일지도 모른다는 생각에 가슴 앞으로 팔을 포개고 경계 태세에 돌입했다.

"나야, 자기."

머지않아 그것이 데니스의 목소리라는 사실을 깨달았다.

"너구나, 자기." 엘런의 목소리는 날카로웠다. 머리가 아프고 목이 타는 것 같았다.

"아, 제발, 나한테 화내지 마. 난 내가 어디 있는지도 몰랐다고……." 데니스가 말했다. 엘런은 그들이 보낸 밤의 이야기가 복도에 울려 퍼지길 원하지 않았으므로 일단 문을 열고 데니스를 안으로 들였다. 데니스는 회색 원피스 차림이었고 정신은 맑아 보였다.

"방탕한 여자 같으니." 엘런이 말했다.

"정말이야……." 데니스가 말하다가 입을 다물었다. 교회에서 대화할 때처럼 낮은 목소리였다. 무슨 일이 있었는지 모르겠으나 외모에 긍정적인 영향을 끼쳤는지 얼굴이 아이처럼 통통했다. 그 순간 엘런은 갸름하고 핼쑥한 얼굴로 데니스에게 달가운 미소를 보냈다. 행복이란 얼마나 단순한가. 간 보호제를 먹고, 돈을 따고. 하지만 그보다 더 단순한 행위, 포옹하고, 구애받고, 하룻밤 숨을 헐떡이는 것만으로도 행복해질 수 있다. 어린 시절부터 대대적인 세뇌가 시작된다. 여자는 정숙해야 한다는 교리의 가르침 사이사이로 끼어드는 은밀한 메시지, 남자와 남자의 몸이야말로 진정하고 절대적인 위로라는 것.

"그러면 화 안 난 거지?" 데니스가 말했다. 엘런의 미소에 마음을 놓은 것이다. 엘런의 마음이 다시 굳었다. 데니스와 거리를 지켜야 한다. 그러지 않으면 마음에 자상을 남길 만한 이야기를 듣고 말 것이다.

"그냥 으레 겪는 시시하고 왁자지껄한 밤이었지, 뭐……." 엘런이 말했다. 찾을 물건이 있는 듯 멍한 시선으로 주변을 둘러보았다. 아, 그냥 소탈하게 굴면 안 되는 걸까. 왜 그냥 솔직하게 말할 수 없을까. 처음에는 그 모임에 매료되었으나 나중엔 풋내기 여자아이 같은 꿈이 이루어지지 않아서 역겨움을 느꼈다고. 데니스는 계속 주절댔다. "엘런을 찾아봤는데 어느 순간부터 안 보이는 거야. 그런데 누가 날 끌고 계단을 오르고 또 오르더라고. 꼭 에펠탑 같았는데 그보다는 구렸고, 정신을 차려 보니 침대 속에서 그 남자 머리카락을 쓰다듬으며 말하고 있더라, 프랭키……."

"프랭키가 누군데?" 엘런의 목소리가 또 날카로워졌다. 데니스를 이기고 싶은 엘런의 욕구는 예상보다 훨씬 강력했다.

"프랭키는 내 애인…… 애인이었어."

"그러면 우리 배우님이랑 잔 거야?" 엘런이 말했다. "잡지사에 그 이야기를 팔아. 수신자 부담으로 장거리 전화를 걸어서……."

"내 말 들어." 데니스가 말했다. 전보다 덜 나긋한 목소리였다. "그만. 난 대역이랑 잤어. 웬 지질한……."

사실이든 아니든 엘런은 마음이 놓였다. 이제 자리에서 일어나 옷장에 걸려 있던 옷을 꺼내 들고 그것을 마주한 채 말했다. "난 간다, 갈 거야……."

"처음 봤을 때는 다정한 사람인 줄 알았는데……."

"다정하다고?" 엘런이 욕이라도 들은 것처럼 대꾸했다. 담배 끝에 길게 붙어 있는 재를 보고는 떨어 내지 않고 얼마나 버틸 수 있을지 가늠했다. 공연이라도 하듯 요란하게 짐을 쌌다.

"나에 관해 알고 싶은 것 없어?" 데니스가 엘런을 쫓아다니며 말했다.

"어렸을 때 강간당했겠지." 엘런이 말했다. "범인은 아버지였고. 미안, 의붓아버지구나. 그 사건 이후로 남자를 만날 때마다……." 이렇게 떠들다가 고개를 돌린 엘런은 데니스의 무던하던 얼굴이 허물어지듯 아픔을 드러내는 모습을 지켜보며 생각했다. '내가 참 억세졌군, 참 억세졌어.' 그러고는 이야기를 멈추었다. 마주 보고 있는 회색 원피스 차림의 여자는 끔찍한 수치심 때문에 울음을 터뜨리기 직전이었다. 엘런은 자기 눈에도 눈물이 고이고 있음을 느꼈고, 두 사람은 서로를 바라보며 눈물을 삼킨 뒤 조금 웃었다. 데니스가 자리에 앉았다. 엘런은 짐가방 위로 몸을 숙이고 얼굴을 감추었다. 둘은 울지 않을 것이다. 엘런이 두 사람을 대변해 말했다. 오히려 정반대로 호텔에 술을 주문한 다음, 여자들을 위해, 경쟁해서 얻어 내야 할 남자 없이 여자들끼리 오붓한 이 귀한 시간을 위해 건배할 것이다. 엘런은 샴페인을 넣은 칵테일 두 잔을 주문하고, 교환원을 통해 한 번 더 여행사에 연락하기로 했다. 정말이지 얼른 집에 돌아가고 싶었다.

"가면 안 돼……." 데니스가 말했다. "얼마 있지도 않았잖아. 아직 8월인데. 여기는 8월이 가장 멋져." 데니스가 힘주어 말했다. 스스로도 그렇게 확신하고 싶어 하는 것 같았다.

"가장 사악하겠지." 엘런이 말했다. 사악함을 향한 자기 자신의 애처로운 분투를 떠올렸다. 빳빳한 베개 위에 놓인 시드니의 얼굴, 죽음에 이른 얼굴이 그려졌다. 카메라 뒤에 서서 겨울을 위해 흥분거리를 비축하는 바이올린 연주자도.

"난 가야 해. 아들이 있어서." 엘런이 딱히 할 필요도 없는 이야기를 불쑥 털어놓았다. 그러고는 역시 불필요한 이야기를 하나 더 했다. "이름은 마크인데 꼬마돌이라고 부르지."

"원래 애들을 좋아해?" 데니스가 놀란 목소리로 말했다.

"그렇진 않아." 엘런은 답하면서 언젠가 들었던 일화 하나를 떠올렸다. 어떤 여자가 아들을 화장실에 가둬 놓았더니 아이가 벽에 구멍을 뚫어 버렸다는 이야기였다. 이에 엘런은 아주 차분한 목소리로 벽에 타일을 붙인 화장실인지 묻고는, 그렇다면 아이 쪽의 고집이 더 세다고 대꾸했다.

"아들이라면 죽고 못 살지만, 그뿐이야." 엘런이 말하며 한 번도 입지 않은 옷을 그러모아 섬유 소재 트렁크에 단호하게 집어넣었다. 그럴싸한 가방을 샀어야 하는데. 가난한 농부네 딸이라는 출신 성분이 또 작용한 것. 방심하다 허를 찔렸네.

"관심 없다고 자기 자신에게 거듭 되뇌다 보면 정말 그렇게 되더라고." 엘런이 담담하게 말했다.

"내가 이해하기에는 조금 어려운 이야기네." 데니스가 말했다. "그런데 진짜 이름이 뭐야?"

"엘런. 엘런 세이지. '세이지'는 현명하다든가 뭐 그런 뜻이야."

"엘런이 좋은 여자일지도 모른다는 의심이 자꾸만 드는걸." 데니스가 말했다. 그때 호텔 직원이 방문을 두드리더니 술을 들고 들어왔다. 두 사람은 그러자고, 무슨 일이 생기든 좋은 여자로 살자고 건배했다. 단숨에 들이켰다. 엘런이 꼬치에 긴 체리를 빼내 오물거리자, 데니스 역시 자신의 잔에 있는 체리를 발견하고 입가로 가져가다가 불쑥 말했다. "그러면 남자가 있는 거야, 뭐야?"

엘런은 혀로 입술을 핥으며 대답을 망설였다. 이제 단순한 질문에 단순하게 답하기가 불가능해졌다. 엘런의 눈에 다시 눈물이 고이기 시작했다.

"울지 마, 엘, 울지 마."

"누가 운다고 그래?" 엘런이 말하고는 코를 훌쩍였다. 자신의 삶에 관해 설명하거나 무슨 말이든 해서 잘 넘어가야 했다. 데니스는 연극이라도 감상하려는 듯 베개 위치를 조정하더니 거기에 등을 기댔다. 엘런은 인생을 요약해서 이야기하고 싶은 충동을 느꼈다. 어째 부자연스러운 듯한 목소리로 빠르게 말했다.

"아일랜드, 시골, 가난, 전형적인 가정, 발그레한 뺨, 간호사가 되려고 런던 상경, 환자들에게 사랑받고, 사랑받는 걸 사랑하고, 암 환자의 배를 갈랐다가 바로 봉합하는 광경을 보고 수술실에서 도망치고, 내 안의 간호사를 좋아하는 남자를 만나고, 등기소에서 신부님 없이 결혼하고, 신앙을 버리고, 곧 아들을 낳았지. 시간이 흐르면서 사랑은 다른 무언가로 변해 버렸고 우리는 헤어졌어. 좋은 여자 퇴장." 엘런은 마지막 세 마디와 함께 고개 숙여 인사했다.

"결혼이라는 게 그렇잖아." 데니스가 격한 목소리로 말했다. "모든 걸 망쳐 버려."

"결혼이 문제가 아니고, 우리가 문제야." 엘런이 말했다. 일반화는 지긋지긋했다.

잠시 침묵이 이어졌다. 문득 뜨거움을 느낀 엘런은 입에 물고 있던 담배를 집어 세면대에 재를 떤 다음, 불이 나지 않도록 습관대로 수돗물을 틀었다. 그런데 돌연 전화벨 소리가 울려서 두 사람 모두 깜짝 놀랐다. 여행사에서 오늘은 비행기표가 없지만, 내일 떠나는 표를 예매해 두었다고 했다. 엘런은 런던에 도착하면 몇 시일지 물어본 뒤 담뱃갑에 도착 시간을 받아 적었다. 아들에게 줄 선물로 고무보트와 보트에 바람을 넣어 줄 펌프를 살 것이다. 엘런이 꺼리는 것이 있다면 고무보트나 풍선에 바람을 넣는 일이니까. 비행기에서 점심 기내식에 제공하는 작은 머스터드 튜브와 1인분 소금 봉지도 챙겨 둘 것이다. 아들이 조지와 슈퍼마켓 놀이를 할 때 사용하도록. 엘런은 한 번 더 크리스마스를 떠올렸고, 휴 휘슬러를 다시 만나지 못해도 상관없다고 생각했다. 이번 여행의 목표 중 최소한 한 개는 달성한 셈이었다.

"잠깐 내 말 좀 들어 봐." 데니스가 벌떡 일어서서 말했다. "오늘 그 집을 통째로 쓸 수 있어. 거기 가서 실컷 즐기자……."

"누구누구 오는데?" 엘런이 말했다. 갈 생각은 없었다.

"아무도 없어. 우르르 떠나던데, 시드니, 게이들, 처음 보는 사람들도……."

"바비는?" 엘런이 물었다.

"바비는 어젯밤부터 어딜 간 걸까, 하느님이나 아시겠지. 마지막에 봤을 때는 카지노에 간다고 하던데……."

엘런은 벌써 기분이 좋아졌다. 호텔 밖에서 하루를 보내면 돈을 아낄 수 있었다. 음식과 술에 들어가는 돈뿐만 아니라 수도 없이 마시는 찻값이라든가 팁, 화장실 사용료 같은 말도 안 되는 지출을 줄일 수 있었다. 화장실 열쇠를 관리하는 남자는 팁을 두둑이 줘야만 열쇠를 내주었다. 엘런은 시드니의 거대한 화장실을 떠올렸다. 부수면 가루가 되는 부드러운 탤컴 구슬 파우더, 파우더에서 라벤더 향기가 은은하게 풍기는 넓은 화장실. 엘런의 욕심이 커졌다. 가게 진열장에 걸려 있던 다양한 드레스를 떠올리며 그중 어떤 것을 살지 골랐다. 그곳으로 돌아가겠다고 굳게 마음먹었다.

"그러지 않을 이유가 없지, 부자들이 어떻게 사는지 자세히 살펴보고⋯⋯." 엘런이 말했다. 두 사람은 손잡이가 긴 예쁜 잔에 와인을 따라 마실 것이다⋯⋯. 데니스는, 자기들이 수영장을 통째로 차지하리라고, 직원들이 전부 두 사람의 시중을 들 테고 멜 브룩스[29]도 독점할 수 있을 거라고 주절주절 떠들었다⋯⋯.

"멜 브룩스 알아?" 데니스가 말했다. 엘런이 고개를 저었다.

데니스는 신경질이 난 얼굴이었다. "멜 브룩스가 누군지 모른다면 제대로 살지 못한 거지, 그렇고말고, 확실해⋯⋯." 데니스는 이동하기 전에 손톱을 정리하려고 반지를 빼냈다.

두 사람은 오후 느지막이 택시를 타고 마을을 가로질러 시골길을 달렸다. 길가로 금빛 석조 주택 두 채와 여자들이 몸을 낮추고 농작물을 수확하는 들판이 보였다. 생경한 풍경이었다.

"몇천 달러쯤 깨지겠네." 엘런이 미터기를 확인하려고 눈을 가늘게 뜬 채 말했다.

"저 사람 혹시 살인자 아냐? 그럴지도 몰라." 데니스가 말하고는 몸을 숙이고 운전사에게 말했다. "저기요, 우리가 가자고 했던 곳으로 가는 거 맞아요?" 운전사는 아무 대꾸도 없었다.

"제기랄, 프랑스 남자들은 젠장맞게 죄다 꿍꿍이가 있어."

---

29) Mel Brooks(1926~). 미국의 배우, 코미디언, 감독. 1960년대부터 본격적인 명성을 얻었으며, 특히 패러디 코미디의 선구자로서 크게 인정받은 할리우드의 거물이다.

데니스가 좌석에 등을 기대며 말했다. 그러고는 엘런을 향해 눈을 찡긋해 보였다.

"난 걱정되는데, 진심으로 걱정돼." 엘런이 말했다. 진심이기도 했고 진심이 아니기도 했다. 도착하면 바비가 있을지 궁금했지만 운전사에 관해, 또 더위 때문에 생긴 물집에 관해 이야기했다. 작고 붉은 물집. 긁으면 긁을수록 크기가 커졌다. 데니스가 엘런의 작고 희고 미천한 손을 붙들어 더는 긁지 못하게 했다. 두 사람은 그 정도로 가까워져 있었다. 화기애애한 마지막 날이었다.

시드니의 집 앞에 도착하자 거대한 아래층 유리창에 두 사람이 탄 택시가 반사되어 보였다. 엘런과 데니스는 함께 차에서 내렸다. 데니스가 한쪽 문, 엘런이 반대쪽 문으로. 두 사람은 택시비를 나눠 냈고 엘런은 지켜보는 사람이 없기를 바랐다. 누군가가 지켜보는 앞에서 돈거래를 하기는 왠지 부끄러웠다. 택시비가 너무 많이 나왔다. 하지만 실랑이할 여유가 없었다. 유리창이 열리며 흰색 반소매 셔츠 차림의 바비가 나타난 것이다. 기다리고 있었다는 듯 "잘 왔어."라고 했다. 기다렸을지도 모르지. 엘런은 즉각 데니스를 의심했다. 엘런을 데려온 목적이 뭘까, 편안한 분위기를 조성하려고? 아니면 창피를 주려고? 오늘도 엘런은 심심하고 단순하고 촌스러운 들러리 역할이나 해야 하나? 바비는 양쪽에 선 엘런과 데니스에게 팔을 두르고는 열린 유리창을 지나 집 뒤편으로 안내했다.

"시간 잘 맞춰 왔어. 호박을 돌보는 중이야." 바비가 말하고는 무언가 사악한 일을 꾸미는 사람처럼 웃음을 터뜨렸다. 한 여자씩 번갈아 바라보며 똑같은 미소를 지었다. 데니스의 미소는 소담했고, 저 크고 초롱초롱한 갈색 눈에는 긴 가짜 속눈썹이 붙어 있었다. 얼굴이 정면을 향하고 있어서 옆모습만 보였는데도 바비를 똑바로 쳐다보며 웃고 있는 것 같았다. 눈을 크게 뜬 채 깜빡이지 않았다. 엘런은 어째서 자기보다 딱히 예쁘지도 않은 여자들이 더 인상적인지 도통 이해할 수 없었다. 거울을 보고 혼잣말을 하거나 사랑하는 남자의 깊은 눈동자에 비친 자신을 보고 이야기할 때는 근사해 보일 수 있었지만, 평소엔 지나치게 감상적이고 의아할 정도로 엉성해 보였다.

"마지막 고해 성사는 언제 했어?" 바비가 말했다. 숫처녀 분위기를 풍기는 엘런의 빳빳한 셔츠와 무릎 밑으로 길게 내려오는 검은색 실크 스커트를 보고 한 말이었다.

"아, 엘런은 죄책감에 시달리는 여자라서⋯⋯." 데니스가 말했다.

"만난 지 이십 분밖에 안 됐으면서⋯⋯." 엘런이 신경질을 냈다. 이런 상황은 예상하지 못했다. 시드니는 어디 갔을까, 다른 사람들은 다 어디로 갔지? 다른 사람들은 다 모로코에 갔고, 귄과 제이슨을 비롯한 몇 명만이 승마하러 나갔다고, 바비가 대답했다. 그가 집주인이었다. 세 사람은 방을 하나둘 통과해 베란다로 나가서, 가장자리에 꽃이 심긴 오솔길을 따라 걸었다. 바비의 캔버스 운동화는 돌바닥에 닿아도 아무런 소리를 내지 않았다. 하지만 엘런과 데니스의 신발은 무기처럼 쨍그랑대며 서로 경쟁을 펼쳤다. 전쟁의 시작이었다. 바비는 두여자의 팔짱을 끼고 있었다. 잠시 후 도착한 곳은 온실이었다.

숨이 막힐 것 같았다. 열기 때문에 유리 벽엔 수증기가 맺혀 있었다. 비현실적으로 생긴 꽃이 보였다. 커다란 테라코타 화분에 붉은빛과 연보랏빛의 거대하고 야한 꽃송이가 피어 있었다. 엘런은 혹시 조화일까 싶어서 직접 꽃을 만져 보았다. 분명 생화였으나 향기가 없었다. 온실에서 제라늄 잎과 토마토 향이 났다. 엘런은 흰 제라늄의 쪼글쪼글한 잎사귀를 만지며 얼룩 하나 없이 흰 꽃잎을 바라보았다. 이렇듯 잎사귀 향을 맡으며 꽃잎을 눈에 담는 것이야말로 제라늄을 제대로 즐기는 방법이리라. 그런데 잎사귀는 사람이 성가신 모양이었다. 바비가 토마토를 몇 개 따서 두 여자에게 하나씩 주었다.

"배 안 고픈데……." 데니스가 말했다. 그는 음식을 거의 먹지 않았다.

"먹어 봐." 바비가 말했다. "맛있어, 방금 땄거든……." 바비는 두 사람이 씹는 모습을 지켜보더니 엘런에게 맛있느냐고 물어보았다. 엘런은 고개를 끄덕였다.

"그래, 그럼 한 개 더 먹어." 바비가 엘런의 입에 토마토를 넣어 주고는 지켜보았다. 엘런이 토마토를 베어 물자 속에서 튀어나온 씨앗이 턱에 묻었다.

"허." 바비가 손가락으로 씨앗을 닦아 주고는 핥아 먹었다. 맨정신의 바비는 함께하기에 참 좋은 사람이었다. 마음이 누그러지고 희망이 차오르기 시작한 엘런은 바비와 재회하지 않았더라면 더 좋았을지도 모른다고 생각했다. 다시 활짝 열린 마음. 엘런은 간밤을 떠올리고, 두 사람이 얼마나 아슬아슬했는지를 복기하며 미소 지었다. 바비가 알아챘다. 엘런의 긴 머리 아래로 팔을 두르고, 팔꿈치에서 팔목까지 살갗에 스치는 머리카락을 느꼈다.

"신데렐라 같잖아." 바비가 말했다.

"그냥 같잖지." 엘런은 겸손하게 굴었다.

"저기 지하도까지 산책하자." 데니스가 말했다. 바비에게 팔짱을 껴 달라고 팔을 내밀었으나 응하지는 않았다. 바비는 데니스가 뾰로통한 것을 눈치채고 턱 밑을 부드럽게 어루만졌다. 그 순간 두 사람이 간밤을 함께 보낸 것처럼 보였다. 엘런은 제라늄 쪽으로 시선을 돌렸다.

"그리고 이제 결합의 의식이 있겠습니다." 바비가 말했다. 두 사람을 데리고 고랑 쪽으로 갔다. 거기엔 수많은 초록빛 이파리가 가득했고, 그 밑으로 갖가지 형태의 작은 호박이 달려 있었다. 꽃도 보였다. 노란색 꽃은 무거운 꽃가루 때문에 지친 듯 축 처진 채로 흔들리고 있었다. 땡볕 속에서 힘없이 늘어진 모습이었다. 바비가 부드럽게 꽃송이를 따더니 다른 꽃송이에 정면으로 가져다 대고 살포시 포갰다.

"깨끗한 짝짓기." 바비가 말했다.

"정말 꼴사나운데." 그 광경을 완전히 몰입해서 지켜보던 데니스가 말했다. "쟤네 느낄 줄 알아?"

"항상 이렇게 해 줘야 해?" 엘런이 매혹되어 말했다. 이런 의식은 한 번도 본 적이 없었다.

"자연이었다면 벌 아니면 바람이 해 줬겠지." 바비가 말했다. 꽃가루가 묻은 손가락은 노랬다.

"아니면 바람." 엘런이 말했다. 바람이 간절했다. 바비가 환

기한 것은 특별한 바람이었다. 꽃가루를 날리고, 둥지 같은 꽃
속으로 벨벳 화살 같은 씨앗을 날리고, 날개를 파닥거리는 흰
나비 같은 새하얀 제라늄 꽃잎을 흩어 놓는 바람. 팔꿈치와
허벅지 안쪽의 연하고 푸른 살결로 불어 드는 바람, 태양도 없
고 데니스도 없는 조화롭고 부드러운 세상에 음악처럼 불어
들며 바비와 엘런을 붙들어 주는 편린의 바람. 너무나도 친밀
하고 너무나도 육체적인 상상에 엘런은 고개를 돌려 버렸다.
바비는 화살처럼 꼿꼿이 서 있었고, 유청 빛깔 눈동자는 엘런
에게 이렇게 말하고 있었다. '좋아, 당신은 내가 책임질게.'

　엘런은 한 송이 노란 꽃의 씨앗을 다른 꽃에 묻혀 주며 바
람이 할 일을 하고 있는 바비의 손을 바라보았다. 생명을 만
들어 내는 행위. 손을 내밀 수 있다면 좋겠지만 못 해, 엘런
은 생각했다. 데니스가 이야기했다. "이제 미국은 끝이야. 편
도 비행기표를 샀거든. 처음 도착한 곳은 스코틀랜드였어. 제
일 저렴하던걸. 스코틀랜드에 가는 표가 세계에서 가장 싸. 나
는 유럽이 잘 맞아. 더럽게 낡았잖아. 무슨 말인지 알지, 역사
적이라고. 여기서는 진짜 인생을 살 수 있어. 마음을 열고, 성
장하고, 남자들은 여자를 제대로 여자 대접하고……." 좋은 순
간은 벌써 지나간 뒤라 데니스는 바비에게 남자가 여자를 대
하는 방식에 관해 이야기하고, 바비는 미소를 띤 채 듣고 있었
다. 배우 바비의 결점. 그는 사람을 쳐 내지 못했다. 엘런은 다
시금 마음이 헛헛해졌다.

　"우리 산책이나 할까?" 바비가 데니스에게 말했다.

　"그럴까?" 데니스가 말했다. 두 사람이 천천히 앞으로 나아

갔고 엘런은 조금 뒤에서 따라갔다. 오늘 저녁 어떤 일이 일어날지 전혀 예측할 수 없었다.

잠시 후 세 사람은 새벽에 엘런이 머물렀던 커다란 방에 모여 앉았다. 엘런은 오랜 세월이 지난 뒤에야 돌아온 듯 모든 것을, 알록달록한 나일론으로 만든 작고 쾌활한 새와 시계 밑의 귀고리, 번갯불에 색깔이 달라졌던 그림까지 전부 다시 보았다.

"여기서 노란 번개가 치던 태풍을 견뎌 냈지." 엘런이 얼음이 담긴 술잔을 빙빙 돌리며 태연하게 말했다. 바비는 마리화나를 피우자고 했다. 하지만 엘런은 맨정신의 바비가 더 좋았다. 바비는 항상 두 여자를 한 번에 독차지하고 싶었는데 오늘 이렇게 좋은 기회가 왔다고 말했다. 엘런은 경멸의 눈길로 데니스를 바라보았다. 그 여자 안에는 새카만 피가 흐르고 있었다. 두 사람의 시선이 엮였고, 그들은 미소 짓지 않았고, 다만 눈을 빛냈고, 그들의 커다란 눈, 엘런의 초록색 눈과 데니스의 갈색 눈이 경쟁의식으로 선연하게 빛났다. 바비는 입속에서 혀를 굴렸고, 이제 할 일은 침을 뱉는 것이었다. 두 사람 중간에 서서 벨트에 총이라도 매달아 놓은 듯 양손을 허리에 짚고 있었다.

"초짜처럼 담배를 피우네." 데니스는 중지와 약지로 담배를 쥔 엘런을 보고 말했다.

"어쩜 그렇게 눈썰미가 좋을까." 엘런이 말했다. 진지하게 받아들일 수밖에 없는 목소리였다. 딱딱하고 만만하지 않은 목소리.

"유럽에서는 뭘 할 생각인데?" 바비가 데니스에게 물었다. 두 사람의 대립을 눈치채지 못한 척했다.

"글쎄, 연기는 포기 못 해. 일단 그건 확실하지." 데니스가 말했다. 데니스가 직업이 배우라고 알린 것은 그때가 처음이었다. 그 여자의 이야기는 꽤 감동적인 구석이 있었다. 엘런은 바비의 반응을 살폈다. 바비의 몸이 어느 쪽으로 움직이는지 보고 마음을 읽어 낼 생각이었다. 그런데 바비가 마음을 정했다는 듯 갑자기 걸음을 옮겨 소파 위 데니스의 옆자리에 앉았다.

"착실하네, 귀여운 아가씨. 연기 말고 또 뭘 하는데?" 바비가 물었다.

"스타일에 관해 배우고 있어." 데니스가 말했다. "그리고 글쓰기도……. 그냥 자기 단련이 목적이야."

"그것참 기가 막히게 똑똑한 짓거리군." 바비가 말했다.

"뭐야, 내 기분 망치려고 하는 말이야?" 데니스가 말했다. 입술에 립스틱을 덧바른 모습이었다. 데니스와 엘런은 칵테일을 마시기 전 잠시 바비의 침실에 머물렀던 것이다. 엘런은 깜빡하고 가방을 두고 나왔음을 알아차렸다.

"진심이야." 바비가 말했다. "대단하다고 생각해. 난 똑똑한 여자들이 대단해 보이더라."

"아, 귀엽네. 라틴계 남자들처럼 로맨틱하네. 내 사랑, 나한테 뭘 줄래……."

"마시멜로를 줘야지, 당연히." 바비가 말했다. 주먹을 쥐고 데니스의 양쪽 가슴을 차례대로 건드렸다.

"손 치워." 데니스가 말하고는 엘런을 보며 바비에게 말했다. "쟤가 우리보고 멍청하다고 생각할 거야."

엘런은 위스키 잔을 바라보고 있었다. 시시덕거리는 두 사람에게는 관심이 없어 보이는 모습이었다.

"바람이 무슨 빛깔인지 생각하고 있었는데." 엘런이 줄곧 술잔을 바라보며 말했다. 얼굴에 어렴풋이 평화의 미소가 떠올랐다. 평온한 모습을 유지하기란 쉽지 않았지만, 이제는 그저 흥미가 동한 고독한 관찰자로 남고 싶었다.

"지식인다워." 바비가 말했다. "이제 우리가 할 일은 정신세계가 발달한 멋진 남자를 구해서 넷이 함께 어울리는 거겠군."

"틀린 생각이야." 엘런이 히죽거리며 말했다. 소파 위 검은 스커트 밑으로 발을 올려 모으고, 엄지와 검지로 아주 조금씩 치맛단을 올렸다.

"무슨 말인지 알겠어." 바비가 말했다. 그는 짙은 색 실크 스커트 밑의 새하얀 우윳빛 허벅지를 바라보며 그 곡선을 따라가고 있었다. 엘런은 선탠로션을 쓰지 않기로 했다. 하얀 다리를 타고났다면 잘 활용하면 그만이다. 한때 되려고 했던 간호사가 되는 것이다.

그때 흰옷을 입은 남자가 문간에 나타나 필요한 것이 있는지 물었다.

"저녁 식사는 어떻습니까?" 남자가 바비를 보며 묻고는 두 손님을 차례로 바라보았다. 아무도 대답하지 않았다.

"정원에 고양이는 없나요?" 데니스가 흰옷을 입은 남자에게 물었다. 그는 우물쭈물 대답을 못 했다.

"정원에," 데니스가 질문을 반복했다. "고양이는 없나요?"

남자는 잘 모르겠다고 답하고 살짝 고개를 숙여 인사한 뒤 나갔다. 그들은 줄곧 같은 자리에 앉아 술을 마셨고, 한 번 바비가 조명을 켜기 위해 일어섰는데 데니스가 손을 뻗어 저지하며 빛이 밝으면 모기가 꼬이고, 자신이 세상에서 가장 싫어하는 것이 바로 지긋지긋한 모기라고 말했다. 바비는 어깨를 으쓱하고 다시 자리에 앉았다. 소파 위에 앉은 그들 사이의 거리가 적어도 1미터는 될 것 같았다. 엘런은 지금껏 읽고 있던 잡지를 덮고는 양손을 맞잡은 채 기다렸다.

"잘 모를 수도 있겠지만, 넌 그저 속이 새카만 여자일 뿐이야." 그런 식의 날카로운 말이 엘런의 입에서 튀어나왔다.

"겨드랑이 밑도 새카만걸." 바비가 익살을 부렸다. 엷은 푸른색 민소매 드레스 차림의 데니스가 양팔을 머리 위로 들어올려 검은 굴곡을 드러냈다. 그러고는 무슨 말인지 정확히 들리지는 않았지만 간지러운 말을 속삭였다.

바깥엔 밤이 무르익은 참이었다. 광활하고 새카만 밤이었다. 그들은 여전히 앉아 있었다. 완전한 어둠 속에서는 창백한 것만이 모습을 드러냈다. 엘런의 흰 셔츠, 바비의 흰 셔츠, 엘런의 양손, 그들의 손. 엘런은 물집이 잡힌 자리를 찾아내 벅벅 긁어 댔다. 정원에서 들리는 귀뚜라미 소리. 바비와 데니스는 엘런이 본 적 없는 고전 영화에 대한 이야기로 넘어갔다. 어둠에 적응한 엘런의 눈에는 두 사람이 전보다 바짝 붙어 앉은 듯 보였다. 그들의 네 손 중 두 손이 보이지 않았다. 어쩌면 바비의, 아니면 데니스의 허벅지 밑에서 엮여 있을지도 몰랐다.

그들이 내린 결론은, 두 사람 모두 게리 쿠퍼[30]를 몹시 좋아한다는 것이었다. 그때 바비가 자리에서 일어나 문 쪽으로 성큼성큼 걸어갔고, 더욱 거대한 복도의 어둠 속으로 그의 흰 셔츠가 사라졌다.

"과거를 추억하는 의미에서 고양이를 보여 주지." 바비가 말했다. 데니스가 일어나서 뛰어갔다. 말 그대로 뛰어서 바비를 쫓아갔다.

엘런은 어떻게 해야 할지 알 수 없었다. 스스로가 우스꽝스러운가, 수치스러운가, 비극적인가, 고고한가. 오랫동안 아무것도 하지 않고 가만히 앉아 미숙함에 관해 생각했다. 그러고는 일어나서 가방을 가지러 가기로 했다.

---

30) Gary Cooper(1901~1961). 1920년대부터 활동한 미국의 명배우. 강렬하고 과묵한 남성 주인공의 표상이었으며, 아카데미 남우 주연상을 두 번 수상했다.

# 14장

그들은 엘런을 밖에 두고 문을 잠갔다. 복도에 남은 엘런은 문에 등을 대고 가만히 서서 인기척이 나기를 기다렸고, 또다시 생각했다. '여기 있는 건 내가 아니야, 여기서 이러고 있는 건 내가 아니야.' 그러고는 어머니가 좁은 복도 건너편에 있는 아버지의 침실로 다니던 고난의 여정을, 절대 절대 절대 어겨서는 안 되는 규칙들을 떠올렸다. 이제 엘런은 그 시절과 마찬가지로 그저 기다리며 그들을 천국으로 보내 줄 첫 번째 교성이 또한 끝의 시작이기도 하리라는 사실을 되새겼다. 엘런은 망신당했다고 생각하지 않았다. 일이 끝나면 그들은 서로에 대한 매혹을 잃을 테고 바비에게 엘런은 여전히 미지의, 따라서 욕망의 대상일 것이다. 엘런은 시간을 때우기 위해 모자를 써 보았다. 매년 여름 손님들이 두고 간 모자였다. 시드니의 사소한 집착이었다. 손님마다 큰 테이블에 모자를 하나씩 두고 가야 했다. 엘런은 가장 먼저 리넨 모자를 쓰고, 그 위에 밀짚모자를 쓴 다음, 더 커다란 밀짚모자를 하나 더 썼다. 그리고 마지막으로 넓은 챙을 따라 인형 거울이 붙어 있고 방울이 달린 요란한 모자를 썼다. 시간제한을 두었다. 이런 식이었다. '100까지 셀 때쯤에는, 모자를 네 개 더 써 봤을 때쯤에는, 금색 타일에서 검은 물방울무늬 타일로 점프했을 때쯤에는 — 넓은 복도에 알록달록한 타일이 잔뜩 깔려 있었다. — 그가 문을 열고 이렇게 말할 거야. 우리 술 마시러 갈까요, 부인?'

불이 꺼졌고 문 밑에서 소리가 들렸다. 어둠 속에서 소곤거리고 중얼거리고 침대가 삐거덕거렸다. 곧 발소리가 이어졌고 신발이나 옷솔 같은 것을 떨어뜨린 듯 쿵 소리가 나더니 한동안 침묵이 이어졌다. 엘런은 의식의 어느 단계가 끝났고 이제 어느 단계가 남았을지 추측하기 시작했다. 가방이 안에 있었기 때문에 담배도 피울 수 없었고 위층으로 갈 수도 없었다. 그들이 안에서 엘런이 떠나는 소리를 듣고 몰래 도망갈 수도 있으니까. 그러지는 않겠지만. 어쨌든 그들이 나왔을 때 그곳에 있고 싶었다. 못마땅한 얼굴에 미소를 띠고 의기양양한 채로. 뭐라고 말할지 미리 생각해 두었다. "테니스 치러 갈 사람?"이라고 해야지. 그러면 먼저 나타날 확률이 높은 바비가 복도로 나와서는 외출할 생각이니 머리를 빗으라고 말할 테고, 공주님은 다시 말끔하게 다듬은 머리와 허리 언저리가 조금 구겨진 드레스 차림으로 등장할 것이다.

'10시가 됐구나.' 다른 방에 있는 시계가 울리기 시작했다. 시계 소리는 느릿하고 꾸준하고 친근했다. 엘런은 10까지 셌다. 좋은 징조.

이윽고 점점 어두워지기 시작한 외로운 복도에서 엘런은 뒤돌아 문을 마주 보고는 손을 뻗어 시드니의 얼굴을 닮은 황동 손잡이를 잡았다. 실제로 시드니의 얼굴이었다. 잠시 손잡이를 잡고 있다가 옆으로 돌렸다. 그런데 이쪽저쪽으로 돌리기를 반복하면 문 안쪽에서도 손잡이가 ── 누군가의 얼굴 모양인 만큼 ── 움직이는 것이 보일 테니 두 사람이든 누구든 포착하고 지적하지 않을까. 이상하지, 위급함이 해소되면 다시 부끄러움이 밀려들고는 했다. 그때 방 안은 어두우니 손잡이를 돌려도 보이지 않으리라는 생각이 들었고, 조심스럽게 문을 두드려 보았고, 미리 연습했던 대로 대수롭지 않다는 듯 가벼운 목소리로 말했다. "테니스 치러 갈 사람?" 아무도 대답하지 않았다. 엘런은 더 세게 문을 두드리고 다른 손으로 손잡이를 돌리며 살며시 문을 밀었다. 빼꼼 엿보이는 어둠을 향해 말했다.

"가방 가져가려고." 역시 아무 대답이 없었다.

"내 가방 좀 가져다주면 안 될까?" 엘런이 말했다. 그들의 무례함에 화가 치밀었다. 이제 물러설 수 없다는 것을 알기에 그저 기다렸고, 예의에 어긋나지 않을 만큼 시간이 흐른 뒤 문을 밀고 안으로 들어섰다.

어둑어둑한 가운데로 침대가 보였다. 침대보는 한데 뭉쳐져 있었고 시선을 위로 옮기자 머리 자국이 파인 커다란 흰색 사각 베개가 보였다. 불을 밝히니 엉망진창이 되어 텅 빈 침대가 눈에 들어왔다. 그렇게 휑한 모습의 침대는 처음이었다. 그들이 떠난 것이다. 활짝 열린 창문을 포착한 엘런은 발소리와 쿵 소리가 들렸던 것을 떠올렸고, 자신에게 어떤 행동을 주문해야 할지 모르겠다는 듯 가만히 서서 텅 빈 침대를 응시했다. 그러다가 침대에 몸을 던졌다. 얼굴을 묻은 채로 침대를 때렸고, 있는 힘껏 내리쳤고, 욕했고, 주먹 쥐고 눈을 찡그리며 엉엉 울었다. 그러다가 분노가 지나간 뒤에야 등을 대고 누워 시트를 덮은 채 다리를 쭉 폈다. 그렇게 힘을 주며 몸 위에 드리운 부드럽고 매끄러운 시트의 감촉을 느꼈다.

*

마음이 진정되자 일어나서 책상 서랍을 열었다. 비단 손수건을 몇 개 꺼내 툭 던져두고는 다시 집어 내동댕이쳤다. 셔츠는 엘런의 몸집에 비해 너무 컸고 은제 빗 세트는 너무나도 못생겨서 훔치고 싶은 생각조차 들지 않았다. 하지만 어떤 식으로든 그곳을 망가뜨리고 싶었다. 엘런은 생각했다. '불태우는 것 말고 어떤 짓을 저지를 수 있을까?' 오줌을 싸고 물을 내리지 않았다. 병째로 술을 마시다가 넘기기 힘들어지자 싱크대에 부어 버렸다. 이제 떠날 마음이 들었다. 택시를 부르려고 교환원 번호를 누르고는 문득 전화에 대고 "혹시 영어 할 줄 알아요?"라고 물었다. "네."라고 대답하는 앳된 여자 교환원의 목소리에 깜짝 놀란 나머지 의도와는 다르게 런던에 있는 남편의 전화번호를 대고 연결해 달라고 말했다. 공항에서 만나자고 부탁할까 싶었다. 그러면 빨리 아들을 만나 커다란 선물을 건네고 안아 준 다음, 다 함께 차를 마시러 갈 수 있으리라. 화기애애할지도 모른다. 남편과 엘런은. 각자 어떤 휴가를 보냈는지 이야기를 나눌 수도 있겠지. 끔찍한 사건은 숨길 것이다. 누가 알겠어, 서로의 얼굴을 바라보며 아끼던 무언가를 발견할지도 모른다. 꼬마돌은 테이블 위에 선물을 늘어놓을 것이다. 케이크를 몇 조각이나 먹겠지. 가능하다면 엘런이 돈을 낼 생각이다. 다들 행복하리라. 아주 잠시나마 행복하리라. 이런 생각을 하며 바비의 파란색 스웨이드 재킷을 입고 소매를 줄이면 어떨까 고민하는데 통화가 연결되더니 두 언어가, 프랑스어와 영어가 들려왔다. 처음에는 프랑스어가 들리더니 곧 영어를 말하는 목소리가 엘런에게 직접 말을 걸었고, 놀랍게도 남편이 전화를 이어받아 말했다.

"어디야?"

"프랑스야." 엘런이 말했다. "외로워서 휴가나 조금 즐겨 보려고 훌쩍 떠나왔지."

엘런을 찾으려고 영국 전역에 수색 요청을 했다는 남편의 말에, 엘런은 잠시 남편이 자신을 너무나도 간절하게 그리워한 나머지 돌아오라고 애원하고 있다는 미친 생각을 했다. 그러다가 목소리에 서린 분노를 감지하고 말했다. "무슨 말이야?"

"마크가," 남편이 말했다. "죽었어." 남편은 꼬마돌이라는 애칭을 쓰는 법이 없었다.

"무슨 말이야?" 엘런이 같은 질문을 반복했다. 남편이 정신이 나간 게 분명했다. 엘런은 남편에게 제대로 말하라고, 무슨 말인지 설명하라고 소리쳤다.

"아기는 어디 있어?" 엘런은 남편의 답변을 기다리지도 않고 연달아 질문을 던졌다.

"죽었어." 남편이 말했다. "길에서. 차에 치여서."

"말도 안 돼." 엘런이 말했다. "왜 날 안 찾은 거야?"

"당신 찾으려고 사흘 동안 수색했다니까." 남편이 말했다. "휴가 간 걸 어떻게 알았겠어?"

"사흘이라니. 아기는 어디 있어?" 엘런이 같은 질문을 반복했다. "병원에?"

"말했잖아. 죽었다고."

"그래서 묻은 거야?" 엘런이 말했다. 마치 매장해야만 죽음이 완결된다는 듯이. 남편은 그렇다고, 묻었다고 답했다.

"어떻게 나 없이 묻어 버릴 수 있어?" 엘런이 말했다.

"내 말 들어." 남편이 말했다. "상처받을 때가 아니야. 내가 봤어, 내가 그 옆에 있었다고……."

'왜 당신이 죽지 않았지?' 엘런은 속으로 쓰디쓴 질문을 떠올렸다. 실제로 던진 질문은 시신을 묻은 곳이었다.

"웨일스." 남편이 말했다. "우리가 있던 곳에."

"그런데 어쩌다가…… 어쩌다가?"

"우유 가지러 가다가 그랬어. 아침마다 갔거든……."

"바보같이. 게을러서 직접 안 갔지." 엘런이 말했다. 남편이 큰 병에서 덜어 만든 수많은 연고 깡통과 무용했을 작은 약병을 떠올리며 증오를 다졌다. 엘런의 입에서 거품처럼 증오와 비난이 넘쳐흘렀다. 만약 지금 이 순간 단 한 가지 기쁨이 있다면 마침내 터진 가장 끔찍한 사건의 원인으로 남편을 지목할 수 있다는 것이리라. 드디어 두 사람의 역할이 반전된 것이다!

"내 말 들어." 남편이 말했다. "내 말 들어, 들으라고."

"당신이 죽인 거야." 엘런이 말했다. "당신이 죽였어. 당신 잘못이야."

"고마워," 남편이 말했다. "참 자비롭군." 엘런은 남편에게도 끔찍한 일이라는 점을 되새기고 조금 미안해졌다. "끔찍했어?" 엘런이 달라진 목소리로 질문했다.

"못 봤어." 남편이 말했다. "덮어 둬야 했거든."

"누가 덮어 뒀는데?" 엘런이 말했다. 죽은 아이를 덮는 일은 엄마만이 할 수 있는 일 같은데.

"일하러 가던 도로 정비사가."

"아기 얼굴이⋯⋯?" 엘런이 물었다. 차마 깨졌느냐는 말을 꺼낼 수가 없었다.

"전부 다," 남편이 말했다. "조각났어." 엘런은 아이의 부서진 신체가 담요에 싸인 그대로 관에 담겼으리라는 것을 부러 묻지 않아도 알 수 있었다.

"장례식에는 누가 있었는데?" 엘런이 물었다. 반사적으로 떠오른 질문이었다. 묻고 싶지 않은 질문이었다.

"나." 남편이 말했다. 검은 외투 차림으로 흙 없이 횅한 묘혈 앞에 언제까지고 서 있었을 남편의 모습이 그려졌다. 교환원이 끼어들어 통화가 끝나 가는지 물었고, 엘런은 아니라고 외친 다음 제발 좀 말해 달라고, 전부 다 말해 달라고, 하나하나 묻게 만들어서 상황을 악화하지 말아 달라고 부탁했다.

"내가 그럴 수 있을 것 같아?" 남편이 말했다. 목소리가 애처로웠다.

"내가 갈게." 엘런이 말했다. "오늘 밤 비행기 탈 거야."

"당신 보고 싶지 않아." 남편이 말했다. "당신만은 절대 보고 싶지 않다고."

"하지만 서로를 돕는 게 우리의 의무야. 그래야 해." 엘런이 말했다.

"오지 마." 남편이 말했다. "당신 얼굴 못 봐." 남편은 전화를 끊겠다고 말하고 실제로 끊었다. 엘런은 지금 있는 곳을 비롯해 자신에 관한 어떤 질문도 받지 못했다는 사실을 깨달았다. 엘런과 만나고 싶지 않다는 말은 진심이었다. 엘런은 전화기를 내려놓은 뒤 옴짝달싹도 하지 않고 서 있었다.

인간이 지독한 위기를 맞닥뜨리면 미쳐 날뛴다고들 생각하지만, 엘런은 미쳐 날뛰지 않았다. 엘런은 평온한 채로 아들을 죽인 사람은 자기 자신이라고 자인할 수 있었다. 논리는 간단했다. 엘런이 남편을 떠나지 않았다면 가족이 함께 휴가를 떠났을 거고, 아이는 엄마와 함께 우유를 가지러 갔을 것이며, 모자가 손을 잡은 채로 가만히 서서 자동차가 지나갈 때까지 기다리다가 차가 바람 한 줄기만 남기고 지나가면 그때 길을 건넜을 것이다.

엘런이 그런 생각을 하는 동안, 한쪽 손이 움직이기 시작했다. 아이의 손을 잡으려 하는 손바닥이 펼쳐졌고, 엘런은 텅 빈 손을 바라보며 처음으로 죽음의 깨달음과 함께 시작된 육체의 고통을 느꼈다. 손으로 얼굴을, 작은 목을 쥐어 보았고, 동자승처럼 짧게 깎은 머리에 입을 맞추었다. 그런데 그 순간 남편이 설명한 장면이 눈앞에 선연해지면서 더는 평온을 유지할 수 없었다. 무엇이든 해야 했다. 엘런은 방에서 뛰쳐나가 복도에 늘어선 문을 지나 직원들이 있는 곳으로 갔고, 안토니오와 마주치자 쉬지도 않고 이야기를 쏟아부었다. 그는 엘런의 이야기를 제대로 이해하지 못했으나 까무잡잡하고 음울한 얼굴이 더 어두워지더니 일어나서 물 한 잔을 건넸다. 그런 뒤 다른 방에서 텔레비전을 보던 아내를 불렀고 그의 아내는 단번에 상황을 파악했다. 뒤이어 서두르는 듯한 발걸음 소리가 복도를 가득 메우는가 싶더니 엘런은 한 번도 본 적 없는 직원들이 나타나 시중을 들고 술을 주고 의자에 앉혔다. 그리고 권과 제이슨까지 불쑥 친구 둘을 대동하고 나타나서 다 함께 엘런을 안아 주었다. 이토록 많은 사람들에게 둘러싸이자 한결 기분이 나아졌는데, 그들이 너무나도 이상하고 현실과 거리가 먼 사람들인 데다 칵테일과 약을 잔뜩 줬기 때문일 터였다. 그래서 그들의 목소리는 물론, 엘런의 이야기마저 전부 몽롱하게만 들렸다. 그날 밤 비행기를 예약하자는 이야기도 나왔다.

"남편한테 연락하는 게 좋겠어요." 엘런이 제이슨에게 말하며 남편의 전화번호를 주었다. 꽤 오랫동안 자리를 비우고 돌아온 제이슨은 비행기 예약은 관두는 편이 좋겠다고 말했다. 남편에게 전화를 걸었다가 엘런처럼 적대적인 응대를 받았음이 분명했다. 제이슨은 사고였다, 끔찍한 사고였다는 말을 자꾸만 반복했다. 누군가가 아이를 죽인 운전자의 이름이나 번호를 알고 있느냐는 멍청한 질문을 했다. 지극히 현실적인 그 질문을 듣자 소름이 돋았다. 도로에서 죽어 있던 남자와 그의 절대적인 죽음이 떠올랐고, 그를 죽인 사람들을 옆에 세워 둔 것이 얼마나 쓸데없는 짓이었는지 기억났기 때문이다.

"누가 죽였는지 알고 싶지 않아요." 엘런이 말했다. 다들 수긍했다. 복수하려고 해 봐야 얻을 것도 없다고 했다. 그러고는 '달콤한 꿈'이라고 적힌 커다란 병에서 알약을 꺼내 엘런에게 먹였고, 여럿이서 이 방 저 방으로 다니며 다들 편안하게 쉴 수 있도록 새로운 의자를 구해다가 배치를 바꿨다.

"금붕어를 키우게 해 달라고 계속 졸랐는데." 엘런이 말했다. 아들을 두고 하는 말이었다. 아들 이야기를 하다가 금세 남편 이야기로 넘어가기를 반복했다. 누군가가 남편은 좋은 사람이었는지 물었다.

"실제보다 슬퍼 보여." 엘런이 말했으나 자신도 그 말이 무슨 뜻인지 알 수 없었다. 다시 아이에 관해 말하기 시작했다. 새로 산 프릴 달린 침대보가 한밤중에 웬 아줌마로 변할지도 모른다며 무섭다고 울음을 터뜨린 적이 있다고 이야기했고, 근거 없는 공포심이 유전되는 데에 관한 두서없는 일반화를 늘어놓았다. 모두 고개를 끄덕이다가 설레설레 저었다. 다들 반쯤 취한 상태에서 이번에는 엘런의 공포가 근거 없지 않음을, 정확히 실현되었다는 사실을 깨달았다.

"죽음이 이렇게 절대적인 현실이었던 적이 한 번도 없어." 엘런이 말했다. 엘런의 어머니는 암으로 죽었고, 얼마 지나지 않아 아버지도 죽었다. 방임으로. 엘런은 부모를 묻었고, 아흐레 동안 기도했고, 관, 영구차, 밤을 지새느라 몇 통이나 마신 흑맥줏값을 지불했고, 눈물을 흘렸고, 소매에 검은 다이아몬드를 달았고, 그때는 성스러운 영혼의 달, 음울한 11월이라 연옥의 문이 열릴 수도 있다는 것을[31] 기억했다. 하지만 부모의 죽음은 그저 슬프고 불편한 일, 엘런의 세계 밖에서 일어난 일이었다. 그러나 아들은 파고드는 세모날처럼 고통으로서 엘렌의 세계에 실재하였으므로 견디기가 힘들었다. 소리를 질렀다. 사람들이 다시 엘런 옆으로 모여들었다. 알약, 위스키, 어깨를 감싸는 팔, 토할 것을 염려한 대야, 수건, 차가운 물주머니, 향수, 귄의 묵주, 입술에 닿는 차가운 십자가. 어찌어찌 밤을 버텼다. 마법 같은 평온이 감돌다가 폭발이 일어나면 다들 이쪽저쪽으로 분주해지는 식으로. 잠든 사람은 아무도 없었다.

"몇 살이었어요?" 아침이 되어 다들 아침 식사를 차려 놓고 앉았다. 엘런은 은제 달걀 컵 옆으로 노른자가 흘러내리는 모습을 보았다.

"일곱 살……."

할 수 있는 말은 그것뿐이었다.

시간이 흘러 사람들이 무엇을 해 주면 좋을지 묻자 엘런은

---

31) 가톨릭교 달력에서 11월은 한 해의 마지막 달로서, 아직 천국에 이르지 못해 연옥에 있는 영혼을 기리고 그들이 천국에 갈 수 있도록 기도한다.

몸짓으로 자신도 모르겠다고 알렸다. 식탁보를 치우고 난 뒤에도 엘런은 일어나지 않았고, 다른 사람들도 마찬가지였고, 엘런은 새틴우드 테이블을 바라보며 다들 애도에 지쳐 엘런을 호텔로 또 공항으로 데려다주겠다고 나설 때까지 얼마나 걸릴지 생각했다.

"뭘 주면 좋을까?" 사람들이 물었다. "꽃?" 엘런이 싫다는 뜻으로 고개를 저었으나 그들은 그날 엘런을 호텔로 데려다주고 꽃을 보냈다. 엘렌이 돌아가고 싶다고, 호텔에서 홀로 하룻밤을 버티고 싶다고 말한 뒤였다.

"혼자 있고 싶대." 그들이 말했다. 엘런은 사람들이 자신과 함께 지새우는 밤에 지쳤음을 알았다. 결국 그들이 무엇을 해줄 수 있겠는가? 꽃이 도착했다. 흰 꽃과 푸른 꽃이 어우러진 거대한 꽃다발 두 개였다. 곰곰이 생각해서 화사하지 않은 꽃다발을 보내려고 애쓴 것 같았다. 엘런은 침대 위에 꽃을 올려두고 둥그런 화관을 상상했다. 꽃다발은 원형이 아니었지만.

"죽었어요." 엘런이 호텔 직원 모리스에게 말했다. 침대 위의 꽃을 바라보고 선 모리스는 엘런의 눈물에 어리둥절했다.

"앙팡."[32] 엘런이 말했다. 모리스가 알아들을 수 있도록 팔로 아이를 안는 시늉을 해 보였다. 모리스는 가만히 서서 엘런을 바라보았으나 뭐라고 해야 할지 모르겠다는 눈치였다. 위스키를 가져왔다. 두 잔. 엘런은 한 잔 받아서 마시기 시작했다. 모리스는 손을 맞잡고 가만히 서서 지켜보았다. 그리고는

---

32) (프랑스어) 아이.

엘런의 짐을 들어 보이며 곧 떠날 생각인지 물었다.

"아뇨." 엘런이 고개를 저으며 말했다. "안 가요." 아이를 이미 묻었기에 돌아가 봐야 아무것도 없다는 사실을 설명하기가 너무 힘들었다. 한참 뒤 모리스는 긴장한 듯, 그곳에 갇힐까 두려운 듯 뒷걸음질로 나갔다. 엘런이 창문을 활짝 열고 줄을 잡아당겨 덧문을 닫자 어둠이 밀려들었다. 옷을 벗고 침대로 들어가서 두 잔째 위스키를 마셨다. 다 마실 필요는 없었다. 알약과 눈물과 지금껏 마신 술 때문에 머리가 핑핑 돌았고 곧 죽음 같은 잠에 빠졌다. 다음 날 아침이 되어 투입구에 넣은 신문이 쿵 하고 바닥에 떨어지자 그제야 뒤척이기 시작했다. 숙취와 혼곤함에 멍한 채로 신문을 펴고 읽었다.

공개 매입을 앞둔 수녀들
교착에 빠진 바나나 전쟁

일단 기억이 돌아왔고 그다음은 상실의 슬픔이었다. 불편한 신발을 벗어 버리듯 잠으로써 고통을 잊어버린 엘런이었다. 영국을 떠올리고 집에 돌아가야 한다고 생각하니 두려움에 소름이 오스스 돋았다. 엘런은 하루 어느 때든 다시 읽을 수 없게끔 신문을 손에 꼭 쥐어 구겼고, 간밤에 남긴 술을 집어 들고 차를 주문했다.

엘런은 그날 역시 짐을 싸지도, 집에 가지도 않았다. 오후에는 억지로 침대에서 일어나 밖에 나갔다가 '이시 옹 파를 앙글레.'33)라고 적힌 상점을 발견하고 충동적으로 들어가, 혹시 주변에 성당이 있는지 물었다. 도덕심은 점점 약해졌으나 습관은 버릴 수 없었다. 성당은 야자수로 둘러싸인 조붓한 건물이었고 옆문이 열려 있었다. 엘런은 성수반 주변의 타일 깔린 바닥에 잠시 무릎을 꿇고 앉아 성수에 손을 담갔다가 성호를 긋고 또 그으며 매번 말했다. "주님, 아이에게 자비를 베풀어 주세요." 성당 안은 서늘했다. 그 때문에 바깥에서는 여전히 여름의 세계가 지속되어 육체들이 햇볕에 자신을 내맡기고, 자동차 좌석이 달궈지고, 덧문이 닫히고, 발코니에 수건이 걸리고, 저 멀리 산 정상의 흰 눈밭이 앞이 안 보일 정도로 밝은 빛을 반사해 내고 있다는 사실을 좀처럼 이해하기가 힘들었다. 엘런의 기도는 반사적이라 아무 의미도 없었다. 믿음을 불러들이기 위한 기도였다. 하지만 열기로 폭발할 듯한 천국에서는 아무런 위로도 내려오지 않았고 엘런은 까진 무릎으로 일어서서 ─ 타일 사이에 모래알이 박혀 있었다. ─ 오직 기도만으로 제물을 바친 듯한 기분을 어렴풋이 느꼈다. 용기를 내서 영국으로 돌아가야 했으나 사지가 액체처럼 무기력하고 무거워서 걷기조차 힘들었다.

---

33) (프랑스어) "이곳에서는 영어 사용이 가능합니다."

# 15장

그리고 이상한 일이 일어났다. 엘런은 거짓 평온에 돌입했다가 종종 충격으로 소스라쳤다. 집으로 돌아가지 않았다. 돌아가고 싶지 않았다. 이곳에 머물면 재앙을 마주할 필요가 없었다. 이제는 아들이 죽었다거나 살았다는 생각조차 하지 않았다. 아무 생각도 하지 않았다. "하루만 더 있어야지." 진심을 담아 이런 말을 하고, 다음 날이 되면 같은 말을 또 했다. 다른 사람이 된 것 같았다. 애쓰지 않았다. 몸에 아무런 감각이 없었고 햇볕에 피부를 그을려야 한다는 새롭고 광적인 충동 외엔 어떤 감각도 느끼지 못했다. 매일 아침 누구보다 먼저 밖으로 나와 서둘러 나무 그늘 밑을 가로질러 자기 자리로 삼은 매트리스에 몸을 묻었다. 바다로부터 몇 걸음 멀지 않은 곳에. 발만 뻗으면 엄지발가락 위로 물이 넘실거릴 것이다. 검은 눈의 아랍인이 수상하게 흘긋거리며 염소 가죽을 팔고 돌아다녔으나 엘런을 성가시게 하지는 않았다. 또 다른 남자가 촉촉한 빨간 장미를 열두 송이 남짓 묶어 놓은 꽃다발을 들고 다가왔다. 세 번째 남자는 영국 신문을 들고 신문 이름을 외쳤으나 엘런은 아무것도 사지 않았다. 아무 말도 하지 않았다. 전에 마주친 영국인 관광객들이 엘런을 향해 미소를 지어 보였으나 그는 멍한 얼굴이었다. 안경 낀 여자는 구애에 지친 모습이었다. 엘런에게 그들은 전부 살아 있는 유령일 뿐이었다. 새로 산 짙푸른색 렌즈의 선글라스 덕분에 지하의 작은 동굴 깊은 곳에서 부드럽게 회오리치는 물소리를 들으며 헤엄치고 감각을 다독이는 듯한 기분이었다. 사람 때문에 골머리 앓을 일은 전혀 없었다. 한번은 코 아래로 선글라스가 흘러내려 웬 스코틀랜드 여자아이를 보게 되었다. 주근깨 박힌 분홍빛 팔에 누군가에게 깨물려 생긴 검은색 초승달 모양 잇자국이 있었다. 엘런은 그 여자아이가 밤이면 로비에서 바이올린 연주자 주변을 맴돌며 그에게 알아들을 수 없는 프랑스어로 말 거는 모습을 본 적이 있었다. 그 잇자국을 보자 혐오감이 느껴졌고 일상 속 만남의 추함이 상기되어 잽싸게 선글라스를 올려 쓰고 다시 안락한 동굴 속으로 숨어들었다. 햇볕, 살갗이 얼얼해지는 햇볕만을 엘런은 갈망했다. 다리를 쭉 펴고 눈을 감은 채로 햇볕에 흠뻑 젖어 들며 햇볕이 강해지고 더 강해져서 다른 사람은 모두 달아나고 태양이 오직 자신에게만 집중하기를 기도했다. 다른 사람들이 자기 몫의 햇볕을 훔쳐 가고 있다고 믿었다. 살갗이 타는 것만으로는 부족했고, 태양이 몸

속으로 침투해 순수한 불꽃으로서 팔다리에 흘러들며 힘이
되어 주기를 바랐다. 이제 그 누구와도 대화하지 않았고, 그
누구도 바라보지 않았다. 때로는 렌즈 너머로 지나가는 사람
들이 엘런과 태양 사이에 그림자를 드리웠는데, 그는 그들이
남자인지 여자인지조차 궁금해하지 않았다. 엘런은 조금씩
변했다. 살갗이 붉은빛 금색으로 물들었다. 하루 낮이 지날 때
마다 빛깔은 조금씩 더 진해졌고, 밤이 되면 얼른 내일 아침
이 와서 불의 세례식을 시작하고 싶다는 생각과 함께 잠들었
다. 엘런은 슬퍼야만 했다. 집에 가야만 했다. 흐느껴 울어야만
했다. 하지만 희게, 엷게, 무력하게 변해 가는 열기의 세계 밖
에 있는 것들은 생각하고 싶지 않았다.

물론 다른 생각이 침투할 때도 있었다. 돌담에 습기가 스며
들거나 지붕의 기와 사이로 잡초가 자라나는 것과 비슷했다.
그때 떠올랐다. 아들이 보였고, 느껴졌고, 목소리가 들렸다.

"세상에서 가장 사나운 동물은 4센티미터쯤 돼. 바로 첨서(尖
鼠)야."

이런 수많은 토막 지식이 아들의 복잡한 머릿속을 종잇조
각처럼 날아다녔다. 그것들이 전부 엘런에게 말을 걸었다. 아
들의 목소리가 끊임없이 이어졌다. 시간이 흐르며 조금씩 성
장하던 목소리. R을 발음하지 못하던 시절, 이가 빠졌을 때 내
던 혀 짧은 소리, 좋아하던 긴 복합어, 밤이면 조지에게 속삭
이던 자랑. 한번은 이런 일도 있었다. "조지가 쉬야 대결을 신
청해서 그랬어. 누가 더 높이 더 세게 싸는지 보자고." 그러고
는 엘런이 화났는지 얼굴을 살피다가 괜찮은 것을 확인하고는

지극히 순수한 사람만이 지을 수 있는 즐거운 표정으로 '쉬야'라는 단어를 반복했다. 엘런은 아들의 몸이 도로 곳곳에 널려있고 팔이 뽑혀 저쪽에 떨어져 있는 끔찍한 장면을 그려 보았다. 머릿속에서 아들의 팔을 다시 끼워 넣었다. 마치 인형을 다루듯이. 조각조각 맞춰 낸 아이.

하지만 이런 슬픈 생각들은 어쩔 수 없었다.

전반적으로 엘런은 잘 버티고 있었다. 식사를 챙겼고 술을 지나치게 마시지도 않았다.

어느 느지막한 오후, 매트리스에 누워 있는데 누군가가 엘런 앞에 와서 섰고, 눈을 감고 있는데도 그냥 지나치는 사람이 아님을 느꼈다. 엘런은 몸이 굳었다. 남편. 엘런을 찾아낸 것. 엘런은 바로 앉아서 말할 수 있을까, "나 늑장 부리는 거 아니야, 제대로 마주할 수 있을 때까지 힘을 기르는 거야."라고. 그런데 렌즈 너머로 보이는 남자의 얼굴이 바짝 다가오더니 미소를 짓는 듯했다.

"여기 있었구나." 얼굴이 말했다. 이 느릿한 남부 말씨, 바비였다.

"아, 바비." 엘런이 말하고는 바로 앉았다. 기분이 딱히 좋지도 나쁘지도 않았다.

"떠났다고 생각했는데……?" 엘런은 문장을 끝맺지 않았다.

"거긴 호모들만 잔뜩 있던데." 바비가 엘런 옆에 앉으며 말했다.

"얼굴 좋은걸." 바비가 엘런의 얼굴이 잘 보이도록 밀짚모자를 뒤로 젖혔다.

15장                                                              179

"기분도 좋아." 엘런은 바비가 왜 집에 가지 않았느냐고 묻지 않아서 고마웠다.

"호텔 멋진데." 바비가 말하고는 주변을 둘러보았다. 따분해서 무슨 일이든 일어나기를 바라는 여자들, 갈색 로션을 발라서 도발적인 빛을 뿜어내는 여자들을 발견하고 얼굴을 찌푸렸다. 한 여자는 바비를 보고 자리에서 일어나 천천히 앞을 지났다. 바비는 여자를 위아래로 훑고는 여자가 지나가는 순간 큰 목소리로 들리도록 말했다.

"만세, 엉덩이란 참 대단하지. 덕분에 어디든 앉을 수 있고……." 여자는 바다 쪽으로 걸어가 몇 미터 앞에 있는 하얀 곤돌라 뱃머리에 걸터앉았다. 백조의 목을 타고 날듯이.

"오줌 싸러 갔잖아. 얼른 시원하게 싸 줘." 바비가 여자 쪽으로 손짓하며 말했다. 여자는 마주 손짓하지 않았다.

"한 가지 생각밖에 못 하는 사람이야." 엘런이 말했다. 그래도 가벼운 대화의 즐거움은 변하지 않았다.

"누구 말이지?" 바비가 말하고 웃었다. 그러고는 섬세한 여자 목소리를 흉내 내며 노래했다.


"그렇지만 난 바닷가 옆에서 오줌 싸는 게 좋은걸.
난 정말이지 바다 옆에서 오줌 싸는 게 좋아.
그리고 난 바닷속에서 오줌 싸는 것도 진짜 좋아.
내 안에 싸는 사람 옆에서……."


아서가 이끄는 영국인 관광객 무리가 노래를 듣고 씩씩대며 자리에서 일어났다. 그들로서는 이런 노래를 듣기에 너무 이른 시간이었다.

"바비가 사람들 다 쫓아내고 있어." 엘런이 말했다. 매일 엘런이 관찰한 것과 똑같이 오늘도 영국인 아내는 남편의 옷을 입혀 주었다. 신발, 속옷 그리고 반바지 입는 것을 도와주었다. 이제 다 커서 속옷만 입던 시절을 뒤로한 모양이었다.

"맙소사, 이봐, 좆 달린 자존심은 어디로 간 거야?" 바비가 말했다. 아내에게 몸을 맡기고 선 남편에게 권총을 겨누듯 손가락을 들어 보였다.

"탕헤르 이야기를 아직 안 해 줬어요." 엘런은 바비의 주의를 돌리려 했다. "그리고 데니스 이야기도."

"데니스는 뒈지라고 해." 바비가 말했다. 머리를 바닥 쪽으로 낮추고는 아내의 도움으로 옷을 갈아입는 남자의 하반신을 살펴보았다.

"달려 있기는 한데." 바비가 말했다. 엘런의 팔을 잡은 채로 영국인 관광객들을 보고 있었다. 내기라도 건 듯이. "멀쩡하게 잘 붙어 있어." 바비가 목소리를 깔고 말했다. "하지만 쓸 생각은 없나 봐." 그러고는 모래사장에 얼굴을 묻은 채로 신음하며 한동안 일어나지 않았다.

"없어졌네." 엘런이 말했다. 몸을 일으켜 앉은 바비의 눈은 감겨 있었고 모래 묻은 얼굴은 과거에 덮어씌운 가면이었다. 이제 바비는 슬픔과 고통이 느껴지는 얼굴로 엘런의 손을 잡고 어떻게 지내는지 물었다.

"날 보러 온 거야?" 엘런이 물었다.

"당연하지."

"왜?" 하지만 엘런은 이유를 알았다.

"사람들이 이야기를 안 해 줬어……. 나흘 동안 아무런 소식도 못 듣고 있다가 누군가가 말해 줬지……. 그래, 누군가가 말해 줬어."

"가끔은…… 그냥 믿을 수가 없어." 엘런이 말했다. 바비가 엘런의 손을 꼭 쥐고, 그 일은 이야기해도 되고 안 해도 되니까 원하는 대로 하라고 했다. 두 사람이 같은 자리에 앉아서 바다를 내다보는 내내 바람 한 줄기 불지 않았다. 바비는 눈가에 묻은 모래를 털어 냈으나 얼굴에 쓴 모래알 가면은 그대로 두었다.

"누가 이걸 창공의 콧물이라고 불렀던 것 같은데." 바비가 말했다. "랭보였던 것 같아. 진정한 시인은 랭보뿐이었지."

"뭘 두고 창공의 콧물이라 한 건데?"

"바다 말이야, 이 바보." 그러고는 난데없이 손가락을 튕기며 물었다. "바보, 지금 무슨 생각 해? 빨리 말해."

"포테이토 스터핑.[34]" 엘런이 말했다.

"맙소사, 여자들은 논리가 없어." 바비가 말했다. "나한테도 뭐든지 물어봐."

"길의 색깔에는 무엇이 있을까?" 엘런은 바비가 그랬던 것처럼 손가락을 튕겼다.

"온갖 색깔이 있죠, 부인. 하지만 난 금색이 좋아."

---

34) 닭이나 칠면조를 구울 때 속을 채우는 소. 매시드포테이토가 주재료다.

"어린 시절의 기억 중에서 생각나는 건?" 엘런이 물었다.

바비의 목소리에 깃든 무언가가 황금으로 빛나는 길 끝에 어린 시절이 있다고 알리고 있었다.

"외출 준비를 하는 여동생. 열쇠 구멍으로 훔쳐봤지." 바비가 전처럼 한쪽 눈을 감고 다른 눈을 찡그렸다. 영국인 관광객들은 떠나고 없었다.

"그리고 복숭아." 엘런이 말했다. "떨어지면 뭉개져 버린다던 복숭아." 이제 무언가가 떨어져 뭉개진다고 생각하면 차에 치여 죽은 아들이 떠올랐다. 바비가 엘런의 어깨에 팔을 둘렀다.

"나도 아이가 있어." 바비가 말했다. "만나지는 못하지만."

"왜?" 엘런이 추궁하듯 물었다.

"애 엄마가 나를 늑대라고 생각하거든."

"당신 정말 늑대야?" 엘런은 임박한 울음을 직감했다.

"늑대지, 늑대야." 바비가 말했다. 그는 엘런을 깨물 것처럼 튼튼하고 흰 치아를 꽉 물어 보이고는 엘런을 품에 안은 채 편히 울 수 있도록 보듬어 주었다. 때때로 지나다니는 사람들에 관해 우스갯소리를 하며, 여기저기서 지저분한 짓들을 하고 있는데 이 좋은 구경을 놓치는 엘런이 안타깝다고 했다. 그저 우는 엘런을 도닥이다가 이렇게 말하기도 했다.

"와, 배우들도 촬영할 때 엘런처럼 울 수 있다면 얼마나 좋을까."

엘런은 울었고, 말도 안 되는 이야기를 늘어놓았고, 수건에 대고 코를 풀었다. "나방이 갉아 먹을까 봐 밤이면 옷을 종이 봉투에 넣어 놓던 아이야."라고 말하고는 금세 화제를 바꿔 아이가 자기 머리카락을 잘랐는데 마음에 들지 않자 엄마가 보기 전에 테이프로 다시 붙이려 했던 이야기를 하다가 더 격렬하게 울었고, 문득 코를 지나치게 풀었다는 생각에 사과를 했다. 그리고 아무 이유도 없이 남태평양의 섬에 사는 거북이에 관해 이야기하기 시작했다. "어미 거북이는 모래 속에 알을 낳고 나면 바다로 돌아가는 길을 찾지 못해 어쩔 줄 몰라 울면서 — 거북이도 울 줄 알아요. — 모래사장을 방황하는데, 새끼가 태어나면 새끼도 방황하고, 부모 자식이 서로를 알아보지 못해서 전부 어쩔 줄 몰라 방황하기만 한대." 교훈이 있는 이야기였으나 기억나지 않았다.

"지옥 같은 한 세기군." 바비가 낮고 단조로운 목소리로 말했고, 잠시 엘런은 바비의 아이에 관해 생각하다가 아이가 몇인지 아들인지 딸인지 물었다.

"엘런은 또 아이를 갖게 될 거야." 바비가 말했다. "아니면 다른 걸 갖게 되겠지?"

"무슨 말이야?" 엘런이 말했다. 바비는 잠자리를 목적으로 엘런을 찾아온 걸까?

"엘런도 알잖아." 바비가 말했다. "슬럼가와 찌꺼기 더미와 똥무덤에서도 무언가가 — 예쁜 것이 — 탄생하는 걸 그간 많이 봤잖아. 저 거대하고 경박한 나무 보여?" 바비가 탈의실 뒤로 보이는 야자수를 가리켰다.

"정말 경박해." 엘런이 울다가 말했다.

"무슨 일이든 일어날 거야." 바비가 말했다. "무슨 일이든…… 나처럼 집시가 될지도 모르고."

"절대 이겨 내지 못할걸." 엘런은 기분이 상해서 말했다.

"이겨 내라고 하는 사람 아무도 없어." 바비가 말했다. 그러고는 일어서서 엘런의 손을 잡고 일으켜 세우더니 덧붙였다.

"이렇게 진중한 대화를 나눴으니 술 좀 마시고 기운을 북돋 워야겠는데……."

나무 그늘이 드리운 오르막을 따라 호텔로 돌아가는 길에 엘런은 부드럽게 숨을 불어 바비의 얼굴에 남아 있는 모래를 털어 주었고, 다른 옷으로 갈아입어도 될지 물어보았다. 바비 의 눈이 충혈된 듯 보여서 물로 씻어 주고 싶은 마음이 간절 했다.

"옷 한 벌 사 줄게." 바비가 씩 웃으며 말했다. 그러고는 호텔 에 있는 상점에서 값나가는 흰색 드레스와 손가방 세트를 사 주었다. 리넨 소재 드레스는 소매가 커서 손을 쏙 넣어 감출 수 있었다. 교회에서 의식이 열리면 등장하는 성인들처럼 팔 다리를 감춘, 아주 가만하고 흰 모습.

"오늘은 순결의 날이야." 바비가 말했다. 두 사람은 호텔에 앉아 바비가 특별히 주문한 하얗고 보글보글한 칵테일을 마 셨다. 만드는 데에 시간이 오래 걸리는 바람에 바비는 매번 네 잔씩 주문했다. 그러면 절대 술이 동나지 않았다. '다이커리' 라는 칵테일이었는데 럼을 넣어 만들지만 거품이 있어서 그런 지 알코올 도수가 높아 보이지는 않았다. 이따금 바비가 손을 뻗어 엘런의 손을 잡거나 손가락으로 봉긋한 흰 소매 아래의 살결을 훑어 오르기도 했는데, 그 손길은 바람의 형언할 수 없는 감촉처럼 섬세했다. 문득 엘런은 바람이 그리워졌고 바람 부는 소리를 듣고 싶었다.

"바비 덕분에 힘이 나요." 엘런이 말했다.

"빈말은."

"정말인데."

"나는 좌약을 가지고 다니거든." 바비가 말했다. "여자들한
테 넣어 주면 힘이 나지."

"진지할 때가 없는 사람이야." 엘런이 말했다.

"진지하다니!" 바비는 불경한 말이라도 들은 것처럼 대꾸했
다. "예수님, 성모님, 세상에 진지해지고 싶은 사람이 있답니
까?"

바비는 아내, 아이, 친구, 과거에 출연했거나 앞으로 출연할
영화에 관한 이야기는 절대 하지 않았다. 가끔 어느 아라비아
디저트의 이름과 디저트에 얽힌 미신, 그 안에 들어 있던 멜론
의 맛과 질감은 오랫동안 집중해서 정확히 설명했다. 멜론의
이름은 중국의 시 제목처럼 길고 장황했다. 바비는 빛이 반짝
이는 그리스의 돌에 관해, 차를 타고 지나면 각도에 따라 변하
는 반사광에 관해, 세상에서 가장 악독한 여자가 묻힌 1000리
그[35] 지하로 내려갔던 경험에 관해 이야기하기도 했다.

술 때문에 조금 멍해진 엘런은 바비의 목소리와 넓은 성찬
용 소매 밑으로 자신의 가녀린 팔을 어루만지는 손길에 매혹
된 채 그가 하는 이야기를 들으며 아무것도, 그가 말도 안 되
는 이야기를 할 때조차 질문하지 않았다. 바깥이 어둑어둑해

---

35) 영미계의 옛 길이 단위. 1리그는 5킬로미터 정도에 상당한다.

지자 하나둘 저녁을 먹으러 가는 사람들이 보이는데도 바비는 여전히 꼼짝하지 않았다. 웨이터가 방금 만든 칵테일과 아몬드를 들고 왔다. 바비는 후한 팁을 주었다. 엘런과 마찬가지로 인심 좋은 사람이 되고 싶은 마음은 있었으나 사람들을 불쾌하게 했다.

"혹시 그 바비 아무개라는 배우입니까?" 지나가는 남자가 물었다.

"바비 아무개 맞을걸." 바비가 말했고, 웨이터에게 남자를 쫓아내라는 뜻으로 고개를 끄덕였다. 엘런은 긴장해서 칵테일을 휘저었다. 술잔에는 칵테일을 섞을 수 있도록 얇은 나무 막대기가 꽂혀 있었고, 하트 모양 재떨이엔 꽁초 세 개를 놓을 수 있도록 가장자리에 오목한 금빛 구멍이 세 개 있었는데 그중 두 개만 차 있었다. 가끔 엘런은 거울로 된 벽으로 시선을 옮겨 자신에게 이야기하는 바비를 보았고, 말하는 바비와 듣는 엘런의 모습은 지난 닷새간 이어진 끔찍한 침묵, 알코올 강한 럼 칵테일, 바비가 엘런에게 쏟아붓는 애정 때문에 꿈 같기도 하고 현실 같기도 했다. 두 사람이 앉은 좌석 옆의 창문 너머 바깥에는 침투할 수 없는 푸른 어둠뿐이었다. 지금 이곳이 겨우 며칠 전에 바이올린 연주자를 만났던 호텔이라니 믿기지 않았다. 바이올린 연주자가 옆을 지나치며 껄끄러운 눈초리로 엘런을 바라보았다. 엘런은 남자와 같이 있는 모습을 보여 준 것에 의기양양했다. 등 뒤에 있던 꽃 장식이 자꾸 머리카락을 찌르자 바비가 뒤로 팔을 뻗어 한 송이 뽑더니 엘런의 겨드랑이 밑에 꽂아 주었다. 바이올린 연주자는 그 장면도

보았다. 엘런은 팔 밑으로 세게, 더 세게 힘을 주어 꽃을 뭉개며 붉은빛 꽃물이 새로 산 순백색 드레스를 망쳐 놓을지도 모른다고 생각했으나 그다지 걱정하지는 않았다.

"부인 차례입니다." 바비는 이렇게 말하며 엘런을 바라보곤 했다. 하고 싶은 말은 무엇이든 할 수 있었다. 진지한 이야기나 바비의 삶에 관한 질문만 하지 않으면 괜찮았다.

"보리밭에서 속옷이 젖었던 기억." 엘런이 말했다. 감각에는 감각으로. 바비가 흰 복숭아 이야기를 했으니까.

"창녀와 화장실에서 보낸 성스러운 시간." 바비가 말했다.

"씻지 않은 요강." 엘런이 말했다. 다시금 고향을, 침실 두 개를, 집 안의 빨랫줄을, 한 번도 제대로 치운 적 없는 식탁을, 렐리시36) 병을, 렐리시 얼룩을, 화장실로 쓰던 텃밭을 떠올렸다.

"깨끗하게 써야지." 바비가 말하며 화난 척 주먹을 들었다.

"날숨에 섞인 들큼한 마늘 냄새." 엘런이 잽싸게 말했다. 두 사람은 아이들처럼 놀았고, 자기가 이야기할 차례를 놓치면 지는 것이었다. 보리밭 가장자리의 산울타리에서 자라는 마늘이 보였다. 그리고 '침범하지 마시오.'라고 적힌 푯말도. 그리고 살랑이는 보리 이삭과 키가 엇비슷한 꼬마 엘런도. '침범하지 마시오.' 푯말을 내건 땅 주인은 엘런을 알아보지 못할 터였다. 게다가 엘런은 금발이었으니까. 머리카락이 붉은 금빛으로 짙어진 것은 나중 일이었다.

"좋아." 바비가 말하고 자리에서 일어나며 기지개를 켰다.

---

36) 과일이나 채소를 잘게 썰어 절인 양념.

엘런은 새로 생긴 손가방에 눌린 꽃을 넣었다. 술은 한 모금도 마시지 않고 그대로 두었다.

"이거 봐." 엘런이 손가방의 새틴 안감을 보여 주며 말했다. "깨끗하네."

바깥에는 차 한 대가 바비를 기다리고 있었다. 운전사가 전보를 한 통 건넸으나 바비는 열지 않았다.

"열어 봐." 엘런은 말하고 싶었다. "가야 할지도 모르잖아." 하지만 두 사람이 자동차 뒷좌석에 올라타는 사이 바비는 주머니에 전보를 쑤셔 넣었다. 열린 창문 사이로 들어온 바람에 바비의 넥타이가 나부끼자 파리의 유명 브랜드 라벨이 보였다.

"그랑되르."[37] 엘런이 말했다. 그러자 바비는 아티초크의 털을 자를 때 썼던 칼을 꺼내 라벨을 떼어 내고는 창밖으로 던졌다.

"누군가가 찾아내서 자기 옷에 붙일지도 모르겠다." 엘런이 말했다.

"상관없어, 정말이지 상관없어." 바비는 자신의 무관심을 굳게 다지고 싶은 듯 자주 그 말을 했다. 두 사람이 도착한 곳은 성이자 식당이었고, 바비는 운전사에게 자정에 데리러 오라고 말했다. 석제 출입구는 덩굴과 등나무로 뒤덮여 있었는데, 아직 지지 않은 얇은 연보랏빛 꽃이 몇 송이 남아 부드러운 초록 잎사귀 위로 힘 빠진 음경처럼 늘어져 있었다. 사랑을 나눈 뒤의 남자와 여자처럼. 그림으로 유명한 장소라고, 바비가

---

37) (프랑스어) 위대함, 고귀함.

엘런에게 말하고는 사뭇 엄숙하게 석제 통행로를 지나 방마다 다니며 천장에서 시작하는 빛기둥 아래 거뭇한 금박 액자 속에 담긴 다양한 그림을 보여 주었다. 공간은 어둑어둑했으나 그림을 꽤 또렷하게 볼 수 있었다. 엘런은 카페 테이블에 앉아 술에 취한 채로 생각에 잠긴 여자를 그린 그림이 가장 좋았다. 이제 우스갯소리와 이야기를 멈춘 바비는 이따금 강렬한 그림을 마주할 때마다 놀라움과 경이를 담아 "맙소사!" 하고 감탄사를 내뱉을 뿐이었다.

두 사람이 밖에서 식사하는 동안 커다랗고 검은 개가 발치에 머물렀다.

"악마다." 엘런이 말했다. "우리를 떼어 놓으려는 거야." 개는 석제 식탁 밑 두 사람 사이에 자리 잡고 있었다.

"잘못 알고 계시네요, 부인. 악마는 우리를 만나게 한 놈이지. 못되고 늙어 빠진……." 바비가 위쪽을 쳐다보았다. 하늘은 광활하고 평온했으며 진한 푸른빛이 두 사람을, 휴가를 즐기는 모든 죄인을 감싸 주었다. 바비가 입속 가득 머금은 와인을 후루룩 마시자 마치 그가 살펴보던 나뭇잎 위로 웃음과 행복이 진동하는 듯했다. 발작적인 행복감에 취한 엘런이 말했다.

"이렇게 즐거운 밤은 처음이야."

그리고 그 찰나의 순간, 아들이 죽고 금세 행복을 되찾은 것에 죄책감을 느끼지 않았다. 아들이 살아 있을 때도 항상 어머니의 삶을 산 것은 아니었다. 몇 달 동안 아들에게 애정을 퍼부으며 좀처럼 떨어지지 못하다가도 하룻밤이면 시내로 나가 미친 짓을 하고 싶다는 거센 갈망에 사로잡혔다. 어머니의 의무 같은 것은 몇 시간, 아니 며칠, 아니 몇 주쯤 잊어버리고 싶다고 생각했다.

첫 요리는 크뤼디테 뒤 페이[38]였다. 거대한 접시 위에 갖가지 채소가 차려져 있었는데, 엘런은 정원이 통째로 배달되었다며 낄낄거렸다. 접시 위에는 버터를 바른 갈색 껍데기가 반짝반짝한 달걀도 두 개 있었다. 바비는 능숙하게 달걀을 석제 테이블 위에 찧어 깨고는 입으로 물고 있다가 통째로 삼켰다. 엘런은 지나치게 우아한 몸짓으로 새 드레스 소매에 대고 트림했다. 달걀이 끔찍이 싫었다.

"얼른, 먹어 봐." 바비가 말했다. 그는 채소마다 어떤 소스를 찍어 먹어야 가장 맛있는지 알았고, 입에 음식을 넣을 때면 더는 그 맛이 느껴지지 않을 때까지 꼭꼭 씹었다.

그 후에는 샤토브리앙 스테이크[39]를 먹었다. 함께 나온 와인은 거미줄이 붙은 아주 오래된 병에 담겨 있었다.

"수영을 안 했네." 바비가 오늘 하루를 어떻게 보냈는지 되돌아보다가 말했다. "오늘 밤에 수영하러 가자."

"난 수영 못 해요." 수영복을 입고 서서 덜덜 떨며 실망을 안기기보다는 지금 고백하는 편이 낫겠지.

"수영을 못 한다고!" 바비가 외쳤고, 엘런은 끄덕였다. 내일 가르쳐 주겠다고 했다. 엘런은 고마운 마음으로 살짝 바비의 손을 건드렸다. 물에 빠질 뻔한 어린 엘런을 구해 주었던 젊은

---

38) (프랑스어) 이 고장의 생채소라는 뜻.
39) 소고기 안심을 크게 썰어 구운 프랑스식 스테이크.

신부를 다시금 떠올렸고, 이제 바비를 바라보며 그가 선사한 더 큰 선물에 관해 생각했다. 바비는 망각을, 잊을 수 있는 하루를, 치유할 수 있는 하루를 선물했다. 아이를 기억할 때 떠올린 것은 아들이 또 다른 삶을 살고 있다는, 살아 있는 아이들과 함께 있다는 감미로운 사실이었다. 엘런이 '림보'라고 부르는 곳에서. 어떻게 보면 엘런도 림보에 살았다. 고통은 희박하고 인내심은 꿋꿋한 의식 세계, 그의 다른 세계에서 온 생각이 떠도는 곳. 하지만 아들은 행복의 장소에 있었다. 아기였을 때 몰래 세례를 받았으니 그 점에 있어서는 은밀하게 안도할 수 있었다. 그러나 자신이 정말 그렇게 믿는지 믿지 않는지, 엘런은 알 수 없었다.

"사후 세계가 정말 있을까?" 엘런은 사뭇 무던한 목소리로 말했다.

"각자 반 잔쯤 더 마실 수 있겠네." 바비가 술병을 굳게 잡고 말했다. 그의 손아귀에 거미줄이 말려들었다. 바비가 자꾸 성가시게 여기며 턱을 닦는 모습을 보니 거미줄이 얼굴에 묻은 듯했다.

"정말 있을까?" 엘런이 바다 쪽을 바라보며 말했다. 어둠으로 더 광활해 보였다.

"머리가 잘리면 새로운 머리가 자라나는 달팽이도 있잖아?"

"그게 무슨 상관이야?" 엘런이 말했다. 엘런의 두려움에 실망한 걸까? 바비는 냅킨 모서리를 손가락으로 돌돌 감아서 엘런의 한쪽 입가 오목한 곳에 묻어 있던 설탕 가루를 닦아 주었다. 엘런은 볼에 바비의 손을 얹은 채로 흰 셔츠 차림의 팔을 바라보다가 접힌 소매에 묻은 작고 동그란 얼룩을 포착했다.

"더…… 러워라." 바비가 말했다. 엘런은 바비의 목소리를 절대 잊을 수 없을 것 같았다.

바비는 다음 날 아침에 첫 수영 강습을 진행하기 위해 엘런이 묵는 호텔에 방을 잡았다. 엘런에게 베풀 수 있는 가장 큰 호의였다.

"로비에 있을게." 바비가 말했다. "그러니 걱정하지 마." 두 사람은 엘런의 방 문간에 서 있었고, 문이 반쯤 열려 있으나 방안은 조명을 켜지 않아서 캄캄했다.

"바비, 로버트." 엘런이 말했다. 바비에게 입을 맞추고, 감사의 인사를 전하고, 오늘 하루가 얼마나 완벽했는지 오감으로 알리고 싶었다.

"자 뒤." 바비가 말했다. 늦은 시간이라 속삭이는 목소리였고, 엘런이 늑장을 부리자 작은 은색 펜을 꺼내더니 드레스의 다이아몬드 모양 트림을 통해 드러난 살갗 위에 글씨를 썼다. 엘런은 무슨 말인지 읽으려고 고개를 내렸으나 글자가 턱에 바짝 붙어 있어서 보이지 않았다.

"또 만나." 바비가 말하고 엘런의 새로 산 손가방 안에 펜을 선물로 넣었다. 엘런은 침실 거울 앞에 서서 바비가 뭐라고 썼는지 확인했다.

마음속의 여왕님[40]

---

40) QUEEN OF HEARTS. 트럼프의 한 패를 의미하기도 하고, 모두의 사

글자는 아침까지 그대로 남아 있었다.

다음 날 아침 일찍, 첫 번째 강습을 받았다. 바비는 엘런의 팔에 매달아 주려고 튜브를 사서 바람을 불었고, 그러는 동안 바다와 친해지라고 말했다. 해변은 아무도 없이 텅 빈 채 아이들 소리만이 들렸다. 이제 아이들 소리가 끔찍해진 엘런은 본능적으로 손을 들어 귀를 막았다.

"어서." 바비가 말했다. "바닷물로 세례를 받는 거야……"

바다에 들어가는 건 정말 별것 아닌 일 같았다. 수면에 구름 한 점 비치지 않았다. 아직 서늘했고, 주변에 안개가 자욱해서 엘런의 눈에는 바비와 엘런 두 사람밖에 보이지 않았다. 바비가 바다로 들어와서 엘런의 두 손을 잡고 물속으로 끌어당겼다. 두 사람의 몸이 수면 아래 푹 잠겼고, 곧 다시 일어나 얼굴에 묻은 물을 털어 냈다. 바비는 일단 눈에 물이 들어가는 것에 익숙해져야 한다고 했다.

"손." 바비가 또 엘런의 손을 잡고 앞으로 나아갔다. 그리하여 두 사람은 팔 하나 간격을 두고 서게 되었다. 엘런이 용기를 내서 발을 떼고 다리를 들기까지 많은 설득이 필요했지만, 성공한 뒤에는 바비의 손을 꼭 붙잡은 채 그 누구보다 깊이 신뢰하고 있다고 말했다. 평생 그렇게 살 수도 있을 것 같았다. 바비의 손에 붙들린 채, 자신을 향한 그의 아름답고 행복한 눈동자에 사로잡혀서, 스스로 다리와 몸을 통제할 수 없지만 안전하게.

---

랑을 받는 여성 혹은 성적으로 왕성한 여성을 가리키기도 한다.

"발, 발, 발." 바비는 구령을 붙이다가 엘런이 헤엄쳐 다가오는 간격만큼 뒤로 물러났다.

"남자를 발로 찬다고 생각하고 힘껏 차." 바비가 말했다. 둘은 웃음이 터져 잠시 가만히 서 있었고, 바비가 물속에서 엘런을 안았다. 땅에서는 한 번도 없었던 일이었다.

"영원히 바다에 있자." 엘런이 말했다. 그러나 바비는 안 된다고 대답했다. 첫날에 무리하면 팔다리에 힘이 다 빠진다는 것이다. 사실이었다. 나중에 호텔로 돌아와 침대 위에 누웠더니 다리가 아팠고, 배 근육은 태어나서 처음으로 사용한 듯한 느낌이었다. 둘은 두 번 더 헤엄쳤다. 한 번은 바닷물이 묻은 그대로 몸을 말렸고, 두 번째에는 물을 틀어 놓고 서서 바비가 엘런의 몸을 구석구석 씻기더니 바라지 않았는데도 머리까지 감겨 주었다. 그러고는 혼자 바다로 들어가 헤엄쳤고 엘런은 줄곧 바비를 지켜보았으나 헤엄치는 사람들이 많아서 끝내 놓치고 말았다. 둘은 해변에서 점심을 먹었고, 그 뒤엔 바비가 운전사를 불러 산골로 올라갔다. 목적지는 상점마다 도자기를 파는 마을이었다. 공터마다 노란 돌무더기가 널려 있고 돌에서 일어난 먼지가 목에 끼었다. 몇몇 집 문 앞에 세워 둔 너덜거리는 빗자루를 보니 비가, 강한 빗줄기에 몸을 가누지 못하는 차가운 제비꽃이 간절해졌다. 둘은 거리를 오가며 서로 다른 창가에 놓인 서로 다른 화분을 비교했고, 팔려고 내놓은 도자기가 너무나도 많아서 결국 아무것도 못 사고 돌아왔다.

바비는 매일 찾아와 엘런에게 수영을 가르쳐 주었고, 그러

고 나면 두 사람은 별말 없이 나란히 누워 있었다. 가끔 바비
가 원하는 게 있느냐고 물어보면 엘런은 이렇게 대답하고는
했다. "우리는 운이 좋아, 안 그래?"

"재주가 좋은 거지." 바비는 이렇게 대답하거나, 미소 짓거
나, 눈을 찡긋하거나, 엘런의 모자를 빙 돌려 뒤에 달린 리본
으로 얼굴을 덮었다.

"그리고 좋은 건 아직 끝나지 않았으니까." 엘런이 대꾸하면
바비는 항상 똑같이 반응했다. "쉿." 그러면 두 사람은 이야기
를 멈추고 저녁 시간이 될 때까지 무위도식하며 몇 시간이고
더 누워 있었다.

한번은 바비가 손을 놓자 엘런이 겁에 질리는 바람에 서둘
러 물 밖으로 나왔고, 바비는 해변에 서서 끊임없이 스트레칭
을 했다. 며칠 동안 휴식으로 비축한 힘이 어깨에 뭉친 것이
다. 초록색 눈동자에 강렬한 빛이 번쩍였다. 엘런은 곧 바비를
잃어버릴 것만 같았다.

"뭉개지지 않는 흰 복숭아를 갖고 싶어." 엘런이 몸을 떨며
말했다. 바비가 엘런을 내려다보았다. 바비는 엘런이 몸을 떠
는 이유가 두려움 때문이라고 오해했다. 무릎을 꿇고 천천히
둥글게 엘런의 등을 쓸어 주며 말했다. "물은 당신을 해치지
않아, 자기."

"물 때문이 아니야." 엘런이 말했다. 바비가 지극히 사려 깊
은 목소리로 말했다. "내가 있어도 행복하지 않다면 이건 다
시간 낭비인데."

"아니야, 바비 덕분에 정말 행복해." 엘런이 그에게 등을 기

대고 말했다. 오르내리는 그의 호흡에 맞춰 숨을 쉬었다. 때때로 상상하기도 했다. 엘런의 심장이 바비의 몸속으로, 바비의 심장이 엘런 몸속으로 들어갔다고, 마법처럼.

그날 밤 칸의 항구를 따라 걷다가 새로이 발견한 식당에서 엘런은 여태껏 본 적 없는 생선을 맛보았다.

"새로 알게 된 생선이 열두 가지는 돼." 엘런이 말했다.

"예수님도 그렇게 다양하게 즐기진 못했는데."[41] 바비가 말했다. 엘런의 웃는 얼굴, 하늘하늘한 머리카락, 달콤한 꿀처럼 빛나는 목, 금목걸이가 남긴 머리카락처럼 얇은 흰 선, 손가락 사이로 대롱거리는 펜던트, 벌어진 입술을 바라보았다.

"그거 알아?" 바비가 말했다.

"뭐?"

"엘런을 옆에 잘 뒀다가 일요일과 축일에 데리고 놀 거야……."

"그러면 난 주중에 바비를 데리고 놀아야지." 엘런이 말했다. 수영 연습 때문에 근육이 쑤셨다. 머지않아 마주 앉거나 꼭 붙어 누운 채 자신의 심장으로 바비의 심장 박동을 느끼는 것만으론 만족할 수 없는 날이 오겠지. 엘런은 바비 안에서 죽고 싶었다. 바비는 그 점을 알았으나 망설이고 있었다. 매일 밤 엘런의 문간에서 키스하고 떠났다가 다음 날 아침에 나타났다. 엘런은 말보다 시선으로 바비를 잡아 두려고 애썼다.

---

41) 빵 다섯 덩이와 물고기 두 마리로 5000명을 먹인 오병이어의 기적에 더해 물고기는 예수의 상징이다.

"또 만나……." 바비는 항상 인사말을 남기고 떠났다. 때로는 바비를 원하는 마음이 몹시도 간절해서 매달리고 싶었다. 그럴 때면 깊고 고통스러운 수치심에 사로잡혔다. 바비를 모욕해서는 안 되었다. 하지만 엘런을 좋아하는데도 그 애정을 이루려 하지 않는 바비의 행동이 부자연스럽게 느껴졌다. 바람둥이로 유명한 사람이. 바비가 자신을 사랑할지도 모른다고 생각할 만큼 엘런은 상식 없는 사람이 아니었다. 바비와 가까워지고 싶은 갈망이 멈추지 않았다. 침대 속에서. 바닷속에서 그랬던 것처럼. 그러나 바비는 항상 물러서기만 했다. 엘런이 키스를 더 이어 가려고 할 때면 그들 사이로 분한 마음이 끼어들었다. 어쩌면 그냥 내가 매력적이지 않아서 그러는 게 아닐까? 데니스는 사랑해 줬으면서. 한껏 무르익어 꺾일 듯한 장미처럼 이제 마음이 붉게 물든 엘런은 바비 밑에 눕고 싶었고, 그의 아이를 가지고 싶었다, 빨리. 다음 날 밤, 칸에 있는 호화로운 바에 갔을 때 엘런은 그 이야기를 했다. 그들은 항상 저녁 식사를 마치고 이런저런 바에 가서 술을 마셨다. 사람들이 바비를 바라보고, 손을 흔들고, 술을 보냈지만, 그럼에도 바비는 엘런에게 모든 것을 주었다. 스툴에 앉아 눈에 띄려고 애쓰는 여자아이들에게 장난치듯 눈길을 주기도 했으나 불안해질 정도로 오랫동안 바라보지는 않았다. 엘런은 바비의 엷은 초록색 눈동자와 급작스러운 광기와 역시 돌연하고 발작적인 고통의 세계 속에서 살았다. 때때로 바비는 몸에 바늘이 꽂히는 듯 괴로운 표정을 지었다. 엘런은 혹시 아픈 것일까, 걱정했으나 그는 부인했다.

"상처 주고 싶지 않은데." 바비가 말했다. "전처럼 잠자리를 기대하는 사이가 되면 상처받을 거야."

"그럴 일 없어." 엘런이 말했다. "내일이 됐든 먼 훗날이 됐든 괴롭히지 않을게. 가만히 내버려 둘 거야." 엘런은 이 약속을 확신할 수 있었다. 아들의 죽음 이후로 세상에서 진정 귀중한 것은 생명뿐이라고 생각했기 때문이다. 이제 엘런은 상실을, 상심을, 외로움을 받아들일 수 있었고, 갈망도 받아들일 수 있었다. 다만 바비가 맞은편에 앉아 탐색하듯 엘런에게 자신의 빛을 드리울 때면 동요하곤 했다. 자기도 모르게 항복하듯 다리에 힘이 빠지고 무릎이 벌어졌다. 엘런의 종아리와 허벅지는 나무 기둥처럼 겨우내 얼어 있다가 해빙의 신, 바비가 당도해 다리를 녹여 주자 다시 봄을 맞은 것 같았다.

"하지만 나 때문에 엘런이 괴로워질 수도 있어." 바비가 말했다.

"그럴 일 없어." 바비는 곧 영화 일로 떠날 테고, 엘런은 집에 돌아갈 것이다. 그들의 인생 항로는, 엘런이 반쯤은 농담으로 반쯤은 진지하게 말한 것처럼, 영영 마주치지 않을지도 모른다.

"쭉 마셔." 바비가 말했다. 둘은 다른 바로 이동했다. 매일 밤 여러 바를 즐겨 다녔다. 힘이 넘치고 신이 난 채로 조용한 바에 들이닥쳐 생기를 불어넣는 일은 즐거웠다. 그리고 새로운 곳에서 새로운 얼굴과 그 위에 떠오른 익숙한 표정, 색다른 모험을 갈망하는 듯한 표정에 둘러싸여 재충전하는 일 역시 좋았다. 바비는 모른 척할 수 없는 친구들을 맞닥뜨렸다. 사람들이 줄줄이 모여들더니 바비의 목에 팔을 둘렀다. 바비는 친구들에게 돈을 아끼지 않는 것 같았다. 술을 잔뜩 마셨고, 금세 눈이 충혈되었다. 또다시 엘런은 부드럽고 미지근한 물로 그의 눈을 씻어 주고 싶었다.

"이것 좀 봐……." 한 남자가 바비에게 말하더니 전화번호가 적힌 목록을 꺼냈다. 전부 여자들 번호였다. 바비에게 베껴 가라고 했다. 번호마다 옆에 메모가 적혀 있었다.

'메리, 메리는 무릎 위로는 절대 건드리지 말 것.'

'학교 선생 스텔라는 먼저 오르가슴을 느껴야 함.'

'데니스는 12일에 오스트리아에서 돌아올 예정.'

하지만 바비에게는 이미 그 여자들의 번호가 있었다. 그가 수첩을 꺼내 전화번호를 하나, 또 하나 읽더니 씩 웃었다! 같은 번호였다. 엘런은 로비로 나갔다. 더는 들어 줄 수가 없었다. 호텔의 상점 진열창 너머 스카프와 블라우스를 구경하며 이리저리 걸어 다녔다.

"당신 입에서 나오는 건 다 개소리군." 엘런은 바비가 나타나자 말했다. "당연하지." 바비가 말했다. "내가 아니라고 한 적 있어?" 바비가 엘런의 팔짱을 꼈다. 클럽으로 가자고 했다. 더 좋은 곳으로.

"어디?"

"어디냐 하면……." 바비가 큰 소리로 말했다. 엘런은 그곳에 가면 안 될 것 같았다. 그들이 함께 보낸 밤과 낮을 망칠지도 몰랐다.

"난 호텔로 돌아갈래." 엘런이 말했다.

"그러지 마." 바비는 상처받은 얼굴이었다. 엘런에게 가지 말라고 부탁했다. 엘런은 있으면 안 될 곳에 있는 기분이었다. 바비가 미친 듯이 욕을 했다. 입술에서 뜻도 안 맞는 욕설이 끊임없이 흘러나왔고, 엘런은 그 더러운 소리 속에서 바비가 자신을 두고 "고상한 척하는 계집"이라고 부르는 것을 들었다. 엘런은 분한 마음에, 지금껏 어떤 방식으로든 바비에게 상처 주려 한 적이 없었다고 비통하게 맹세했다. 바비의 친구가 나타나서 무슨 일이느냐고 물었고, 엘런은 어깨를 으쓱해 보이고는 두 남자를 따라 밖에 있던 차에 올라탔다.

"너무 늦기 전에 돌아오자." 엘런이 말했다. 바비는 아무 대답도 하지 않았다. 도착한 곳은 도박장이었는데, 엘런은 바에 머물러야 했다. 바비는 다른 두 남자와 함께 사라졌고 한 시간쯤 돌아오지 않았다. 엘런 옆에 있는 여자들은 알고 지내는 연예인이라든지 술을 잔뜩 사 주는 남자들에 관해 떠들었다. 아름답고 젊은 여자들이 벽을 따라 앉아서 도박하러 간 파트너를 진득하게 기다리고 있었다. 엘런은 바비가 정각 전에 돌아오지 않으면 떠날 생각이었다. 짜증이 치밀고 열이 올랐지만 평정심을 유지했다. 그러다가 샌드위치를 앞에 둔 채 깊은 고민에 빠진 남자에게 집중했고, 그가 갑자기 독기 가득한 얼굴로 빵 사이에 든 소고기를 꺼내 먹어 치우는 모습을 보았다.

"안녕, 간호사 아가씨." 바비가 돌아와서 돈을 잔뜩 잃었다며 조금이라도 되찾을 때까지 기다려 줄 수 있겠느냐고 물었다.

"당신은 있어. 난 가야겠어, 난 갈래." 엘런이 말했다. 피곤했고 술도 너무 많이 마셨다. 무엇보다 겁나는 장소였다. 이곳 사람들은 도살장에 있는 듯했고, 무엇이든 다 학살하려고 혈안이 되어 있었다.

"가려고?" 바비 때문에 사람들이 몰려들었다.

"갈 거야." 엘런은 높은 스툴에서 내려와 수치스럽게 문 쪽으로 향했다.

"알았다고, 간호사 선생님. 몇 주째 달려들더니 지쳤다 이거지." 바비가 엘런을 따라왔다. 친구들은 바비가 엘런의 어깨를 붙잡는 모습을 바라보면서 킬킬 웃었다. 거리로 나오자 바비가 후회하기 시작했다.

"이런 짓은 그만둬야 하는데. 정말 그만둬야 하는데." 바비가 말했다. "개소리 탐지기라도 장만해야겠군." 엘런이 동의했다. 정말 멍청한 인간들이다! 유명인과 선더버드 자동차, 보석 박힌 시계 이야기밖에 못 하는 것들.

"당신도 마찬가지야." 엘런이 말했다.

"누가 마찬가지라고?" 바비가 물었다. 술에 취해 예민해져 있었다.

"당신 와인 저장고 자랑했잖아."

"난 와인 저장고 없어." 바비가 대꾸하고는 엘런을 차에 태웠다. 그날 밤 바비는 엘런을 방에 데려다주는 대신, 호텔에 자기 몫으로 예약해 둔 스위트룸으로 데려갔다. 엘런은 한 번도 가 본 적 없는 곳이었다.

"나의 간호사." 바비가 말했다. 엘런의 얼굴에 자기 얼굴을 포개고는 과거와 사뭇 다른 방식으로 키스했다. 두 사람은 사랑을 나누었다, 당연한 말이지만. 엘런의 팔다리로, 늙고 상실한 뼈로 스며들었던 햇볕이 그때 엘런 안에서 되살아났고, 두 사람이 사랑하고 몸부림치고 분투하고 재결합하는 동안 엘런은 높이 더 높이, 깊이 더 깊이 들어와 달라고 애원했다. 이번에는 아무런 실수도 없이, 그 어떤 것도 새어 나가지 않도록 해야 했다. 다 끝난 뒤에도 허벅지로 연인에게 매달렸다. 마침내 바비가 빠져나갔을 때, 이제 그는 꺾일 듯한 장미가 되어 꽃잎을 흘리듯 엘런 속으로 힘을 쏟아 낸 것 같았다.

"맙소사." 바비가 말했다. 엘런은 무슨 뜻인지 이해할 수 없었다.

"놀랐어?" 엘런이 물었다. 바비는 등을 돌린 채 잠들었다. 동이 텄다. 반쯤 내린 블라인드 사이로 새벽빛이 희붐했고, 낯선 방으로 서늘한 햇살이 비추었다. 옆에 있는 남자도 익숙하지 않았기에 나란히 누워 잠들기가 힘들었다.

바비는 금세 잠에서 깨어났고, 화장실에서 꽤 오랜 시간을 보냈다. 다시 나타났을 때는 옷을 입은 모습이었다.

"어디 가?" 엘런이 그사이 반쯤 몸을 일으키고 말했다.

"칫솔이 필요해서." 바비가 말했다.

"내 것 써." 엘런은 바비의 실크 가운을 걸치고 잽싸게 복도를 가로질러 자기 방에 있는 것을 가져올 생각이었다.

"그럴 순 없지." 바비가 말했다. "내 입에는 개소리가 가득하거든." 그러고는 방을 나갔다.

엘런은 바비의 가시 돋친 말을 양심의 가책, 숙취, 변덕, 피로 탓으로 돌렸으나 그가 한 시간이 지나도 나타나지 않자 불안해지기 시작했다. 결국 일어나서 밖으로 나가 두 사람이 머

물던 해변과 다른 해변을 돌아다니며 바비를 찾았고, 바에 가
서 바텐더들에게도 물었으나 그를 본 사람은 아무도 없었다.

"어젯밤에는 여자랑 있었는데." 한 바텐더가 말했다.

"그건 알아요." 엘런이 말했다. 틀림없이 바텐더는 간밤에
마주친 순결한 흰옷의 여인이 엘런임을 알아보지 못한 것이
다. 정오에 바비가 호텔 숙박비를 정산했다는 사실을 알게 된
엘런은 택시를 타고 시드니의 집으로 갔다. 산속에 있는 곳이
라 차는 먼지투성이가 됐다. 엘런은 먼지가 내려앉은 노란색
크롬 차체에 시선을 고정한 채 현관 앞에 서서 기다렸다. 안토
니오가 나와 바비 씨는 이곳에 없으며 다른 손님도 다 갔다고
말했다. 엘런은 바비 씨가 어디에 있을지 물었다. 안토니오는
알지 못했다. 커피를 마시고 싶은지 물었으나 엘런은 괜찮다
고 답했다.

"다시 호텔로 가 줘요." 엘런이 운전사에게 말했다. 삼십 분
쯤 걸렸다. 도착한 뒤에는 비용 때문에 언성을 높여야 했다. 떠
날 때 미리 택시비를 정해 놓았음에도 값을 높여 받으려 했다.

"사기꾼." 엘런이 말했다. 다행히도 운전사는 영어를 알아듣
지 못했다.

# 16장

이틀 뒤 엘런은 알아챘다. 하지만 이젠 너무 늦어 버렸고, 바비를 찾아내기란 불가능했으니, 어떻게 단정할 수 있겠는가? 이런 상황은 처음이라 어떻게 행동해야 옳은지 알 수 없었다. 누군가를 도둑이라고 추궁하는 것과 비슷하게, 이 문제에서도 범인이라고 몰아세우는 데엔 위험 부담이 따른다는 사실을 알았다. 바비가 소매에 묻은 작고 동그란 얼룩을 보며 "더러워라."라고 말했던 순간을 떠올리면 이가 갈렸고, 친한 형제나 남자인 친구라도 있었다면 그들에게 바비를 죽여 달라고 부탁했으리라. 하지만 그때 바비가 머뭇거리던 것, 엘런이 사랑을 애원했을 때 두 사람 사이에 그림자가 드리우던 장면이 기억났다. 이제 바비의 농담을 상당수 이해할 수 있었다. 화가 나는 까닭은 바비 때문에 병에 걸려서가 아니라 그가 도망쳤기 때문이다. 그에게는 엘런이 떠나지 않으리라는 믿음이 없었다. 엘런은 어떻게 하면 두 사람이 함께 치료받을 수 있을지, 잠시 애틋한 고민을 했다. 둘이서 할 일이 하나 더 생긴 거니까. 바비는 언제부터 감염된 상태였을까? 어쩌면 몰랐을 수도 있다. 데니스에게서 옮았을 수도 있고. 어쨌든 어떤 여자가 바비에게 병을 옮겼고 그는 똑같은 병을 다른 여자에게 옮겼다. 완벽한 복수의 회로. 엘런은 무시하려고 애썼다. 더는 무시할 수 없을 때까지.

다음 날 매트리스에 누워 있는데 타오르는 듯 화끈거리고 아프기 시작했다. 그 어느 날의 햇볕보다 훨씬 뜨거웠다. 모래에 그림을 그리는 척하며 무릎 사이에 얼굴을 묻고 탐색하는데 확실한 냄새가 났다. 다리 사이는 밤새 그런 상태였다. 감미롭고 은밀한 욕망으로 촉촉하게 젖은 것이 아닌, 기분 나쁘게 작열하는 습기였다. 엘런은 시원한 스틱 향수를 꺼내 맥박이 느껴지는 손목과 무릎 안쪽과 다리에 발랐다. 그러고는 '시원한 걸 발랐으니까 이제 열감이 잦아들 거'라고 생각하며, 뒤로 누운 채 전부 망상이라고, 죄책감 때문이라고 되뇌었다. 하지만 저녁이 되자 상태가 심각해졌고, 서둘러 해변을 떠났고, 방으로 돌아와서는 문에 의자를 대 놓고 수영복을 벗은 뒤 몸을 살펴보았다. 의심의 여지가 없었다. 무언가에 감염되었다. 짙게 엉킨 터럭에 곤경이 찾아왔다. 엘런은 바라보고, 냄새 맡고, 얼룩지는 추한 눈물을 흘리며 흐느꼈고, 자신에게 고통을 가함으로써 죄악과 수치를 덜어 내려는 듯 비누 조각에 물을 묻혀 벅벅 몸을 닦았다. 그러고는 속옷으로 물기를 닦아

낸 뒤 영국 신문에 싸서 침대 위에 두었다. 어두워지면 밖에 나가 바다에 던질 생각이었다. 호텔 사람들을 전부 감염시킨 주범으로 발각되어 퇴실을 요구받는 치욕적인 상황을 상상했다. 바이올린 연주자는 노트를 들고 따라다니며 보상을 요구하고, 병과 관련한 어휘와 증상을 받아 적을 것이다. 그런데 다시금 사실일 리가 없다고 생각했다. 햇볕 때문일 수도 있고, 바닷물 때문일 수도 있고, 바비가 떠난 뒤 지난 두 밤 동안 침대에 모아 두었던 솔방울 때문일 수도 있었다. 바비와 함께한 닷새간 마음에 차곡차곡 평온을 쌓았다고 생각했는데 이제는 온데간데없었다. 심지어 병에 걸렸다는 사실을 알아채기 전까지 다시 바비와 함께하고 싶은 마음에 어쩔 줄을 몰랐다. 해변에 나가 태양의 힘으로 버티려 해 봐도 그럴 수 없었고 바비가 했던 말과 행동, 농담, 돈을 펑펑 쓰던 습관, 가르쳐 준 것들, 마침내 그의 사랑까지 전부 떠올리며 '무엇이든, 누구든 껴안지 않으면 죽고 말 거'라고 생각하다가, 급기야 두 팔로 자기 몸을 끌어안았다. 그때 알록달록한 공 옆에 커다란 솔방울이 보였고 엘런은 다가가서 주워 들었다. 조각조각 벌어진 그 안쪽으로 끊임없이 바닷물이 밀려들었던 탓에 잿빛으로 흐릿했다. 엘런은 솔방울을 손에 쥐어 본 뒤 방으로 가져와 침대 옆의 의자 위에 올려놓았고, 나중에는 솔방울을 양손 사이에, 다리 사이에, 가슴 사이의 옴폭한 틈에, 팔의 굽이 속에, 어디든 두지 않으면 견딜 수가 없었다. 정말 이 솔방울이 범인일까, 엘런은 생각했고, 수치스러운 일을 당한 몸을 또 한 번 바라보았다. 방금 씻었으나 보송한 상태와 좋은 냄새가 오래

가지 않으리라는 사실은 확실했다. 파우더를 뿌렸는데도 벌써 냄새가 차올라 코를 건드렸고, 엘런은 문을 막고 있는 의자를 치우고 종을 울려 직원을 부른 뒤 몸에 수건을 두른 채로 기다렸다.

"내 소독약을 두고 온 것 같아서요." 모리스가 등장하자 엘런이 말했다.

"마담." 모리스가 씩 웃으며 말했다.

"베여서 그래요." 엘런이 손목을 가리키며 말했으나 베인 상처는 없었다. 모리스가 킁킁대는 것 같았다. 엘런은 겁이 나서 뒤로 물러섰다. 수건을 두른 채로 모리스와 의자 사이에 서서 몸을 떨었다. 모리스는 엘런이 추워한다고만 생각했다.

"곧 난방이 시작될 거예요." 모리스가 말했다.

"약 좀 줘요." 엘런이 말했다. 정신이 반쯤 나간 사람 같았다. 모리스는 다 안다는 듯 씩 웃더니 "위."[42]라고 대답하고는 사라졌다. 얼마 지나지 않아 그가 단맛 나는 변비약을 들고 나타났을 때 엘런은 약을 집어 던질 뻔했다. 결국 모리스를 앞세워 약품 창고에 들어가 소독약을 찾아낸 뒤, 방에 돌아와 약에 적신 패드를 국부에 대고는 다른 좋은 것들의 냄새를 맡으러 밖으로 나갔다. 마음속으로는 신뢰할 수 있는 좋은 영국인 의사를 만나리라 확신했다.

"이건 범죄가 아니야. 이건 범죄가 아니야. 이건 범죄가 아니야." 엘런은 이 문장을 반복하며 박자에 맞춰 발걸음을 내디

---

42) (프랑스어) 예.

덨다. "이건 범죄가 아니야." 한 번 더 되뇌며 복도를 지나는데 매니저가 몹시 미심쩍은 눈초리로 자기를 바라보는 것 같았다. 하지만 이것은 범죄가 아니라고 말할 때, 사실 그녀는 수습 간호사 시절의 자신을 떠올리고 있었다. 돈 많은 남자들이 침대와 같은 높이에 있는 엘런의 검은 스타킹 신은 무릎을 만지려고 손을 뻗으면 뒤로 물러나 거리를 두었다. 그때 엘런은 얼마나 순결했던가. 그 당시, 거리를 두지 않았던 환자는 다리가 부러진 산지기 한 명뿐이었는데, 엘런에게 몇 페니씩 종이에 싸서 선물하던 사람이었다. 엘런이 머리를 감거나 집에 편지를 쓰려고 간호사 전용 공간에 가는 모습이 창문 너머로 보이면 선물을 건넸다. 금탑 안의 상앗빛 아가씨. 그들이 지금 엘런을 보면 누군지 알아볼까? 시궁창을 구르는 기분이었다. 그러나 엘런은 자기 자신에게서 벗어나 마치 지나가는 사람인 양 무심하게 말할 수 있었다. "지금 이건 실제 상황이 아니야. 전부 악몽이야."

엘런은 테라스 계단을 내려와 도로를 가로질러 나무 밑으로, 마을로 이어지는 길을 따라 걸었다. 성당을 지나며 성호를 긋고 말했다. "오, 하느님, 제발 매독만은 아니기를 기도합니다." 그러고는 덧붙였다. "주님, 아들의 영혼에 자비를 베풀어 주세요." 이 두 문장을 한 호흡에 연달아 말했다는 사실이 스스로에게도 충격적이었다. 성당이 열려 있었다 해도 들어가서 기도하지는 못했을 것이다. 길을 더 걷다가 약국에 들러 서로 다른 종류의 소독약 네 병을 샀고 파우더도 더 샀다.

"포장해 주실 수 있나요?" 엘런이 말했다. 약국에서는 세면도구 가방을, 그다음에는 짐가방을 보여 주었다. 약뿐만 아니라 여행용품도 같이 팔고 있었다.

"그냥 종이봉투요." 엘런이 말했다. 튼튼한 종이봉투를 찾기까지 몇 분이 더 걸렸다.

밖은 더웠다. 엘런은 혹시 몰라서 두꺼운 스커트를 입고 왔는데 다른 사람과 비교하면 북극에 온 복장이었다. 긴장감이 감도는 밤이었다. 야자수 나뭇잎은 죽은 듯 가만했고, 자동차가 지나가고, 속도를 늦추고, 휘파람을 불었다. 한 남자가 엘런에게 휘파람을 불었으나 그저 자기 체면을 지키는 것이 목적이었다. 그러니까 한 여자가 금색 라메 바지에 탱크톱 차림으로 반쯤 굳은 젤리처럼 몸을 움직이며 엘런 반대편에서 걸어오고 있었는데, 그 여자를 태우려고 자동차 두 대가 정확히 똑같은 시각에 멈춰 섰고, 여자는 더 큰 차에 올라탔다. 그러자 작은 차의 운전사가 무시당하는 모습을 보이고 싶지 않아서 엘런에게 부러 수작을 건 것이다.

"이봐요, 나랑 얽이고 싶지 않을걸요." 엘런의 목소리가 쏩쓸했다.

"앙샹테……."[43) 운전사가 말했다.

엘런은 모퉁이 식당에서 누군가와 만나기로 약속한 척 고개를 젓고 길을 건넜다. 약속 장소로 많이들 즐겨 찾는 곳이었다.

광대가 공연 중이었다. 예스러운 자전거에 올라앉아 자동차 앞으로 덤볐다가 물러나고, 전조등 옆을 스치고, 문 사이

---

43) (프랑스어) 만나서 반가워요.

로 끼어들고, 위험한 순간마다 모자를 들어 올리고, 팔 밑에
감춰 두었던 소리 나는 인형을 삑 누르며 죽음의 신을 도발했
다. 때로는 다리를, 때로는 가슴을 손잡이 위에 올렸다. 가까
스로 죽음을 따돌린 것 같으면 다시금 쌩쌩 달리는 자동차 앞
으로 뛰어들었다. 그 순간 끼익 브레이크 소리가 났고, 엘런은
"그만, 그만." 하고 소리치며 끔찍한 일이 일어날 것을 대비해
눈을 감았다. 치명적인 사고는 없었다. 자동차가 테이블 몇 개
를 뒤집었고, 사람들은 일단 충격에서 벗어나면 다시 웃음을
터뜨렸으며, 광대는 안전했다. 광대는 엘런이 겁에 질려 서 있
는 모습을 보고는 엘런을 뚫고 지나갈 것처럼 미친 듯이 그쪽
으로 달려들다가 홱 손잡이를 꺾어 두꺼운 스커트 끝자락을
아슬아슬하게 스쳤다. 그러고는 서점 쪽으로, 책과 잡지 가판
대를 빙 돌아 내달렸다. 엘런은 광대가 등을 돌리고 있을 때
옆길로 빠져나갔다.

그 길엔 걸어 다니는 사람들이 드물었으나 노상에 앉아서
식사하는 이들은 적잖았다. 식당이 모여 있는 동네였고, 식사
가 끝나면 대로 모퉁이에 모여 자전거를 탄 광대를 지켜보거
나 짧은 뉴스 전보를 읽고 술을 마셨다. 엘런은 영국인 의사
가 있는지 살펴보며 천천히 테이블을 지났다. 알아볼 방법은
없으나 누구든 기절하면 의사가 정체를 밝히지 않을까.

"기절해라, 기절해라." 엘런이 사람들 옆을 지나며, 주시당하
고 주시하며 말했다. 식사를 끝낸 뒤 허리둘레가 얼마나 늘었
는지 줄자를 들고 확인하는 여자들, 고풍스럽고 예쁜 물병에
든 와인, 잔 밑에 점점이 침전물이 보이는 로제 와인. 시도 때

도 없이 남자들이 — 보통은 젊은 남자였다. — 수작을 걸려고 다가왔는데, 처음에는 마주칠 수밖에 없도록 엘런 앞으로 마주 걸어왔고, 엘런이 옆으로 물러나면 말을 걸었고, 마지막으로 뒤돌아 따라왔다. 그 지경에 이르면 결국 엘런이 뒤돌아서 개를 쫓듯 발을 굴렀다. 그러면 대부분 포기하고 돌아섰다.

엘런은 문 앞에 의사의 이름과 진료 시간이 적힌 동판이 붙어 있는 건물을 지났다. 힘이 나는 정보였다. 지금은 시간이 늦어서 도움받을 수 없겠지만 내일 아침 진료 시간에 맞춰 서둘러 오면 될 것이다. 어쨌든 도움을 받을 것이다. 엘런은 화장실에 가서 새로 산 소독약 중 하나를 발랐다. 약효가 강력해 보였는데, 역시나 바르자마자 화끈거렸다. 좋은 징조였다. 호텔에 도착할 때쯤에는 저절로 나았을지도 모른다. 병에 정신이 팔린 나머지 마크를 잊어버렸는데, 다시 떠올렸을 때는 울음을, 눈물 없는 울음을 터뜨리고 아들에게 용서를 구하며 말했다. "그저 식초와 독일 뿐이야."[44] 엘런은 누구한테 이야기하는지도 모른 채로 밤새 뇌까리고, 자기를 탓하고, 기도하고, 자신의 무지를 동정하고, 발걸음에 맞춰 "의사, 의사, 의사 선생님……." 하고 말했다. 병원을 생각하면 너무나도 무서웠다.

정말 우연하게도 커다란 나무가 드리운 클럽, 일행을 만났던 밤에 방문한 바로 그곳을 지나치게 되었다. 조금 회상에 젖

---

44) 성경의 「시편」 69장 21절을 염두한 표현으로, 독과 식초는 구원을 위해 거쳐야 하는 시련을 상징한다. "저희가 쓸개를 나의 식물로 주며 갈할 때에 초로 마시웠사오니."

어, 시드니가 카드를 돌리듯 다양한 담뱃갑을 나눠 주자 바로 받아서 주머니에 챙기던 못된 사람들, 다리 사이에 여우 꼬리가 있던 남자, 커다란 물방울무늬 손수건으로 눈을 가리고 있던 권을 떠올렸다.

"권." 엘런은 기적이라도 일어난 듯 큰 소리로 말했다. 조용한 식당에 들어가 일단 페르노를 한 잔 마신 뒤 팁을 거하게 주고 전화를 쓸 수 있는지 물어보았다. 식당에는 전화가 없었기에 엘런은 다른 식당에 가서 같은 짓을 반복해야 했다. 다만 이번에는 팁을 주기 전에 전화가 있는지 먼저 확인해 두었다. 웨이터가 전화를 걸어 주었고 반대편에서 안토니오가 ─ 분명 안토니오의 목소리라고 확신했다. ─ 기다리라고 말했다.

"누구세요?" 권이 걱정스러운 목소리로 말했다.

"저녁 먹는 데 방해했어요?" 긴장한 엘런이 대꾸했다.

"누구지?"

"엘런……."

"아, 아일랜드 아가씨. 안녕, 반가운 아일랜드 아가씨. 잘 지내요?"

"잘 지내요." 엘런이 말했다. "집에 안 갔어요."

권은 잠시 아무 말도 하지 않았고, 엘런은 '대체 이게 뭔 소리야?' 하는 권의 생각을 읽을 수 있었다.

"언제 한번 저녁에 만나야겠네. 나한테 전화번호 알려 줬었나?" 이제 권은 문제적인 대화를 피해 화제를 돌렸다.

"권." 엘런이 말했다. "나한테 친구가 있다고 말했던 것 기억해요?"

"기억하지요, 부인……."

"나, 문제가 생겼어요……." 엘런이 말했다.

"이런, 똑똑하게 굴었어야지."

"멍청하게 굴었단 것 알아요."

"어쨌든 조치를 취해야지. 얼마나 늦는 거야? 날짜만 제대로 알면 간단하게 처리할 수 있어……."

"퀸." 엘런의 목소리가 다급했다. "다른 거예요. 그것보다 심각해요. 여기 있을 때 옮았어요……." 영원할 것만 같은 침묵이 이어졌으나 교환원이 끼어들지 않은 것을 보면 몇 분 지나지 않았음이 분명했다.

"설마 지금 임질에 걸렸다는 말이야?" 퀸이 충격으로 날카로워진 목소리로 말했다.

"병에 걸리긴 걸렸어요." 엘런이 시선을 깔고 말했다. 전화비를 놓는 흰 접시에 온통 개미가 가득했다. 개미가 옷 아래로 들어와 그 밑을 기어다니다가 감염된 음모 안에 집을 짓고 번식할 것만 같았다. 엘런은 바텐더를 불러 술을 한 잔 더 주문했다.

"들어 볼래, 제이슨?" 퀸이 먼 곳을 향해 말하자 아마도 남편이 전화기 쪽으로 다가온 것 같았다. 두 사람이 수군거리다가 제이슨이 "정신 나갔네."라고 말했고, 퀸이 "우리가 뭐든 해야 해."라고 말했고, 제이슨이 "아니, 그렇지 않아."라고 말했고, 중간중간 퀸이 전화기에 대고 무덤덤하게 "잠시만 기다려."라고 말했고, 제이슨이 "대체 누가 그렇게 예쁜 여자한테 나서서 해

결하라고 요구하겠어?"라고 대꾸하자 권이 "젠장, 당신 말이 맞아."라고 답하고는 또 엘런에게 기다리라고 했다. 마침내 권은 안토니오가 알려 준 시드니의 주치의 이름을 불러 주며 재차 "들었어?"라고 물었다. 글자마다 힘주어 철자를 발음했다.

"시드니가 보냈다고 말해도 되려나?" 엘런이 말했다.

"음, 그런 싫은 소리가 전해지면 좋지 않잖아?" 권이 말하고는 제이슨에게 어떻게 생각하는지 물었다.

"허," 엘런에게도 제이슨이 뭐라고 말하는지 들렸다. "나한테 묻지 마." 권이 의사의 주소를 불러 주었는데, 그때쯤 엘런은 이미 받아 적기를 멈춘 뒤였다.

호텔로 돌아갔더니 매니저가 엘런을 기다리고 있었다. 매니저가 로비에 서서 부르는 소리에 엘런은 얼굴이 하얗게 질리고 말았다.

"마담 세이지."

권이 호텔에 전화를 걸어 경고한 것이다.

"네." 엘런이 말했다. 열쇠가 있는 작은 서랍 쪽을 바라보았다. 엘런의 방 열쇠가 보였다.

"이쪽으로." 매니저가 말하고 접수대 뒤에 있는 작은 사무실로 안내했다. 엘런은 약봉지를 등 뒤에 숨겼다. 매니저는 엘런의 몸을 검사할 생각인 걸까?

"앉으세요, 마담." 매니저가 말했다. "우리 호텔에서 즐겁게 지내고 계시는지요?"

"네." 엘런이 말했다. "아들이 죽어서 상실감을 이겨 내려고 왔어요." 동정심 같은 것은 없었다. 매니저도 가족이 있으려나? 아니, 그는 결혼하지 않았다. 평온을 좋아하는 사람이라.

"아들 일은 안타깝네요." 매니저가 말했다. 그는 노르께하고 친절한 얼굴이었고, 잘 웃는 편이었다. 무슨 말을 하든, 무슨 말을 듣든 미소를 유지했다.

"원하는 게 뭔가요?" 엘런이 말했다. 그냥 돌파하는 편이 나을 것이다.

"한 가지 여쭤봐도 됩니까?" 매니저가 어눌한 영어로 물었다.

"물어보세요." 엘런의 목소리는 이제 대담했다.

"숙박비가 많이 쌓였거등요." 매니저가 말했다. "여기 머무신 것도 이십 일째라."

"아 그거." 엘런은 안도했다.

"숙박비는 이 주 단위로 내는 게 좋습니다, 마담. 비용만 지불하면 문제없습니다."

"낼게요." 엘런이 말했다. 총액이 얼마인지 읽으려고 몸을 앞으로 굽혔다. 매니저 앞에 계산서가 펼쳐져 있었다.

"방으로 올려 보내겠습니다." 매니저가 말했다.

"지금 내겠다고요." 엘런이 말했다. 매니저의 손에서 계산서를 낚아채 얼마인지 알아내고 싶었다. 그의 미소가 끈적했다.

"아뇨, 마담, 직원 중 한 명에게 말해 두지요……."

팁을 더 챙기려는 거야, 엘런은 그렇게 생각했다. 자리에서 일어났다.

"좋은 분들 많이 만나셨습니까?" 매니저가 물었다.

"좋은 사람 많이 만났지요." 엘런이 말했다. 매니저는 엘런의 쓸쓸한 목소리를 눈치채지 못했다.

"성공적인 휴가를 보내고 계시군요." 매니저가 말했다.

"그렇습니다." 엘런이 말했다. 매니저가 문 쪽으로 가다가 안경을 집어 들었다. "안경 안 잃어버리셨습니까?" 매니저가 말했다.

"아뇨." 엘런은 대답하고 위층으로 올라가서 직원이 계산서를 가져오기를 기다렸다.

소독약을 더 바른 뒤, 혹시 몰라서 냅킨으로 소독약 병을 덮어 두었다. 사형 집행을 기다리는 사람처럼 앉아 있었다. 계산서는 흰 접시 위에 놓여 전달되었다. 전부 열세 장이었다. 제목 밑의 보라색 리본 그림. 엘런은 불결한 몸으로 애도 중인 자신의 현재 상태에 어울리는 색이라고 생각했다. 상세 내역이 적혀 있는 부분은 다 건너뛰고, 마지막 장의 최종 금액을 확인했다.

엘런이 대충 예상하던 네 자릿수 금액보다 훨씬 높았다.[45] 12로 나누어 보았다. 어마어마한 금액. 아무리 높게 계산해도 그런 금액은 나올 수 없었다. 하루 4파운드의 숙박비에 더해 수백만 가지 추가 비용이 붙어 있었다. 대체 이게 다 뭘까? 엘런이 안내대에 전화하자 매니저는 장마다 맨 밑에 비용에 대한 설명이 있다고 말했다. 대문자로 위스키와 세탁과 다림질과 페리에와 화장실과 차라고 적혀 있었다. 세탁과 다림질과 페리에와 화장실과 차는 일단 프랑스어로, 그다음에 영어로

---

45) 소설이 출간된 1965년 기준으로 1만 프랑은 약 730파운드, 1파운드는 현재 20파운드 정도의 가치다.

표기되었다. 차를 수백 잔쯤 마셨다고 나와 있었다. 지금 가진 여행자 수표를 전부 사용하고도 남는 비용은 평소 쓰는 수표로 충당한 뒤, 집에 돌아가서 잽싸게 은행 담당자를 만나 차차 갚겠다고 사정하는 수밖에 없었다.

'돈이 모든 걸 결정하는군.' 엘런은 생각했다. 죽음에도 병에도 꿈쩍하지 않았는데 돈 때문에 집에 가게 되었다. 수표에 실제 청구된 금액보다 조금 더 높은 금액을 써서 떠나기 전까지 자잘한 것들을 충당할 프랑스 돈을 마련했다. 하지만 이제 페리에는 마실 수 없었다. 엘런은 장티푸스에 걸리고 싶은 사람처럼 수돗물을 마셨고, 접시 위에 계산서를 올린 채로 접수대로 내려갔다. 매니저는 전화를 하지 그랬느냐고 말했다. 그러면 직원을 보냈을 거라며.

"내일 떠나는 항공편을 구해 줄 수 있나요?" 엘런이 물었다.

"노력해 보지요." 매니저가 전화를 집어 들더니 바로 예약을 마쳤다. 성수기도 끝물이라 휴가객 대부분이 집에 돌아가고 없었다. 매니저가 다음 날 비행기 출발 시각을 적어 주었고 엘런은 버스 정보를 구했다. 매니저는 어디서 버스를 탈 수 있는지 알려 준 다음, 계산서를 처리했다. 엘런이 떠나려는데 매니저가 불러 세웠다.

"마담, 이제 알겠네요. 계산서 틀렸어요."

"너무 많이 나왔던 거죠." 엘런이 쾌활해졌다. 돈을 돌려받을 수 있을 터였다. 페르노 반병을 사서 다리 사이의 곤경은 다 잊어버려야지.

"너무 적어요. 오늘 숙박비가 빠졌어요." 매니저가 말했다. 엘런은 거스름돈으로 받았던 지폐 몇 장을 돌려주고 1프랑짜리 동전 세 개를 받았다. 이제 수중에 남은 돈은 지금 받은 1프랑짜리 동전 세 개와 50프랑짜리 동전 몇 개가 전부였다. 완전한 파산이었다.

다음 날 엘런은 남몰래 떠나려고 했다. 아주 조용히 짐을 쌌으며 모리스가 들르는 일이 없도록 아무것도 주문하지 않았다. 떠나기 삼십 분쯤 전 가방을 닫고 침대에 앉았다. 방 안에 햇볕이 화사했다. 재떨이에 1프랑짜리 동전 두 개를 두고, 혹시 복도에서 직원이 가방을 들어 줄 것에 대비해 나머지 한 개를 챙겨 두었다. 그것은 더 심각해졌다. 돈 문제로 떠나게 되어 차라리 다행이었다. 바로 의사를 보러 가거나 산부인과 진료소에 가면 될 터였다. 런던 시내에 있는 공중화장실에 진료소 이름이 적혀 있었다. 그곳으로 갈 생각이었다.

"안녕." 엘런은 자신의 많은 것을 묻어 둔 방에 작별 인사를 했다. 나무 옷걸이 두 개와 호텔 이름이 적힌 커다란 수건 한 장을 챙겼다. 혹시 모르니 여행 가방에도 수건을 하나 넣었다. 부드럽게 문을 닫고 복도를 따라 걸어갔다. 가장 먼저 엘런에게 접근한 사람은 화장실 담당 직원이었다. 그가 엘런의 짐을 받아 들려 했으나 엘런은 가방을 꼭 붙잡았다. 무거운 가방 때문에 조금 낑낑대며, 뚱한 얼굴로 손을 내밀고 있는 직원 옆을 지나갔다. 로비로 내려가자 난리가 났다. 모리스, 엘런을 담당했던 식당 웨이터, 또 다른 남자 직원까지 전부 문 안쪽의 벤치에 앉아 있다가 일어나서 엘런을 도와주려 했다. 모리스가 가방의 가죽끈에 손을 올렸다. 혹시 택시를 원하는지?

"아뇨, 아뇨." 엘런은 그를 바라보지도 않고 말했다. 맨 마지막에 있던 직원에게 1프랑을 주고 서둘러 콘크리트 내리막을 따라 나무로, 버스 터미널로 나아갔고, 탈출에 성공했으니 뛰기 시작했다. 바깥은 뜨겁고 맹렬하고 찬란했다. 하지만 훗날 이곳을 추억할 때면 그런 열기가 아니라 첫날밤의 풍경이 떠오를 것이다. 미지의 파랑, 생에서 가장 쓰라린 경험을 선사할 것만 같은 풍경. 정말 그랬는지도 모른다.

# 17장

집에 돌아와 보니 현관은 편지로 어지러웠고 전보도 두 통 와 있었다. 편지는 우편으로 도착한 것도 있고, 직접 두고 간 것도 있었다. 전부 위로의 인사였다. 엘런은 생각보다 친구가 많았다. 곧장 대여섯 통을 뜯어 훑어본 뒤 아래쪽의 서명을 확인하고 사람들이 참 사려 깊다는 생각을 했다. 부러 편지지와 봉투 가장자리를 검게 칠한 사람들도 있었다. 사실 엘런은 이런 편지가 메슥거렸지만. 상사가 보낸 편지도 두 통 있었다. 첫 번째 편지는 애도하는 문장으로 가득했고, 두 번째 편지역시 아직 동정조였으나 가장 중요한 질문은, "그런데 출근은 안 해?"였다. 첫 번째 전보는 휴 휘슬러가 보낸 것이었다.

내가 도와줄 수 있을까.

두 번째 전보도 그가 보낸 것이었다.

제발 전화해, 제발.

실수인지 안부용 서식으로 전송되었다. 가장자리가 검게 칠해진 편지와 분홍빛 장미 꽃봉오리로 장식된 전보를 함께 들고 있자니 기분이 이상했다. 엘런은 몸을 떨기 시작했다. 편지를 읽어도 그 생각을 떨칠 수 없었다. 엘런은 아이의 침실로 갈 수밖에 없었다. 그냥 해치워 버릴 생각에 급하게 움직였다. 바닥에 아이가 가지고 놀던 요새와 군인 장난감이 있었고 침대 위에는 다림질해 차곡차곡 개켜 둔 깨끗한 옷이 그대로였다. 엘런은 생각했다. '지금 눈물을 터뜨리면 절대 멈추지 못할 거야.' 엘런은 옷을 집어 서랍장에 넣어 두고는 밖으로 나와 문을 잠갔다. 바쁘게 집 안 곳곳을 살펴보며 전부 떠날 때 모습 그대로인지 확인했다. 정원은 처참했다. 화분의 제라늄이 죽어 있었다. 엘런은 흙을 만져 보았다. 시멘트 같았다. 호스를 꺼내 정원 여기저기로 다니며 화단, 돌, 심지어 죽은 제라늄에도 물을 뿌렸다. 정원이 다시금 살아 숨 쉬는 듯했고 흙에 물이 스며들며 촉촉하게 바스라졌다.

시간이 지나자 남편이 떠올랐는데, 사실 남편은 줄곧 엘런의 의식에 남아 있었다. 엘런은 완전히 집중한 채로 몸을 씻었고 그 부위에 오랜 시간을 쏟았다. 그렇게 하면 병을 지워 낼 수 있다는 듯이 씻고 또 씻는 버릇이 생겼다. 짙은 색 원피스를 입고 6시쯤 남편의 집으로 출발했다. 당연히 바깥은 아직 밝았는데 지난 며칠 사이 익숙해진 맹렬하고 새하얀 빛은 아니었다. 이곳은 더 은근한 나라니까. 엘런은 남편과 이 처참한 일에 대해 이야기를 나눌 생각이었다. 남편도, 엘런도, 치유할 수 없는 슬픔과 함께 살아가야 하는 모든 사람이 처참했다. 버스에 탔더니 아이를 향한 그리움이 다른 장소에 있을 때보다 더욱 강해졌다. 두 사람은 자주, 특히 주말에 아이를 아버지네 집 현관에 데려다줄 때 그 버스를 타고는 했다. 가는 길에는 보통 번갈아 가며 수수께끼를 냈다. 둘이 아이를 하나 더 낳으면 죽은 아들과 똑같은 아이가 나올지도 모른다는 생각이 들었다. 아들을 똑같이 복제해 내는 것. 그때 다른 골칫거리가 떠올라 흠칫 놀랐다. 그런 유의 질병은 유전되기에 실제로 부모의 죄악이 아이에게로 이어진다는 사실을 어렴풋이 알고 있었다. 남편이 그 사실을 안다면 사람들을 모아 놓고 엘런에게 돌팔매질을 하겠지. 실제로 엘런은 조심해야 했고 남편이 눈치채지 못하도록 몇 미터쯤 거리를 두어야 했다. 병원에 먼저 들르는 편이 좋을 뻔했다. 지금도 선뜻 병원으로 향할 자신감이 있는 것은 아니었지만.

집은 쥐 죽은 듯 조용했다. 한 달도 안 됐는데 산울타리가 우거졌고 창문 위로 덧창이 굳게 잠겨 있었다. 엘런은 초인종을 누르고는 현관의 우편함을 통해 남편을 불렀다. 남편이 우편함 앞에 오래된 서랍장을 붙여 두어 아무것도 보이지 않았다. 어쩌면 남편은 죽었을지도 몰랐다. 엘런은 이웃집 문을 두드렸다. 두 집은 얇은 벽을 사이에 둔 연립 주택이라, 이웃이라면 남편의 기척이 있는지 알 것이다. 이웃은 남편이 며칠이나 집을 비웠다고 말했다. 멀리 떠난 것이다. 어느 날 책, 시계, 레코드플레이어 등 물건 몇 가지를 밖에 내놓더니 차에 싣고 떠났다고 했다. 여자도 있었다.

"괜찮은 여자던가요?" 엘런이 바보 같은 질문을 했다.

"이십 대 같던데." 이웃 여자가 말했다. "머리가 허리까지 올 정도로 길고요."

그 즉시 엘런의 익숙한 상처가 다시금 욱신거렸다. 두 사람이 처음 만났을 때 엘런의 머리도 허리까지 올 만큼 길었다. 그때 웬일인지 엘런의 감정에 변화가 생기며 갑자기 눈물이 차오르기 시작했는데, 그것은 안도의 눈물이었다. 남편은 황량한 삶의 한복판에서 새로 시작할 힘을, 건강한 젖이 흐를 것만 같은 깨끗한 초원 같은 가슴에 머리를 누일 힘을 낸 것이다. 이상하게도 엘런은 고마웠다. 남편은 엘런이 느껴야 했을 영원한 죄책감의 압박을 없애 주고 그를 해방시켰다. 엘런은 무엇보다 그들이, 남편과 미지의 여자가 행복하기를 바랐다. 그 여자가 남편을 찾아온 이유가 그저 집이 필요하거나 파손 위험이 있는 우편물을 전하기 위해서였다고 생각하면 견딜 수 없었다. 어쩌면 두 사람은 첫눈에 반했을지도 모른다. 어쩌면. 어쩌면. 어쩌면. 엘런 안의 호기심이 죽어 버렸다. 그토록 열렬한 무관심은 처음이었다. 아이의 죽음과 덧창 닫힌 집이 두 사람의 결혼을 완전히 종결시켰다. 더 이상 고통은 없다. 때가 되면 남편이 우편물을 보내겠지만 절차 진행을 위한 연락일 테고 엘런의 답변 역시 사무적일 것이다.

"집이 매물로 나왔나요?" 엘런이 이웃에게 물었다.

"우리가 알기로는 아닌데요." 이웃은 캐묻고 싶은 게 많은지 조바심을 냈다. 엘런의 몸에 알아내야 할 정보라도 있는 양 유심히 살폈다.

"매물로 나오면 알려 주실래요?" 엘런이 말하고는 사무실 전화번호를 알려 주었다. 가지고 싶은 오래된 찻숟가락 세트가 있었다. 엘런이 떠난 뒤로 남편이 자물쇠를 바꿨기 때문에 엘런의 열쇠는 무용지물이었다. 이제 엘런이 탐내는 것은 찻숟가락뿐이었다. 물론 처음 헤어졌을 때는 남편이 무슨 생각을 하는지 알아내기 위해 집에 침입해서는, 나중에 참고하려고 적어 놓은 달력의 메모라든가 테이블에 남아 있는 사용한 컵의 개수, 의자에 놓인 쿠션의 찌그러진 상태 등을 살펴보곤했다. 전부 과거의 일이었다. 찻숟가락은 다른 문제였다. 은제였으나 흠집이 났으므로 큰 값어치는 없었다. 다만 엘런의 어머니가 보내 준 결혼 선물이었다. 딸이 가톨릭이 아닌 이교도 남자와 결혼해 다툼이 있은 뒤였지만 별다른 설명 없이 선물을 보내왔다. 찻숟가락 세트는 어머니가 한때 일하던 저택에 있던 물건이었는데, 어머니는 떡하니 딸과 같은 이름의 첫 글자가 적혀 있는 것을 보고 훔쳐 왔고 엘런은 그런 어머니가 거룩하다고 생각했다. 진정한 선물. 엘런이 과거의 삶으로부터 원하는 것은 찻숟가락 세트, 남편의 잘 나온 사진 한 장, 당연한 말이지만 아이의 물건이었다. 몇 개의 조각이면 충분했다. 때가 되면 온 세상만큼 소중했던 사람들, 엘런의 생각을 독차지하고 열정에 불을 붙인 사람들, 이런 사람들마저 조각 몇 개로 남을 테고 그렇게 시간이 흘러 그들 중 누구도 떠오르지 않으리라. 아이를 가장 마지막까지 붙잡고 있겠으나 아이 역시 떠나겠지. 살아 있었다고 해도 자기 의지로 떠났을 것이다. 생이 엘런의 존재를 간단하게 정리해 버렸다. 이제 엘런은 불멸의 사랑이라든가 영원성 따위에 대해 망상을 품지 않았다.

"자잘하게 챙기고 싶은 것들이 있어서요." 엘런이 말했다.

"그렇겠죠. 자연스러운 일이에요. 여자들은 기념품을 챙기는 법이니까." 이웃이 말했다. 하지만 이웃의 눈은 말하고 있었다. '아들이 죽었는데 아직도 살아 있다니, 틀림없이 피도 눈물도 없는 여자야.'

"물론 묘비도 마련해야 하고요." 무언의 비난에 마음이 상한 엘런이 말했다. 엘런은 점판암 같은 푸른빛의 튼튼하고 울퉁불퉁한 비석을 세우기로 이미 마음먹었다. 일이 주 안으로 기차를 타고 그쪽으로 떠날 계획이었고, 아이 아버지가 다른 묘표를 마련해 놓았다면 그것을 없앨 수밖에 없었다. 아이의 무덤에는 비석이 가장 어울렸다. 돌은 그 누구보다 오래 살아갈 테니까. 문구는 따로 새기지 말자. 감상은 금물.

"그래야죠, 가여운 녀석." 이웃이 말했다. "언젠가 꼬마가 가지고 놀던 공이 산울타리를 넘어왔는데, 던져 달라고 부탁하는 모습이 어찌나⋯⋯."

엘런은 떠나야만 했다. 난데없이 가야겠다고 말하고 자리를 떴다. 이웃은 분명 엘런이 냉정하다고 생각했을 것이다. 물론, 엘런은 냉정했다. 치료받으러 병원에 가려고 발걸음을 재촉하고 있었으니까. 바비는 벌써 아무런 감정도 느껴지지 않는 타인, 보균자에 불과했다. 동방 박사 세 사람의 이야기와는 정반대인 셈. 바비를 비난하는 것은 아니었다. 비난은 향수와 마찬가지로 엘런이 폐기한 감각이었다. 이런 낱말들은 삶과 죽음이라는 거대한 문제에 비하면 미미할 뿐이었다. 해변에서 보낸 날들은 빛바랜 꿈이었고, 오직 질병만이, 엘런 주변의 대기와 도로의 돌, 지나가는 자동차만이 실재했다.

이웃은 잽싸게 문을 닫았다. 남편에게 무슨 일이 있었는지 말해 주러 달려가고 있으리라.

왜 휴 휘슬러에게 전화를 걸었는지 엘런은 도무지 알 수 없었다. 분명 낭만적인 사건을 의도한 것은 아니었다. 엘런은 전화를 걸어 전보 두 통에 고마움을 표했고, 그의 목소리를 들으며 이 남자는 어쩜 이렇게 영국적이고 딱딱하고 심심할까 생각했다. 남편의 잡초 무성한 집 밖에서 느꼈던 것과 똑같은 종류의 안도감을 느꼈다. 엘런은 그가 누구를 사랑하든 누구와 만났든 관심이 생기지 않았고, 그가 필요하지 않았고, 대화에 성적인 암시가 끼어들지도 않았고, 그저 시시한 질문에 답하고 시시한 질문을 던질 뿐이었다. 새로운 감각이었다, 이 무관심이라는 것은. 은은한 조명이 켜진 근사한 거실의 파티 장면을 스칠 때도 홀로 거리를 걷는 것이 더 크고 확실한 즐거움을 제공하기에 초대받지 못했음에 유감을 느끼지 않는 것과 비슷했다.

"주중에 한번 볼까요." 엘런이 말했다. 휴가 언제쯤 만날 수 있을지 묻고 있었다. 엘런의 반응이 미적지근했다. 휴는 그날 밤 느지막이 신문 작업을 마치고 집에 오겠다고 고집을 부렸다.

휴는 엘런의 혈색 좋고 건강한 모습에 충격을 받았음이 분명했다. 엘런의 얼굴을 보고 숨을 헉 들이마셨다. 그리고 엘런의 눈 흰자위! 투명하고 엷은 푸른빛이 감도는 것이 꼭 아기눈 같았다.

"다 쓰고 왔어요, 선탠로션, 립스틱, 벨라도나, 전부 다······." 엘런이 사과하자 휴는 겨우 미소를 지어 보였다.

"끔찍한 사건이었어요." 휴가 엘런의 볼에 입 맞추며 말했다.

"끔찍한 사건이지요." 엘런이 말했다. 남편의 집에서 돌아와 휴를 기다리는 시간은 잔혹했다. 집 안을 돌아다니며 덮개 씌운 의자를 주먹으로 내리쳤고 의식을 잃고 싶은 마음에 벽 여기저기에 이마를 찧었다.

"잘 지냈어요?" 엘런이 말했다. 휴는 창백하고 늙어 보였다. 머지않아 이유를 알 수 있었다. 여자 친구가 떠난 것이다. 다른 남자 때문에. 그의 대역에 지나지 않는 남자.

"남자들도 여자들도 언제쯤 혼자 지내는 삶에 익숙해질까?" 엘런이 말했다.

"애인은 내 아이들을 미워했어요." 휴가 말했다. 한 달에 한 번 아침을 먹으러 오는 아이들은 시리얼에 뜨거운 우유를 부어 먹는 걸 좋아하는데 여자 친구가 굳이 차가운 우유만을 주었다며, 이야기를 장황하게 늘어놓았다.

"우유 데우는 게 뭐가 귀찮다고." 휴가 말했다.

"비타민이 파괴될까 봐 그랬나." 엘런이 말했다. 여자 편을 들려는 것이 아니라, 황당무계한 행동에도 합당한 이유가 무수한 법이라는 사실을 알기에 하는 말이었다. 휴가 깜짝 놀라 엘런을 바라보았다. 언제부터 그렇게 사실 관계를 따지는 사람이었느냐는 듯이. 그러다가 조문객의 임무를 떠올렸다.

"그 이야기 하고 싶어요?"

엘런이 준 위스키에 입도 안 대고 안락의자 끄트머리에 걸터앉은 휴는 불편한 기색이 역력했다. 다시금 휴의 아름다운 얼굴을 마주한 채로, 한때 마음에 흥분과 동요를 일으키던 주체가 이젠 허무만을 만들어 내는 현실을 실감하자니 이상했다. 엘런은 다른 사람이 된 것 같았다. 휴는 옆자리의 푸른 벨벳을 쓰다듬으며 와서 앉으라고 했다.

"그냥 여기 있을게요." 엘런이 말했다. 다른 골칫거리 때문에 그의 옆에 앉아도 괜찮겠다는 확신이 들지 않았다.

"내 품에 있으면 더 편안할 텐데."

불안해진 엘런은 눈을 감고 혹시 냄새가 나지 않는지 킁킁대기 시작했다. 위스키 향이 강렬해서 차라리 다행이었다.

"아닐 거예요." 엘런이 답했다. 그는 끔찍한 병 때문에 타인의 손길이 닿지 않는 곳에 머물러야 했다. 과거에 자신이 광증에 사로잡혀 인생을 망쳐 버릴까 봐 걱정했다는 것, 외딴 호수에 몸을 던진 두 여자처럼 미쳐 버릴까 봐 걱정했다는 것을 생각하자 우스웠다. 하지만 이 병은 광기보다 동정받기 힘들었다. 전염되는 병이었고, 용서받을 수 없었다. 이제 그는 자신이 처한 곤경의 반향이 아니라면 세상 그 어떤 것에도 감응하거나 귀 기울이지 않았다. 그가 아들을 도와줄 수 없었던 것과 마찬가지로 그를 도와줄 사람도 없을 것이다. 운명. 아니면 그가, 그의 의지가 부린 광기가 일으킨 사건일까. 어느 쪽이든 이 모든 것은 전부 실제로 일어난 사건이고, 기억의 눈 아래를 부유하다가 마침내 죽음의 손에 봉인될 것이다. 우정, 섹스, 위스키, 안락의 손길에 무심하고 무감해진 채로, 세상에는 낯선 이들, 의사, 과학, 약, 적어도 그의 몸을 치료해 줄 수 있는 것들이 존재한다고 되뇜으로써 제정신을 유지할 수 있었다. 그는 고해를, "욕을 하고, 거짓말을 하고, 나쁜 생각을 했어요."라고 중얼거리곤 했던 검은 창살을 떠올렸고, 신부의 훈계가 얼마나 따끔했든, 속죄가 얼마나 고통스러웠든 죄가 사해진 느낌은 한 번도 없었던 것을 기억했다. 질병도 마찬가지일지 몰랐다. 아직도 배에는 임신 중에 근육이 늘어나며 생긴 이런저런 흔적이 있었고, 목 수술은 아예 영구적인 흉터를 남겼다. 완전히 치유되는 것은 아무것도 없었다.

"그럴 거예요." 휴가 말했다. "지난번에 엘런을 봤을 때보다 지금 더 간절하게 원하고 있으니까."

그보다 갑작스러운 말은 없었을 것이다. 엘런은 눈을 뜨고 휴를 향해 미소를 지었다.

"못 믿나 보다." 휴가 말했다. 엘런은 두 사람이 함께했던 긴 하루를, 벽에 기댄 채 보낸 밤을, 침대 속에서 보낸 시간을, 촉촉하게 엮인 만족한 몸을, 연인이 떠날까 봐 두려워하는 만큼 떠나기를 바라며 마음 졸이던 일을 떠올렸다. 휴와 끌어안고 누워 다시금 온기를 느끼며 그 포옹을 미래의 삶을 위한 투자가 아닌 찰나의 감각으로서 기꺼이 받아들일 수 있다면 얼마나 좋을까. 하지만 어떻게 그럴 수 있을까! 엘런의 두 눈이 눈물로 빛났다. 오랜만이었다.

"왜 그래요?" 휴가 물었다. 다정하고 친절하게 손을 내밀어

지금 등받이 높은 의자에 앉아 있는 엘런을 자신이 앉은 벨벳 안락의자 옆자리로 끌어당겼다. 보금자리. 그러나 엘런은 위험을 감수할 수 없었다. 휴가 도착하기 전에 씻기는 했지만 여전히 위험했다. 게다가 긴장되는 상황에서는 다리 사이로 눈물이라도 흘리는 듯 상태가 심각해진다는 것을 알게 되었다. 엘런이 조금 흐느끼는 동안, 휴는 건너편에서 다양한 이야기를 늘어놓았다. 날씨, 그날 밤에 작성한 기사, 가을에 사려고 계획한 자동차. 하지만 줄곧 그 이야기로, 그들에게로, 엘런이 자기 옆에 있기를 바라는 마음으로 돌아왔다.

"엘런 생각을 했어요." 휴가 말했다. "아들이 죽었다는 소식을 들어서만은 아니고…… 여러 가지 이유로." 엘런은 휴의 창백하고 정직한 얼굴을 바라보았다. 휴가 혀로 윗입술을 훑었다. 습관이었다. 엘런은 단 한 번도 휴를 떠올리지 않았다. 단한 번도. 그것이 엘런의 죄였다. 부드러운 살결과 크고 촉촉한 눈망울 아래, 그의 마음은 단단한 씨앗 같았다. 삶에 갇혀 바스라지긴 했으나 사실 그 누구에게도, 딸을 위해 도둑질까지 한 어머니에게도, 술에 취한 아버지에게도, 선견지명은 있지만 독을 품고 사는 남편에게도 오롯이 마음을 내준 적 없었다. 심지어 아이에게라도 내줘야 했으나 그러지 못했다. 그러니 흰 복숭아 이야기에 그토록 집착하는 거겠지.

"내가 뭘 원하는지 아나요?" 엘런이 말했다. 휴가 다가와 옆에 무릎을 꿇고 앉더니 방금 불붙인 담배를 건넸다. 엘런은 스커트를 끌어내려 다리를 폭 덮고는 종아리를 꼰 채 꿈틀거리며 휴에게서 멀어졌다.

"강간하려는 게 아니에요." 휴가 말했다. "사랑을 나누려는 거예요."

"내가 뭘 원하는지 아나요?" 엘런이 했던 말을 반복했다. "나로 사는 삶을 그만두는 것."

휴는 말도 안 된다고, 지금껏 만난 여자들을 통틀어 봐도 엘런만큼 좋은 사람은 드물다고 말했다. 엘런은 잠시 허영심이 자극한 짓궂은 즐거움에 사로잡혔지만 다시금 휴의 이야기에 귀를 닫고 자기 자신에게 말했다. '누군가를, 무언가를 사랑하고 싶어. 깊이, 아무런 대가도 바라지 않고, 필요하다면 사랑을 위해 죽을 수 있을 정도로.' 휴는 엘런의 손을 꼭 붙잡고 자기에게 돌아와 달라고, 무슨 말이든 해 달라고 부탁했다.

"나 말고 다른 사람을 사랑하고 싶어요." 엘런이 말했다.

"누구든 조금씩은 그렇죠." 휴가 말했다. 대화 상대로는 정말 심심한 사람이었다.

"순수한 사랑." 거드럭거리는 이야기로 들렸고, 둘의 대화가 보다 일상적이기를 바란 엘런은 위스키가 담긴 술잔을 홀짝였다.

"가톨릭교 신자라 그런가 봐." 휴가 말했다.

"그냥 내 마음이 그래요." 엘런이 담담한 목소리로 말했다. 그러고는 미소 지었다. 휴가 엘런의 손에 얼굴을 대고 입 맞추고 꽃다발을 들여다보듯 바라보았다.

"그러지 말아요." 엘런이 말했다. 자꾸 의자 뒤로 숨어들며 몸을 피했다.

"아들이 죽어서 그러는 거예요?" 휴가 물었다.

"아뇨, 프랑스에 있을 때는 아무하고 잤는걸. 낚시꾼, 나무

꾼, 사기꾼, 사냥꾼46) 가리지 않고⋯⋯." 엘런은 자신을 벌하고 그의 환상을 깨고 싶었다.

"가여운 엘런." 휴가 말했다. 그는 엘런의 말을 믿지 못하는 것이 분명했다. "우리 둘이 어떻게 할지 내가 결정해야겠어요."

"내가 어떻게 할지를 당신이 결정할 수는 없어요. 그 누구도 그렇게는 못 해." 엘런이 대꾸했다. 휴는 술을 한 잔 더 마시고, 주변을 서성이고, 엘런이 앉은 의자 뒤에 서서 포옹했다. 엘런은 생각했다. '내게 가까이 왔다가 눈치챘다면 다시는 날 만나려 하지 않겠지.' 엘런은 휴의 손길이 닿을 때마다 그가 자신의 수치를 알아내려고 접근하는 것이라 생각했다.

"휴." 휴는 엘런 뒤에 있었기 때문에 얼굴을 마주할 필요가 없었다. "그냥 돌아가야 할 것 같아요."

"내가 떠났으면 좋겠어요?" 휴가 물었다.

"네."

휴의 움직임이 느껴졌고 그가 술잔을 내려놓는 소리가 들렸다. 밤이 너무 더워서 풀어 두었던 넥타이와 라이터를 집어 들었다.

"한두 달 뒤에, 아니면 크리스마스에 같이 양초 만들어요." 엘런은 쾌활해지려고 애썼다. 휴는 프랑스제 담배를 집어 들고는 갑에서 튀어나온 담배들을 밀어 넣은 뒤 주머니에 넣었다.

---

46) Tinker, tailor, soldier, sailor. 사전적으로는 차례대로 땜장이, 재단사, 군인, 선원이라는 뜻이다. 발음은 팅커, 테일러, 솔저, 세일러. 놀이에서 술래를 정할 때 부르는 노랫말의 일부로, 여기서도 운을 맞춰 재치 있게 열거하고 있다.

"내일 아침에 피우게 한 개비만 남겨 줄래요?" 엘런이 부탁했다. 휴는 한 갑을 통째로 남겼다.

"하나면 되는데." 엘런이 말했다.

"난 가는 길에 사면 돼요." 휴는 용서의 의미로 살짝 미소 지었다. 잘생긴 남자였다. 성급하지도 않았다. 그리고 세상에는 사랑하기 좋은 여자가 12월 하늘의 별만큼 무수했다. 엘런은 이 모든 것이 어찌나 공허한지 숨이 막힐 것만 같았다. 이 모든 것의 아이러니란. 엘런은 속이 메슥거렸고 머릿속에는 단 한 가지 생각뿐이었다. 휴를 쫓아내고, 다시, 또다시 몸을 씻은 뒤 이 모든 것을 마무리 짓기.


\*


며칠 후 엘런은 친구를 통해 런던 외곽의 부촌에 있는 친절한 여자 의사에게 진료받았다. 의사의 책상에는 작고 보송보송한 쥐 마스코트가 그려져 있었는데, 엘런은 그 쥐를 바라보며 가능한 한 차분하게 이야기를 전하려 했다. 말이 제대로 나오지 않았다.

"남편에게 옮은 게 아니군요."

"전남편이에요."

여자 의사는 이야기를 받아 적고 나이, 임신 경험, 현재 증상을 기록한 뒤 검진대에 앉혔다. 엘런은 검진을 앞둘 때면 항상 울음을 터뜨렸다. 이번에도 예외가 아니었고, 팔다리에 힘이 들어갔다.

"뭐, 부주의하면 대가를 치르기 마련이에요." 여자 의사가 께름한 이야기를 하고는, 처음엔 고무장갑 낀 손으로 그다음에는 차가운 금속 기구로 검진했다. 아팠다. 검사는 총 일곱 차례에 걸쳐 이루어졌고, 다 끝났을 때쯤 엘런은 일곱 가지 병에 걸렸을 수도 있다는 사실을 받아들였다. 하지만 결과는 단시일 안에 나오지 않을 것이다. 출근할 때는 속옷 두 벌과 두꺼운 스커트를 입어 몸을 싸맸다.

두 번째 진료 시간이 되어, 엘런은 다시금 쥐와 께름하고 가슴 큰 여자를 바라보며 앉았다.

"결과가 나왔어요." 여자가 결과지를 들고 말했다. "이차 감염이 있었지만 임질은 아닌 것 같아요……."

"걱정을 그렇게 많이 했는데." 엘런이 말했다. 속은 듯한 기분이었으나 어쨌든 마음을 놓을 수 있었다. 잠시나마 손뼉을 치는 것 같은 불경한 짓을 저지를 뻔했다. 엘런은 처방전을 받아 알약과 제비꽃 빛깔 로션을 샀고, 약국을 떠나며 바지에 로션 얼룩이 묻어난다면 그 자체로 애도의 증명이 되리라 생각했다. 들쭉날쭉하고 추한 보랏빛 얼룩.

엘런은 약 꾸러미를 꼭 붙든 채로 공원을 가로질러 집으로 걸어갔다. 자작나무는 잎사귀마다 자력을 발휘해 외양을 바꾸는 듯했다. 거친 풀의 밑동부터 흙빛이 피어났고, 땅에는 빛바랜 듯 희미한 노란색이 번졌으며, 공기는 녹녹했다. 엘런은 빠르게 걷다가 걸음을 멈추고 섰다. 이제 서두를 필요가 없고, 서둘러서 해야 할 일이 없고, 그저 가만히 호흡할 뿐이고, 행복하지 않으나 불행하지도 않았다. 낮이 전처럼 찬란하고 밝지 않다면, 밤도 그렇게 새카맣지는 않으리라. 어쨌든 그렇게 생각하니 좋았다. 나뭇잎이 떨어졌고, 엘런은 나뭇잎이 떨어지는 모습을, 여전히 물기를 가득 머금은 채로 너울너울 떨어져 낙엽 더미 위에 자리 잡는 모습을 보았다. 수많은 나뭇잎이 사방에서 그렇게, 단순하고 무던하게 낙하하고 있었다. 적어도 한두 달쯤은 이렇듯 서늘하고 감미로운 가을이 이어질 것이다.

# 8월은 해방의 달

『8월은 악마의 달』은 에드나 오브라이언이 1965년에 발표한 네 번째 장편 소설이다. 데뷔작인『시골 소녀들』과『외로운 소녀』,『행복한 신부가 된 소녀들』까지, 후에 '시골 소녀들 삼부작'으로 묶인 세 중편을 완결하고 처음 발표한 작품인데, 제목에 줄곧 들어가던 '소녀'라는 단어의 사라짐으로 짐작할 수 있듯이 이것은 여자아이가 아닌 여자의 이야기다. 데뷔작과 비슷하게 외설과 불경을 이유로 모국 아일랜드를 비롯한 여러 나라에서 출판이 금지되었으나 데뷔작만큼 세계 독자의 열띤 호응을 이끌어 내지는 못했다. 좀 더 성숙하고 사뭇 어두운 소설이라, 겨울을 모르는 싱그러운 봄이 아니라 폭발하는 여름을 통과한 끝에 식어 가는 동절기를 예고하는 소설이라 그랬을까. 그러나 그는 욕망하다 쓰러지는 시골 여자의 이야기를 해야만 했다. 소설의 포문을 여는 키츠의 시구를 다시금 소환할 때다. "겨울이 찾아와 그의 얼굴에는 파리한 빛,/ 거부한다면 필멸의 천성을 저버리는 짓."

가을처럼 붉은 금발과 우윳빛 살결, 초록빛 아일랜드의 시골에서 보낸 어린 시절, 수녀원에서 받은 교육과 마그달렌 세탁소의 호된 재교육, 도망 끝에 도착한 런던에서 만난 남편을 통한 자기 부정과 부정의 부정까지, 주인공 엘런과 에드나는 닮은 점이 많다. 심지어 미국을 경험한 가정부 어머니, 리비에라에서 할리우드의 명사들과 어울리는 한 시절까지도 닮았다. 오브라이언의 소설뿐만 아니라 작가 자신도 영상이 낯선 매체가 아니다. 그는 엘리자베스 테일러와 마이클 케인이 주연한 영화 「화려한 사랑」을 비롯한 여러 각본을 썼고, 이 소설을 헌정한 스탠리 만 역시 각본가다. 그리고 상실에 허덕이는 엘런을 위로하러 온 바비, 게리 쿠퍼를 연상시키는 그의 '금색 길'(183쪽) 앞에서는 오브라이언의 회고록 속 한 대목을 떠올리고야 만다.(권과 제이슨이 파란색이 아닌 금색 만년필을 사기로 하는 장면도.)

당시 내가 작업하던 초고, 후에 '작은 마을의 연인들'이라고 명명하게 될 단편 소설을 언스트가 발견하고 큰 싸움이 났다. 소설의 첫 문장이 문제였다. '그곳은 새파란 타르로 포장된 도로였고 여름이면 우리는 그 길을 따라 걷곤 했다.' 그는 세상에 새파란 도로 같은 것은 존재하지 않는다며 발끈 화를 냈으나 나는 존재한다는 것을 알았다. 내 눈으로 보았고, 내 발로 밟았으며, 그때 뜨거운 타르가 새 신발의 흰 캔버스로 스며들었다. 파란색, 회색, 금색, 모래 같은 노란색과 카민 같은 빨간색까지, 세상에는 온갖 색깔의 도로가 있었다. 그는 완고했다. 마치 내가 그 문장으로 자기만의 절대적인 진실에 저항했다는 듯한 태도였다. 그는 온갖 문제에서 자기 의견만 옳아야 하고 누군가 거역하면 눈에 증오가 번득이는 사람이었는데, 내가 병아리 작가로서 조잘조잘 말대꾸를 하니 가당치도 않았던 것이다. 그러면서 내가 자신의 소유물이라고 믿었다. 그러나 나는 마음으로 그 새파란 도로를 붙잡았고, 그것이 빙하처럼 저 먼 곳에서 존재하다가 우리 사이로 끼어들 것을 알았다.

여기서 언스트는 언스트 게블러, 오브라이언이 스물세 살에 결혼해 십 년 후에 이혼한 열여섯 살 연상의 작가 남편으로, 이혼 사유는 신인 작가로서 승승장구하던 오브라이언을 향한 게블러의 시샘과 불안이었다.(두 아들을 두고 이어진 양육권 분쟁에서 게블러 측은 오브라이언이 어머니로서 부적격하다고 주장하기 위해 『8월은 악마의 달』을 사용했으나 패소했다.) 그러니 이혼과 집필 시기가 겹치는 소설에서 똑같은 이미지를 마주하고 특별한 의미를 부여하지 않기란 힘들다. 자꾸만 잃고 추락하는 엘런에게 위로를 선물하는 바비, '감정적 카타르시스'의 가능성으로서 존재하는 바비가, 길은 온갖 색깔일 수 있다고 대답하는 대목은 분명 의미심장하다. 물론 그가 선사한 것은 위로뿐만이 아니고 카타르시스 역시 도래하지 않지만, 길을 칠할 색깔은 아직 여럿 남았다는 것.

새파란 타르로 포장된 도로, 그 도로를 보고 밟았던 걸음의 감각, 그 감각을 기억하고 재현하는 이야기, 그 이야기의 의심된 고결성을 지지하는 또 다른 금빛의 이야기……. 오브라이언의 글과 그에 관한 글을 읽으면 읽을수록, 소설이든 회고록이든 편지든 인터뷰든, 그가 과거의 한 장면과 그 장면을 구성하는 감각 정보를 놀랄 만큼 세밀하게 기억하고 있다는 것, 그는 감각 정보를 감정적 진실로 구현해 내는 작업에 탁월한 작가라는 점을 알게 된다. 필립 로스는 《뉴욕 타임스》를 위한 오브라이언과의 인터뷰에서 이렇게 말한 바 있다.

오브라이언은 자신의 눈길이 닿았던 모든 물체의 형태, 질감, 색깔, 크기를 기억하는 듯하다. 보고, 듣고, 쿵쿵대고, 맛보고, 만져 본 모든 것에 깃든 인간적 차원의 의미는 말할 것도 없다. 그 결과는 섬세한 그물망 같은 산문인데, 완벽하게 관찰해 낸 세밀한 감각 정보의 그물망으로 그 모든 갈망과 고통과 회한을 건져 낸 결과, 그것들이 허구의 수면 위로 솟아오를 수 있는 것이다.

즉, 오브라이언의 집착적인 기억에 기초한 구체적이고 촘촘한 감각의 묘사는 이야기 속의 감정을 생생하게 살려 전면에 보여 주기 위한 것이다. 실로 그가 《패리스 리뷰》와의 인터뷰에서 밝혔듯, "어떤 책이든 좋은 책이라면 어느 정도 자전적이어야만 하는데, 작가는 감정을 날조할 수 없으며 그래서는 안 되기 때문이다. 스타일과 서사도 중대하지만, 작품의 보루인 감정이야말로 가장 중요한 것"이다. 그리고 "소설에 자전적 요소가 있다는 것은 그다지 중요하지 않다. 중요한 것은 소설에 담긴 진실, 그 진실이 표현된 방식"이다.

그렇다면 그의 소설에서 시시콜콜한 자전적 정보 대신 궁극적으로 주목해야 할 것, 그의 소설에 담긴 감정적 진실이란 어떤 것일까. 그가 로스에게 자신의 영역이라 주장한 것은, "외롭고 절박하고 때때로 수치스러운 상황에 놓인 여자들, 자주 남자에게 깔아뭉개진 채로 줄곧 도래하지 않을 감정적 카타르시스를 찾아 헤매는 여자들"의 이야기다. 그리고 그는 자신의 소설이 다루는 가장 중요한 주제로 '낭만적 사랑'과 '아일랜드'를 지목하기에 앞서 다름 아닌 '상실'을 주장한다. 사랑과 자아, 신과 믿음을 잃어 외롭고 절박하며 그 어떤 정서적 카타르시스도 누리지 못하는 상실감이야말로 그의 날조할 수 없는 소설적 보루인 것이다.

엘런은 줄곧 잃는다. 상실은 소설이 시작하기 전부터 시작되었다. 고향을 잃었고, 부모와 언니를 잃었고, 남편을 잃었다. 사랑의 쾌락도 잃었다. 그리고 소설이 시작된 후에는 사랑의 씨앗을 잃고 또 잃다가 가장 소중한 존재, 살면서 만난 많은 사람 중 유일하게 '아쉬운 존재'(129쪽)를 잃는다. 그러나 끊임없는 유형의 상실이 궁극적으로 가리키는 것은 줄곧 조각조각 바스러지다 무너지는 무형의 상실, 유년기와 청년기 동안 형성된 세계관의 상실이다.

엘런의 세계는 우둔한 종교적 세계, 죄를 저질렀으면 어두운 방 안에 들어가 조목조목 죄상을 고하고 고통받아야 하며, 죄 있는 여자들이 세탁소에서 무릎 꿇은 채로 더러움을 씻어내면 순결을 권장하시는 하느님께서 허락하시되 "남자와 남자의 몸이야말로 진정하고 절대적인 위로"(145쪽)가 되어 주리라는 단순한 인과응보와 오해된 욕망의 세계다. 실제로 낭만적 사랑과 아일랜드는 오브라이언의 소설에서 너무나도 중요한 주제인 것이, 아일랜드 여성들에게는 신과 순결한 가정과 은밀한 쾌락으로 위장한 억압의 세계가 당연스레 권장되었고 이는 작가에게도 극복할 수 없는 현실이었기 때문이다. 작가이자 영문학자인 프랭크 투이(Frank Tuohy)가 "노라 바너클의 세계는 에드나 오브라이언의 소설을 기다려야 했다."라고 말한 까닭은, 초록빛 모국의 비극에 허덕이다 도망하고 마는 음유 시인 같은 이미지를 점유한 아일랜드 남성에 반해, 투박한 내면 세계로 왜곡된 아일랜드 여성을 감정과 욕망, 좌절, 결핍을 아는 복잡다단한 독립체이자 문학적 주체로 조명했다는 의미로 해석해야 하지 않을까.

　그러나 여성이 독립체이자 주체라는 건 자신에게 주어진 불편한 생득적 조건 속에서 행복뿐만 아니라 불행, 좌절된 욕망과 상실된 세계까지 자기 것으로 끌어안아야 한다는 뜻이다. "도래하지 않는 감정적 카타르시스를 줄곧 찾아 헤매는" 방식으로, 이제 충분히 고통받았다고 생각할 때마다 더 큰 고통이 찾아오는 방식으로 그의 세계는 무너지고 만다. 그것이 억압의 세계였다 해도 두 발을 딛고 있던 세계를 잃은 상실감은 줄어들지 않는다. 휴도 바비도 안중에 없이 돈과 몸, 오직

물질적 필요에 의해 움직이는 엘렌이 이 모든 것에 대해 느끼는 "열렬한 무관심"(224쪽)은 세계관, 즉 기존의 자아와 신을 상실한 후의 소강상태라고 할 수 있다. 봄과 여름내 자랐던 것이 댕강 잘려 나갔으나 무엇을 취해야 할지 알 수 없는 횡한 금빛 벌판에 선선한 가을바람이 불고, "타고난 비극의 감각"으로 상실을 겪어 낸 여자는 어쨌든 여름을 뒤로할 수밖에 없다. 그러나 도래할 가을에는 붉은 낙엽이 포근하게, 겨울에는 흰 눈이 소복하게 쌓이는 마법이 일어날지도 모른다.

에드나 오브라이언은 1960년에 첫 소설을 발표한 후로 소설, 희곡, 시, 각본 등 장르를 가리지 않으며 40편 이상의 작품을 썼다. 과연 긴 세월이고 입이 떡 벌어지는 다작이라 시간이 지나며 그의 작품에도 변화가 생겼고, 후기작에서는 본격적으로 정치 문제를 다루며 사라예보 포위전과 아일랜드 혁명군, 보코하람 등의 소재를 취한다. 그러나 그런 작품에서도 결코 여성의 내면세계가 무시되지는 않는다. 『8월은 악마의 달』은 여성의 감정적 진실을 자신의 영역으로 선언하고 평생 추구한 오브라이언을 이해하기에 좋은 시작이 될 것이다.

2024년 여름
임슬애

# 작가 연보

1930년    12월 15일, 아일랜드 클레어 카운티 춤그레이니에서 농
부 마이클 오브라이언과 레나 클리어리의 네 남매 중
막내로 출생, 지역 사회와 가정의 독실한 가톨릭교도
사이에서 성장했다. 아버지는 부유한 지주 가문 출신
이었으나 술과 도박으로 조금씩 가산을 탕진한다.

1941년    수녀원 기숙 학교에 입학한다.

1946년    졸업 후 더블린으로 상경해 약국에서 일하며 밤에는
야간 대학에서 약학을 공부한다.

1950년    약사 자격증 취득. 제임스 조이스, F. 스콧 피츠제럴드,
레프 톨스토이 등을 탐독하기 시작한다. 언니의 소개
로 철도청 잡지에 주간 칼럼을 기고한다. 애비 시어터에
서 Y. B. 예이츠 원작의 「캐슬린 니 훌리한(Cathleen Ni

245

Houlihan)」을 보고 감동해 희곡을 쓰기로 결심한다.

1954년    부모의 반대에도 불구하고 16세 연상의 체코계 아일랜
드 작가 언스트 게블러와 결혼하고 카운티 위클로에서
신혼을 보낸다. 첫째 아들 칼로가 태어난다.

1957년    둘째 아들 사샤가 태어난다.

1958년    런던으로 이사. 헤밍웨이에 관한 수업을 듣고 크게 감
동한다.

1960년    첫 번째 장편『시골 소녀들(The Country Girls)』을 집필
한다. 남편 언스트가 원고를 읽고 "계속 글을 쓰면 용
서하지 않겠다."라며 분노한다. 출간 후 성애 묘사와 신
성 모독 등을 이유로 아일랜드에서 출간을 금지당하
고 고향인 춤그레이니를 비롯한 여러 지역에서 공개적
으로 불태워진다. 그러나 대중적인 호응을 얻고 국제적
성공을 거둔다.

1962년    『시골 소녀들』이 킹슬리 에이미스에게서 "올해 최고의
대뷔작"이라는 찬사를 받는다. 후속작으로『외로운 소
녀(The Lonely Girl)』를 출간한다.

1964년    장편『행복한 신부가 된 소녀들(Girls In Their Married
Bliss)』을 출간하며 삼부작을 완결한다.『외로운 소녀』
를 각색한「초록 눈의 소녀」가 개봉한다. 남편 언스트
와 이혼한다.

1965년    네 번째 장편『8월은 악마의 달』을 출간한다. 삼부작과
마찬가지로 출간을 금지당한다.

1966년    각본을 쓴 영화「난 여기서 행복했어(I Was Happy Here)」

가 개봉한다.

1968년 첫 번째 단편집 『사랑의 대상(The Love Object and Other Stories)』을 출간한다.

1970년 장편 소설 『이교도의 땅(A Pagan Place)』을 출간, 《요크 셔 포스트》에서 올해의 책으로 선정된다.

1972년 『이교도의 땅』을 희곡으로 각색해 로열 코트 시어터에 서 초연한다. 장편 소설 『밤(Night)』을 출간한다. 각본 을 쓴 영화 「화려한 사랑」이 개봉한다.

1974년 단편집 『수치스러운 여자(Scandalous Woman and Other Stories)』를 출간한다.

1976년 아일랜드의 역사와 자전적 기록을 결합한 『모국 아일 랜드(Mother Ireland)』를 출간한다.

1977년 장편 소설 『조니 난 당신을 잘 몰랐는걸(Johnny I Hardly Knew You)』, 중동의 역사에 관한 산문 『아랍의 날들(Arabian Days)』을 출간한다.

1978년 단편집 『라인하르트 부인(Mrs. Reinhardt and Other Stories)』을 출간한다.

1979년 선집 『아일랜드의 사랑(Some Irish Loving)』을 편집 출 간한다.

1980년 버지니아 울프에 관한 희곡 「버지니아(Virginia)」를 출 간, 캐나다 스트랫퍼드 페스티벌에서 초연 후 런던에서 공연하여 호평받는다.

1981년 제임스 조이스와 아내 노라 바너클의 전기 『제임스와 노라(James and Nora)』, 동화 『반짝반짝(The Dazzle)』

을 출간한다.

1982년    단편집 『귀환(Returning)』, 동화 『크리스마스 선물(A
          Christmas Treat)』을 출간한다.

1983년    동화 『구조(The Rescue)』를 출간한다. 『시골 소녀들』을
          각색한 동명의 영화가 개봉한다.

1985년    단편집 『광기의 열정(A Fanatic Heart)』을 출간한다.

1986년    아일랜드의 역사에 관한 산문 『사라지는 아일랜드
          (Vanishing Ireland)』를 출간한다.

1987년    『시골 소녀들』, 『외로운 소녀』, 『행복한 신부가 된 소녀
          들』 삼부작을 한 권으로 묶어 재출간한다.

1988년    장편 소설 『대로(The High Road)』를 출간한다.

1989년    시집 『뼈 위에(On the Bone)』를 출간한다.

1990년    단편집 『랜턴 슬라이드(Lantern Slides)』를 출간, 《로스
          엔젤레스 타임스》 소설상을 수상한다.

1992년    장편 소설 『세월(Time and Tide)』을 출간한다.

1994년    《뉴욕 타임스》에 정치인 제리 애덤스의 프로필을 집필
          한다. 아일랜드 분쟁 문제를 다룬 장편 『찬란한 고독의
          집(House of Splendid Isolation)』을 출간, 소설에서 본격
          적으로 정치 문제를 다루기 시작한다.

1995년    유럽 연합 문학상을 수상한다.

1996년    장편 소설 『강가에서(Down by the River)』를 출간한다.

1999년    장편 소설 『황량한 12월(Wild Decembers)』, 제임스 조
          이스의 전기 『제임스 조이스(James Joyce)』를 출간한다.

2001년    아일랜드 PEN 도서상을 수상한다.

| 2002년 | 장편 소설 『숲속에서(In the Forest)』를 출간한다. |
| 2005년 | 희곡 「가족 정육점(Family Butchers)」과 「삼면화와 이피게니아(Triptych and Iphigenia)」를 출간한다. |
| 2006년 | 장편 소설 『저녁의 빛(The Light of Evening)』을 출간한다. 율리시스 메달을 수훈한다. |
| 2009년 | 희곡 「사로잡히다(Haunted)」 출간, 뉴욕 29번가 시어터에서 초연된다. 조지 고든 바이런의 전기 『사랑에 빠진 바이런(Byron in Love)』을 출간한다. 아일랜드 문학 평생 공로상을 수상한다. |
| 2010년 | 1996년에 출간한 장편 『황량한 12월』이 동명의 텔레비전 드라마로 제작된다. |
| 2011년 | 단편집 『성인과 죄인(Saints and Sinners)』을 출간하고, 프랭크 오코너 국제 단편 소설상을 받는다. |
| 2012년 | 회고록 『시골 소녀(Country Girl)』를 출간하고, 아일랜드 도서상을 수상한다. |
| 2015년 | 장편 소설 『작고 빨간 의자(The Little Red Chairs)』를 출간한다. 아일랜드 예술가 협회 '이스다너(Aosdána)'의 명예 회원으로 선출된다. |
| 2017년 | 동화 『전하기 위한 이야기(Tales for the Telling)』를 출간한다. |
| 2018년 | 영국 기사 훈장을 수훈한다. |
| 2019년 | 장편 소설 『소녀(Girl)』를 출간, 데이비드 코언상을 수상한다. 프랑스 국적이 아닌 작가로서는 최초로 페미나 특별상을 받는다. |

| 2021년 | 프랑스 정부로부터 예술문화훈장을 받는다. 초고, 메모, 편지 등 개인적인 기록을 기증하기로 결정한다. 1939년부터 2000년까지의 기록은 에모리 대학교에서, 2000년부터 2021년까지의 기록은 아일랜드 국립 도서관에서 보관 중이다. |
| --- | --- |
| 2022년 | 『율리시스』 출간 100주년을 맞아 희곡 「조이스의 여자들(Joyce's Women)」을 출간, 더블린 애비 시어터에서 초연한다. |
| 2024년 | 7월 27일, 오랜 투병 끝에 93세의 일기로 세상을 떠났다. 아일랜드 대통령 마이클 D. 히긴스는 "아일랜드 여성들의 다양한 세대 경험에 진정한 목소리를 부여한 최초의 작가"라고 평가하며 "아일랜드 사회와 여성의 지위를 혁신한 중요한 인물"이라고 애도했다. |

세계문학전집 **451**

# 8월은 악마의 달

1판 1쇄 펴냄 2024년 10월 11일
1판 3쇄 펴냄 2025년 4월 23일

지은이   에드나 오브라이언
옮긴이   임슬애
발행인   박근섭, 박상준
펴낸곳   (주)민음사

출판등록   1966. 5. 19. (제 16-490호)
서울특별시 강남구 도산대로1길 62(신사동) 강남출판문화센터 5층 (우편번호 06027)
대표전화 02-515-2000   팩시밀리 02-515-2007
www.minumsa.com

한국어 판 © (주)민음사, 2024. Printed in Seoul, Korea

ISBN 978-89-374-6451-5 04800
ISBN 978-89-374-6000-5 (세트)

# 세계문학전집 목록

세계문학전집은 계속 간행됩니다.